新潮文庫

# チェーホフ・ユモレスカ

## —傑作短編集 I—

チェーホフ
松下 裕訳

# 目次

# チェーホフ・ユモレスカ

——傑作短編集Ⅰ——

「ユモレスカ」はロシア語で「ユーモア小品」を意味し、音楽の「ユモレスク」なども含まれる。日本語は原則として名詞は単数で呼ぶので、「ユモレスキ」と複数にしないで、単数にとどめた。

# パパ

オランダ鰊《にしん》のように痩《やせ》っぽちのママが、黄金虫《こがねむし》のように太っちょで丸っこいパパの書斎へはいって行って、えへんと咳《せき》ばらいした。彼女がはいって行くと、パパの膝《ひざ》から小間使《こまづかい》が跳びおりて、厚手のカーテンのかげにかくれた。ママはそんなことはちっとも気にかけなかった、パパのちっぽけな欠点にはもう慣れっこになっていて、文明的な夫を理解しつくしている賢夫人という観点からそれらの欠点を見ていたからだ。

「パパーシャ」と彼女はパパの膝に腰かけながら言った。「わたし、ねえあなた、ちょっと相談があって来たのよ。くちびるを拭《ふ》いてよ、くちづけしたいんですもの」

パパは眼をぱちくりさせて、袖口《そでぐち》でくちびるをぬぐった。

「話ってなんだい」と彼はたずねた。

「じつはねえ、パーパ。うちの坊やをどうしたらいいかしらね」

「どうしたってんだい」

「まあ知らないの。なんてことなの！　父親ったらみんな、のんきなものねえ！　恐しいくらいだわ！　パパーシャ、せめて父親であってほしいわ、夫であるのがいやなら……できないならね！」

「またかい！　耳にたこができるよ！」

　パパがやりきれないというふうに身動きしたので、ママはあやうくパパの膝からころげ落ちそうになった。

「男ったらみんな、そうなのね、ほんとのことを聞くのがいやなのね」

「ほんとのことで説教しに来たのかい、それとも坊やのことなのかい」

「そう、そうね、じゃ、もうしない……。パパーシャ、坊やがまた学校からよくない点をもらってきたのよ」

「ほう、それがどうしたんだ」

「どうしたんだ、ですって。だって、あの子は受験できなくなるのよ！　四年生に進めないじゃありませんか！」

「進まなけりゃいいさ。たいしたこっちゃないよ。勉強さえすりゃよかったんだ、家でわがままいわずにな」

「だってあの子は、パーパ、十五なのよ！ そんな年して三年生でいられると思って？ どうでしょ、あのやくざな数学教師がまた二点をつけたのよ……。まったく、なんてことかしら」

「鞭《むち》をくらわせにゃ、なんたることだ」

ママは小指でパパの厚い唇《くちびる》をなでたが、彼女には自分が細い眉《まゆ》を色っぽくひそめたような気がした。

「ううん、パパーシャ、おしおきの話なんかしないでよ……。あの子は悪くないんですもの……。あれには企《たくら》みがあるのよ……。あの子は、なにも遠慮することなんかないわ、あんなに発達してるんですもの、なにやら馬鹿《ばか》げた算数なんかがわからないなんて、信じられないのよ。あの子はなんでもようく知ってるのよ、そのことにはわたし自信があるわ！」

「知ったかぶりさ、そうなんだよ！ もう少しわがままを控えて、もっと勉強すりゃあね……。お掛けよ、おっかさん、椅子《いす》にね……。おまえだってわしの膝に乗ってるのが楽だとは思えんがね」

ママはパパの膝からさっとおりたが、彼女には、自分は白鳥のような歩みかたで肘《ひじ》掛《かけ》椅子へ歩いて行くような気がした。

「あきれた、なんて薄情なんでしょ！」。彼女は腰をおろすと、眼をつぶって、小声で言った。「いいえ、あなたは坊やがかわいくないのね！ あの子はあんなに立派で、あんなに賢くて、あんなにかわいいのに……。企みよ、企みにきまってます！ いいえ、あの子は落第したりしちゃならないわ、わたしがそんなこと許すもんですか！」

「あのろくでなしがろくろく勉強しないってことなら、おまえは許すだろうよ……。えい、おまえたち母親ってものは！……。さあ、もう行くんだ、わしはここで何やかや……仕事があるんだからね……」

　パパはくるりと机のほうへ向いて、なにかの書類の上に身をかがめると、横目で、皿をうかがう犬のように、カーテンを見た。

「パーパ、わたし行かないわよ……行かないわ！ わたしが邪魔《じゃま》になってることはわかってるけど、我慢してちょうだい……。パーパ、あなた算数の先生のところへ行って、うちの坊やにいい点をつけるよう指図してこなくちゃならないわ……。うちの息子は算数なんかようくわかってます、体が弱いので、みんなの気に入るようにはできないんです、って言ってね。先生にそうやらせるのよ。いい大人が三年生に留めおかれるなんてありますか。ねえ、ひと骨折ってみてよ、パパーシャ！ だって、ソフィヤ・ニコラーエヴナがね、あの子はパリスそっくりだって、言ってたのよ！」

「わしにとってもその話はえらく嬉《うれ》しいがね、行きたくないなあ！　出歩いてる暇がないんだ」

「いいえ、行くのよ、パーパ！」

「行かないよ……。行くもんか……。さあ、あっちへ行ってくれ、いい子だから……。わしはここで何ややかや仕事をしなけりゃならんのだ……」

「行くのよ！」

　ママは立ちあがって、声を高くした。

「行かないよ！」

「行くのよ!!」とママは叫んだ。「もしも行かないんなら、たった一人の息子をかわいそうに思わないんなら、そのときは……」

　ママは金切り声をあげ、怒り狂った悲劇俳優のような身ぶりでカーテンを指さした……。パパはへどもどして、途方にくれ、藪《やぶ》から棒に何かの歌をうたいだし、フロックコートをぬぎすてた……。ママがカーテンを指《さ》すときには、いつも度を失って、まったくの阿呆《あほう》のようになってしまうのだ。彼は降参した。息子が呼びつけられて、問いつめられた。息子は腹を立て、顔をしかめて、仏頂面《ぶっちょうづら》をして、算数なんか先生よりかよく知ってる、世のなかで満点の五点をとるのが女生徒や金持ちやおべっか使いだけなのは自分のせいじゃないと言い張った。息子はわんわん泣きだして、数学教師の住所をくわしく教えた。パパはひげを剃《そ》り、禿《は》げ頭を櫛《くし》でなでつけ、できるだけ身なりをととのえて、「たった一人の息子を憐《あわ》れみに」出て行った。

たいていの父親の例にもれず、彼は取りつぎも通さずに数学教師の家へはいって行った。取りつぎを通さずにはいって行って、見たり聞いたりできないものがあるだろうか！　教師が妻にこう言っているのを、彼は耳にした。「おまえは僕にとって高いものにつくよ、アリアードナ！……。おまえの気まぐれは限りがないんだから！」。そして、教師の細君が教師の首っ玉にしがみついて、こう言うのを見た。「ごめんなさい！　わたしにとって、あなたは安くつくけど、わたしはあなたのことを高く評価してるのよ！」。パパには、教師の細君がたいそう美人だが、もしも彼女がすっかり服を着ていたら、それほど魅力的ではないことがわかった。

「こんにちは！」と彼はずかずかと夫婦のほうへ近づいて、踵《かかと》をかちっと打ちつけながら言った。教師は一瞬呆然《ぼうぜん》として、細君はまっ赤になり、稲妻のように隣りの部屋へ姿を消した。

「失礼」とパパはほほ笑みながら切りだした。「わたしは、ひょっとしたら、その……ある程度、お騒がせしたかもしれませんが……。じつによくわかりますよ……。

お元気でしょうか。はじめてお目にかかります……。まんざら知られていないわけでもありませんがね、ごらんのとおり……。やっぱり宮仕えの身ですがね……。は、は、は！　どうぞご心配なく！」

教師はかすかに、礼儀上、ほほ笑んで、いんぎんに椅子をすすめた。パパはまわれ右をして腰かけた。

「わたしは」と彼はつづけながら、教師に金時計を見せつけた。「あなたにちょっとお話があって上がったのですよ……。ええ……。もちろん、お許しを願わなければなりませんが……。わたしは学者ふうの言いかたが不得手でして。わたしらの仲間は、ご存じのとおり、万事につけてざっくばらんですからな。は、は、は。あなたは大学で勉強なすったんですか」

「ええ、大学で」

「さようで！……はあ、なるほど……。きょうは暖かですな……。あなたは、イワン・フョードルイチ、うちの倅《せがれ》に二点をおつけになった……。なある……ほど……。だがそんなことはかまわない、ええ……。人によって点数も違うわけですからな……。やつには当然のむくい、当然の教訓ですから……。へ、へ、へ！……。だが、ねえ、愉快じゃありませんな。ほんとにうちの息子は算数ができないんですか」

「なんと申しあげたらいいか。できないというんじゃなくって、でも、その、勉強しないんですよ。そう、できもよくありません」

「どうして、できが悪いんです」

　教師は眼を大きく見はった。

「どうして、ですって」と彼は言った。「わかってないうえに、勉強しないからですよ」

「とんでもない、イワン・フョードルイチ！　うちの息子はようく勉強してますよ。わたしが自分で見てやってるんですからね……。夜おそくまでやってますよ……。あの子は何でもようくわかってる……。そりゃ、いたずらはしますがね……。しかし、それは年が行かないからですよ……。わたしらのなかで誰が若くなかったものがいるでしょう。おじゃまじゃありませんかな」

「とんでもない、なにをおっしゃる。むしろ、たいへん感謝してるくらいですよ……。あなたがた、父親は、われわれ教師のところでは珍客ですからね……。もっとも、それはあなたがたがわれわれを大いに信頼していてくださることの証拠ですけどね。あらゆることのなかでいちばん大切なのは、信頼ですから」

「もちろんですとも……大切なのは、干渉しないってことですよ……。と、つまり、うちの息子は四年に進級できないってわけですか」

「ええ。坊ちゃんが学年成績で落第点をつけられてるのは、算数だけじゃないものですから」

「ほかの先生がたのところへだって伺《うかが》ってもかまいませんがね。で、算数についてはどうでしょう。へ、へ、へ！　直していただけますか」

パ
「それはできませんです！　（教師は微笑した）それは駄目ですよ！　僕も、お宅の坊ちゃんが進級することを願ってましたし、力のかぎり努力してはみましたが、坊ちゃんは勉強せず、にくまれ口をきくんですからね……。僕は坊ちゃんには何度も不愉快な思いをさせられましたよ」

パ
「年が行かないからですよ。しょうがないでしょう?!　せめて合格点の三点にしてくださいませんか！」

「駄目ですね！」

「ほんとですか、くだらんことだ！　わたしに何をおっしゃるおつもりです。まるでわたしが、していいことと、いけないこととの区別も知らないとでもおっしゃるようですね。だいじょうぶですよ、イワン・フョードルイチ！」

「駄目です！　二点とったほかの生徒たちが何て言うでしょう！　どんなふうにした

って、不公平ですからね。いいえ、できません」

パパは片眼をつぶってみせた。

「だいじょうぶですってば、イワン・フョードルイチ！　長ばなしはやめようじゃないですか！　三時間もくだくだ論ずるような問題じゃないでしょう……。ひとつおっしゃってください、あなたが自分なりに、教師としてなりに、公平と見なしてることをね。あなたがたの公平とやらがどんなものか、わたしらはようく知ってるんですからね。へ、へ、へ！　ずばりおっしゃってください、イワン・フョードルイチ、あいまいな言いかたはよして。だってあなたは下心《したごころ》があって二点をつけたんでしょう……。公平とやらは、いったいどこにあるんです」

教師は大きく眼を見はったが……それきりだった。どうして彼が腹を立てなかったか――この点がわたしには教師の心の永遠の謎《なぞ》となっている。

「下心があって」とパパはつづけた。「あなたは来客を当てにしてらしたんでしょう。へ、へ、へ！……。でしょ？　いいですとも！　わたしは賛成ですよ……。やつにはます……。当然のむくいですがね……。ごらんのとおり、わたしは勤めというものをよく存じてます……。どれほど進歩したところで、やっぱりね……そうですとも……昔からのしきたりが一番だし、役に立ちますよ……。金持ちになるのに越したことはありませんからな」

　パパは鼻を鳴らしてポケットから財布を取りだして、二十五ルーブル札を教師の拳《こぶし》のほうへさしだした。

「さあ、どうぞ！」

　教師はまっ赤になって、身をちぢめた。が……それだけだった。どうして彼がパパに戸口を指ささなかったのか――この点がわたしにとって教師の心の永遠の謎となっている。

「あなた」とパパはつづけた。「遠慮なさることはありませんよ……。よくわかってますからね……。受け取らないと言う人だって、結局は受け取りますよ……。いまどき受け取らないような人がいますか。取らないわけには、あなた、いきませんよ……。まだ慣れていらっしゃらない、ってわけですな。さあ、どうぞ！」

「いいえ、お願いです……」

「少ないですか。でも、これ以上はむりですよ……。受け取っていただけませんか」

「とんでもない！」

「お好きなように……。でも、二点は直してくださらなくっちゃ！……。わたしは、母親のような頼みかたはしませんよ……。家内は、泣いてますがね……。動悸《どうき》がするとか何とかって」

「奥さまには心からご同情しますが、どうにもできません」

「もしも倅が四年生になれないようだったら……、どうなるでしょう……。そう……。いや、どうしても進級させてください！」

「喜んでと言いたいところですが、できませんね……。タバコはいかがですか」

「グラン・メルシ（どうもありがとう）……。進級させたってかまわないでしょうに……。あなたの官位は？」

「九等官です……。もっとも、仕事は八等官なみですけどね。うーむ！……」

「そうですか……。じゃあ、妥協しようじゃないですか……。手ばやく片づけましょう、え？　へ、へ！……」

「できませんです、どんなことがあっても、駄目です！」

　パパはしばらく口をつぐんで、考えたあげく、また教師を攻めたてた。攻撃はつづけられた、なおも非常に長いあいだ。教師は二十ぺんほども相変らず「駄目です」をくりかえさなければならなかった。とうとうパパは教師をうんざりさせ、これ以上堪えられないような存在になった。彼はしつこく接吻《せっぷん》をかわそうとしたり、この自分に算数の試験をしてくれとせがんだり、猥談《わいだん》をいくつかしてみたり、ことさら無遠慮な態度をとったりした。教師は胸がむかむかしはじめた。

「ワーニャ、出かける時間よ！」と教師の細君が向こうの部屋から高い声で言った。パパは事態をさとると、自分の幅広い体で教師が出て行こうとするのをはばんだ。教師は弱りはてて、泣きごとを言いはじめた。そうして、とうとう、これ以上ないほどの手を思いついたような気がした。

「じゃ、こうしましょう」と彼はパパに言った。

「僕の同僚たちが担当の課目で三点をつけたら、僕もお宅の坊ちゃんの学年末成績を訂正しましょう」

「ほんとうですね」

「ええ、訂正しましょう、みんなが直したら」

「そうこなくちゃ！　握手しましょう！　たいした人物だ、すばらしい！　連中には言ってやりますよ、あなたがもう直したって。娘っ子は若者に倣《なら》う、ってね！　シャンパンを一本おごりますよ。じゃあ、いつみなさんにお会いできるでしょうか」

「すぐにでも」

「で、わたしたちは、もちろん、親しくさせていただけるんでしょうね。そのうち、気兼《きがね》なく寄っていただけますか」

「喜んで。じゃ、失礼します」

「オー・ルヴォワール（さようなら）！　へ、へ、へ！　ああ、お若いかた、お若いかた……！　ごめんなさい！　同僚のみなさんには、もちろん、あなたからよろしくって伝えておきましょう。きっと伝えますよ。奥さんにどうか何とぞよろしく……。ぜひお寄りになってください！」

パパは踵《かかと》を打ちあわせて一礼すると、帽子をかぶって、姿を消した。

「立派な男だ」と教師は、立ち去って行くパパのうしろ姿を眺めながら思った。「立派な男だ！　口には出せないようなことを言葉にしてしまうんだからな。見たとおり、単純で、善良な人間だ……。ああいう連中は嫌いじゃないな」

その晩、パパの膝の上にまたママがすわっていた（そのあとから、小間使がすわった）。パパは、「うちの息子」はまちがいなく進級できることや、学問のある人たちを説得するには金に物を言わせるよりもむしろ、気持ちよく応対し、真綿《まわた》で首を締めるようにするほうが効きめがあることをママに説いてきかせた。


（『とんぼ』一八八〇年六月二十九日号）

# 小説のなかで一番たくさん出くわすものは

伯爵《はくしゃく》、むかしの美人のおもかげを偲《しの》ばせる伯爵夫人、隣人の男爵、自由主義者の文人、うらぶれた貴族、外国人の音楽家、愚鈍な下僕、乳母《うば》、住みこみの女性家庭教師、ドイツ人の執事、郷士《ごうし》、アメリカから遺産を受けとる相続人。美しくはないが感じのいい魅力的な人物。暴れ馬から女主人公を救う主人公――度胸があって、あわやという瞬間に力を発揮する。

果てしのない天空、広大無辺の……不可思議な遠方、ひとくちに言って、大自然!!!

金髪の友人と赤毛の敵役《かたき》。

金持ちのおじさん――状況次第で自由主義者あるいは保守主義者。主人公にとって彼の教訓は死ほどの効果はない。

タンボフ県のおばさん。

気づかわしげな顔つきで患者の危機の去るのを願っている医師——握りのついたステッキを持っていたり禿頭《はげあたま》だったりすることがよくある。そして医者の行くところ、敬虔《けいけん》な労働によるリューマチ、偏頭痛、脳炎、決闘で負傷した男の看護、温泉地へぜひとも転地するようにという忠告。

召使は、先代のころから勤めていて、主人のためなら火のなかへでも飛びこむ覚悟を持っている。辛辣《しんらつ》な皮肉屋だ。

口がきけないだけが人間とちがっている犬、おうむ、うぐいす。

モスクワ郊外の別荘、担保にはいっている南方の領地。

たいていの場合これといった理由もなしに唐突に出てくる電燈《でんとう》。

ロシア革の鞄《かばん》、中国製の陶器、イギリス製の鞍《くら》、不発防止つきのリヴォルヴァー、ボタン穴にぶらさげた勲章、パイナップル、シャンパン、松露《しょうろ》、牡蠣《かき》。

大発見のきっかけとなる思いがけない立ち聞き。

おびただしい間投詞、ころあいを計って技術用語を使おうとする試み。

周知の事実への手のこんだほのめかし。

じつに多い結末のない場合。

七つの大罪に始まり結婚に終る。

死。

（『とんぼ』一八八〇年三月九日号）

# アメリカ的

わたくしは至極まっとうな教会結婚を切望するものでありますが、いかなる結婚生活も相手の女性が存在しなければ成り立たないことを考慮に入れて、世の未亡人やお嬢さん方が、次の点に好意ある配慮をなされんことを、心から懇願する光栄と幸福と満足とを有するものであります。

当方男性、これこそが肝要な点であります。もちろん、このことはまた女性にとっても最重要のことでありましょう。身長一メートル八〇センチ。青年。老年まではほど遠く、あたかも鴫《しぎ》どもが狩猟解禁日の聖ペトロ祭を迎えるのが遥《はる》かな未来であるのと同様であります。家柄よし。美男子とはいえないまでも好男子。その証拠に、暗がりで美男子と疑われたことも再々あり。眼は鳶《とび》色。頰に（なんとも残念！）えくぼなし。臼歯《きゅうし》二本いかれている。優雅な物腰を自慢するわけにはいかないまでも、筋骨隆々たることはまぎれもなし。手袋のサイズは7¾。貧しくとも品位のある両親よりほかには何ものをも持たず。とはいえ輝かしい未来あり。美人一般、とりわけ小間使には目がない。あらゆるものを信じこむ性質。文筆を業とし、かなりの成功をおさめ、週刊雑誌『とんぼ』の投書欄で口惜《くや》し涙にくれることはめったになし。将来、わが配偶者を主人公（罪深い美女）にして長篇小説を書く目算《もくさん》あり。一昼夜に十二時間ねむる。野蛮人のごとき健啖家《けんたんか》。ただし酒はつきあい程度。好もしい交友に恵まれる。文学者二名、詩人一名、『ロシア新聞』紙上で人類に教訓を垂れる居候《いそうろう》二名と交際中。好きな詩人はプシカリョーフ、ときには自分自身。小生、惚《ほ》れっぽくはあっても焼き餅《もち》焼きではなし。結婚を熱望するわけは、自身および債権者のみが知っている。小生はおおよそこういった人物である！　なお、わたしの花嫁は、つぎのごとくであるべきこと。

三十歳未満、十五歳以上の未亡人もしくは処女（どちらでも可）。カトリックでないこと、つまり、この世に完全無欠の人間はありえないことを承知している女性であるべきこと、ただしユダヤ人でないこと。ユダヤ女性は決まってこうたずねるから――「あなた、一行いくらで書いてるの。どうしてパパのところへ行かないの、パパならきっと、稼ぎかたを教えてくれるわよ」。だがわたしは、こういうことが大嫌いだ。青い眼で金髪、そして（できれば）黒い眉《まゆ》。顔色は青白くもなく赤くもなく、瘦《や》せっぽちでも太っちょでもなく、背は高からず低からず、人好きのする性格、また浮気女でなく、モダンガールでなく、おしゃべりでもなく、出歩き好きでもないこと。

ぜひとも必要なのは――

字のきれいな人。清書係が必要なため。ただし清書の仕事はごく稀《まれ》です。

わたしの寄稿する雑誌を愛読し、生涯そうあるべきこと。

週刊雑誌『気ばらし』、『週刊新時代』、ゾラの「ナナ」などは手に取らず、新聞『モスクワ報知』の社説には引かれず、新聞『岸辺』の社説などを読んでも卒倒しないこと。

技能として――歌、ダンス、読み書き、煮炊《にた》き、焼いたり、いためたりすることができ（ただし焼き餅焼きは不要）、夫のために金を借り、自前で趣味のいい身なりを整《ととの》え、もっぱら従順に暮らせること。

決してできないこととしては――しつこくしたり、ぶつくさ言ったり、どなったり、咬《か》みついたり、歯をむき出したり、皿を割ったり、家庭内で友人たちに流し目を送ったり。

妻に浮気をされて夫が角《つの》を生やすなどということは何ら人間の飾りにならないこと

はもちろん、角が短かければ短かいほど望ましく、角の代金を喜んで払わされる夫にとってても危険が少ないことを理解すること。

マトリョーナ、アクリーナ、アヴドーチヤというような低俗な名ではなく、より上品な（たとえば、オーリヤ、レーノチカ、マルーシカ、カーチャ、リーパなど）であること。

母親、言いかえれば、わが深く尊敬する義母となるべき人は、はるか遠方に住まっていること（でなければ、わたし自身どんなことになるか保証できない）。

最低二十万ルーブルの現金を持っていること。

もっとも、最後の点は、わが債権者連中の思わく次第である。

（『とんぼ』一八八〇年十二月七日号）

## ヴァライエティ・ショールーム

「おい、御者！　眠ってるのか、この野郎！　ヴァライエティ・ショールームだ！」

「ワライマショで？　三十コペイカ！」

　木戸口と木戸口にぽつんと立っている警備員とを、いくつかの明りが照らし出している。一ルーブル二十コペイカの切符代と二十コペイカのクローク預り賃（もっとも、あとの二十コペイカは必ずしも必要ではない）。最初の段に足をかけると、もう、安っぽい婦人客間や風呂屋《ふろや》の脱衣場のようなつんと鼻をつく匂《にお》いにおそわれる。軽く酒のはいった客たち……。ア・プロポ（ついでながら）、もしも酔ってなかったら……、ショールームには足を踏み入れないほうがいい。「ほろ酔い機嫌《きげん》」であること、必ずそうでなければならない。これは原則だ。訪れる客がにこにこしていたり、うるんだ眼つきでまばたきしていたら、それは好もしい徴候だ。その人は退屈で死にそうになりはしない、それどころか、幸福さえ感じる。素面《しらふ》ならば、その人は悲しみすら感じるに違いない！　彼はこのヴァライエティ・ショールームが気に入らないだろうし、帰ってから自分の子どもをぶつことだろう。そしてその子たちは決してショールームには足を向けないだろう……。ほろ酔い機嫌の客たちは、階段をよたよたとあがって、切符を木戸番に渡し、そこらじゅうに偉人たちの肖像画がかかっている部屋へはいって行き、背伸びをして、勇敢に雑踏のなかへ突っこんで行く。強烈な印象を求める人びとが右往左往し、ドアからドアへと行ったり来たりして、――動きまわり、足踏みし、隅から隅へと、まるで何かを探しでもするようにぶらついている……。なんという人種、顔立ち、色合い、匂いの混合物だろう！　赤、青、緑、黒、多色、雑色の女たち、まるで安っぽい民俗版画そっくりだ……。

この曰《いわ》くつきの女たちを、わたしはここで去年も、おととしも見た。あなたがたは、彼女たちをここで来年も見ることだろう。デコルテ仕立ての服はさまざまだ。――下着一枚で、おまけに……ぺちゃパイだ。それにしても、なんという奇妙な名まえだろう――ミミ、ファニー、エマ、イザベラなどで……、ロシアふうの素朴なマトリョーナ、マーヴラ、パラゲーヤなんてのは見ようたって見られない！　埃《ほこり》は恐ろしいくらいだ！　頬紅や白粉《おしろい》の粉、アルコールの湯気などが空気中にただよっている……。息苦しく、くしゃみが出そうなくらいだ……。

「なんて無作法なんでしょ、あなたって男は！」

「わたしですか。ふむ……ふむ……べつに！　散文的に言わせてもらいますがね、わたしどもは、あなたがたの女らしい思想をたいそうよく存じております！　どうかお手をいただかせてください！」

「いったい、どういうつもりなの。初めてお会いしたのよ……。なにかご馳走《ちそう》してくださるってわけ!!」

将校が飛んで来て、その筋の女の両肩をつかんで、若い男のほうへ背中を向けさせる……。若い男は業腹《ごうはら》だ……。ちょっと考え、むっとしたようすで、女の両肩をつかんで元のように向けさせる……。

鈍重で、酔っぱらった顔つきの、驚くほど大きなドイツ人が群衆をかきわけて通り、大きなげっぷをする。彼のうしろにあばた面《づら》の小男がちょこちょこついて歩き、彼の片手を握る……。

「エ……エク！　ヒック！」

「ごていねいなげっぷ、ありがたい極みだ！」と小男が言う。

「どういたしまして……。エ……エク！」

ホールの戸口に人だかりがしている……。そのなかに、若い商人がふたり激しく身ぶり手ぶりをしながら、睨《にら》みあっている。ひとりは海老《えび》のようにまっ赤になり、相手は青くなっている。両方とも、もちろん、べろんべろんに酔っている。

「横っ面を張られたいか」

「驢馬《ろば》野郎め!!」

「横っ面を……。そっちこそ驢馬野郎じゃねえか！　博愛主義者めが!!」

「下種《げす》野郎！　どうして両手を振りまわすんだ。殴《なぐ》れよ！　さあ、殴れったら！」

「みなさん！」と群衆のなかから女の声がする。「ご婦人がたの前で、こんな悪態《あくたい》をついていいものでしょうか」

「女なんか、くそっくらえだ！　おれには、おまえの女どもなんか関係ないぞ！　こんなやつらを、ぞろぞろ侍《はべ》らせやがってさ！　おい、カーチカ、ちょっと変だぞ……、まぜっかえすんじゃねえや！　どうして奴《やつ》はおれを侮辱するんだ。おれは奴に触りもしねえのに！」

青ざめた若い商人に、ひどく大きなネクタイを締めた粧《めか》し屋が飛びかかって、相手の片腕をつかむ。

「ミーチャ！　おとっつあんがここに来てるぞ！」

「まさか」

「嘘《うそ》じゃねえ！　ソーニカといっしょにテーブルについてるんだ！　あぶなく見つかるとこだった！　くそじじいめ……。逃げなきゃ！　急げ!!」

ミーチャはここを先途《せんど》と敵《かたき》をにらみつけ、こぶしでおどしつけて、いなくなってしまう……。

「ツヴィリンテルキン！　こっちへ来い！　あっちでライーサがおまえを探してるぞ！」

「あんな女、くそくらえだ！　まっぴらだ！　あいつは閂《かんぬき》そっくりだ……。おれは別の女を選んだんだ……。ルイーザをよ！」

「なんてことぬかすんだ。あのデブをか」

「あのデブ、デブだから、きょうだい、いいんだ……。れっきとした仲なんだ、ふとってて抱《だ》くにも抱けねえよ！」

ルイーザ嬢はテーブルにむかって掛けていた。背が高くて、でっぷりしていて、汗ばんで、動きが蝸牛《かたつむり》のように鈍重だった……。彼女の前のテーブルには、ビールびんとツヴィリンテルキンの鍔《つば》なし帽がのっかっていた……。コルセットの輪郭が彼女のでっかい背中にぶざまに浮き出ている。なんとその背中は巧みに自分の手あしを隠す役目をはたしていることだろう！　その手は大きく、赤くて、まめだらけだった。つい去年まで、彼女はプロシアにいて、床洗《ゆかあら》いの仕事をし、牧師さまのためにビールスープを煮て、幼いシュミット、ミルレル、シュルツたちを養っていた……。だが運命が都合のいいことに彼女の平安を乱した――彼女はフリッツに惚《ほ》れこんで、フリッツも彼女に首ったけになったのだ……。ところがフリッツはそんな貧乏ったらしい女といっしょになりたくはなかった。彼は、もしも自分がそんな乞食女《こじきおんな》と結婚するなら自分を馬鹿《ばか》呼ばわりしたことだろう！　ルイーザはフリッツに永遠の愛を誓って、なつかしい祖国をあとにしてロシアの吹きっさらしの曠野《こうや》へと、持参金を稼ぎに旅立った……。そうして今、彼女は夜《よ》な夜なショールームへ通っている……。昼間は小箱を作って、テーブルクロスを編んでいる。小金《こがね》がたまったら、プロシアへ舞い戻って、フリッツといっしょになるつもりだ……。

「シ・ヴ・ナヴェ・リエン・ム・ディール（もしもあなたがわたしに何もおっしゃるこ

とがないなら)」という声がホールからする……。

ホールは騒がしい。舞台に出て来る者には、だれかれの別なく拍手を送っている……。カンカン踊りはみじめったらしい、ひどいしろものだが、かぶりつきの客たちは満足のあまり、よだれを垂らさんばかりだ……。「男どもは消えっちまえ！」と大声をあげる、そのときの観客をごらんになるといい。そのとき観客たちに棒でも持たせれば、地面さえひっくりかえすに違いない！　どなる、唸《うな》る、金切り声をあげる……。

「しッ……しッ……しッ……」と、かぶりつきの将校がどこかの娘さんを制止している……。

観客たちは狂ったようにそれに抗議して、万雷《ばんらい》の拍手でボリシャーヤ・ドミートロフカ通り全体がどよめくようだった。将校は立ちあがって、頭をあげ、もったいぶって、騒々しく音を立てながらホールから出て行く。威厳は、つまり、保たれたわけだ！……。

ハンガリアン・オーケストラが鳴りひびく。なんとこれらのハンガリー人たちはどいつもこいつも、ずんぐりむっくりしていて、へたくそに演奏することだろう！　彼らはハンガリーを辱《はずかし》めている！

ビュッフェにこのショールームの持ち主クズネツォーフ氏自身と黒い眉《まゆ》のマダムが立っている。クズネツォーフ氏が酒の酌《しゃく》をして、マダムが金を受けとっている。杯は奪いあいだ。

「ウォトカの杯！　みなさん！　ウォトカですよ！」

「飲むか、コーリャ。飲めよ、ムフタール！」

髪を短く刈りこんだ男がぼんやりと杯を眺めて、肩をすくめると、夢中になってウォトカをがぶ飲みする。

「飲めないんだよ、イワーヌイチ！　おれは心臓が悪いんだからさ！」

「よせやい！　なんにも起こりゃしねえよ、飲んだって！」

心臓が悪いという若者はぐっと飲み干す。

「もう一杯！」

「いや……。おれは心臓が悪いんだからさ。こうしてもう七杯もあけっちまったんだ！」

「よせやい！」

若者はまたもやぐいっとやる……。

「男のかた！」と、顎《あご》のとがった、おとなしい眼つきの娘が哀願する。「夕食をご馳走してちょうだいな！」

相手の男は渋る。

「食べたいわあ！　一人前でいいのよ……」

「しつこいな……。だれかいないか！」

一片の肉きれが出される……。娘は食べる、そして……その食べようったら！　口で、眼で、鼻でむさぼり食うのだ……。

射的場《しやてきば》では激しい銃声がしている……。チロルの女たちが、息をもつかずに弾丸《たま》をこめている……。そうして二人のチロルの女の腕はまんざらでもない……。かたわらに絵かきが立っていて、袖《そで》の折りかえしに彼女たちを描いている。

「さようなら……ごきげんよう！」とチロルの女たちが叫ぶ。

二時が打つ。ホールでダンスが始まる。ざわめき、わめき声、叫び声、口笛、カンカン踊り……。ひどい息苦しさ……。弾丸をこめた連中はビュッフェのそばであらためて弾丸をこめなおし、三時にむかっての騒ぎの準備を終っている。

離れた別室では……。

しかし、帰ることにしよう！　出口はなんと気持ちがいいのだろう！　もしもわたしがヴァライエティ・ショールームの持ち主だったら、入口ではなくて、出口へ案内することだろう……。

(『見物人』一八八一年第十一号、検閲許可十月四日)

# 猟犬の狼猟《おおかみりょう》訓練場で

世間では、この十九世紀は進歩した時代だと言う。そんなことを信じてはならない。水曜日、一月六日、ヨーロッパで、首都のモスクワでさえも、夏期競馬場の桟敷席《さじきせき》では、人びとがぎっしりとつめかけて、押しあい、互いの足を踏みつけあいながら腰をかけ、見物を楽しんでいた。この見物だけではなくて、それを記述することさえもがアナクロニズムである……。だいいち、われわれ、筋肉を思想や芝居や自由思想家エ・トゥッティ・クァンティ（その他もろもろ）に変えてしまった涙もろい社会人に狼猟の描写ができるものだろうか!? 気の弱いわれわれに!?

われわれがそうであるとしても……。しかたがない、やってみることにしよう。

まず第一に、わたしは鉄砲撃ちではない。これまで一度も、なにひとつ撃ったことがない。蚤《のみ》だけは殺したことがあるが、それとても猟犬ぬき、一対一でだ。あらゆる火器で知っているのは、錫《すず》のちっぽけなピストルだけで、クリスマスの贈り物にわが家の子どもたちに買ってやったものだ。わたしは鉄砲撃ちではないので、まちがってお伝えするとしてもお許し願いたい。専門家でない者は普通誰でも間違ったことを言うものだ。鉄砲撃ちの専門用語を使わねばならない場所は避けることにしよう。大衆の考えるように考えることにしよう。つまり通り一ぺんに、第一印象で……。

十二時すぎ。競馬場の裏手は、箱馬車、ぜいたくな橇《そり》、御者たちでごったがえしている。騒ぎ、わめき声……。ばねつき馬車があんまり多いので、押しあいへしあいするほどだ……。競馬場には、洗熊《あらいぐま》、ビーバー、羊などの毛皮外套《がいとう》を着た、小馬係、雄犬係、ボルゾイ犬係、鶉猟《うずらりょう》係その他の甲冑兵《かっちゅうへい》たちが参加していて、凍え、じれったさにかっかしている。そこには、もちろん、婦人たちも加わっている……。婦人たちがいなければ、どこでも事は運ばない。とびきりの美人たち、十人並み以上の婦人たちが、どういうわけか、非常に多い……。婦人は男性と同じくらいいる……。彼女たちもじりじりしている。上の階の座席には、ギムナジウムの生徒たちの制帽がちらほらまじっている。彼らも見物に来たのだが、やっぱり待ちかねて、かっかしながら、オーヴァシューズをコツコツ言わせている。ファン、玄人《くろうと》、批評家たちは、ホドゥインン原へ歩いてやって来て、金もないので、膝《ひざ》まで雪のある塀ぎわに寄り集まって、やはり待ち遠しくてじりじりしている。競技場には何台かの荷馬車がとまっている。それには木箱がいくつも積まれている。箱のなかにはこの日の主人公――狼たちが生を楽しんでいる。狼たちは、十中八、九、待ち遠しさにいらだったりはしていなかっただろう……。

観客たちは、狼猟が始まるまでは、競技場をすばらしい馬にまたがって走りはじめたロシア美人たちに見とれている……。最も恐ろしい、無鉄砲な猟人たちは、狼猟のために訓練された犬どもの品定めをしている。婦人たちの両手には、ビラと双眼鏡が握られている。

「なにもまして楽しみな道楽ですわい」と、むしり取られた顎《あご》ひげの、記章のついた制帽をかぶった老人が、隣りの人に話しかける。「なんにもまして楽しみな道楽ですわい……。よく見かけることだが、この人たちは連れだって来てるのだね……。東の空がようやく白《しら》みかけたころに出かけたのだよ……。婦人連もそうだな」

「女づれで来るには当らん」と、老人の連れが話をさえぎる。

「そりゃまたどうしてです」

「女たちの前じゃ悪態《あくたい》がつけないからね。猟場でどうして悪態をつかずにいられますかい」

「そりゃできませんな。だが、わしらのとこにゃ、自分でも悪態をつくようなご婦人がいますよ、いますとも、マリヤ・カールロヴナはね、お知りになりたけりゃ申しますがね、グリャンセル男爵《だんしゃく》のお嬢さんでね……おっそろしく悪態をつく！　ええおまえったら、がみがみ、悪魔、魔物、ろくでなし……。そういった調子でね……。などなど、で……。木端《こっぱ》役人にたいする雷から始まってね。ちょっとしたことで、たちまち鞭《むち》なんだから」

「ママ、狼たちは箱のなかなの」と、馬鹿でかい防寒頭巾《ずきん》のギムナジウムの生徒が、大きな赤い頬をした婦人にたずねる。

「箱のなかよ」

「跳び出せないの」

「およしなさい！　いつも訊《たず》ねてばかり……。鼻をお拭《ふ》き！　少しはましなことをききき……。どうしてそう馬鹿げたことばっかりきくのよ」

競技場に緊張した動きが感じられる……。猟の秘蹟《ひせき》を行なう六人ばかりの男たちが、一つの箱を運んで行き、競技場の中央に据える……。群衆が興奮する。

「あなた！　いま来るのはどこの犬ですか」

「モジャーロフ家のですよ！　うーん……。いや、モジャーロフ家のじゃない、シェレメーチエフ家のです！」

「シェレメーチエフ家のなんかじゃない！　ボルゾイ犬はモジャーロフ家のだ！　ほらあれが、黒いのがモジャーロフ家ので！　わかりますか。それともシェレメーチエフ家のかな。え、え、え……。そう、そう、そう……。みなさん、シェレメーチエフ家のです！　シェレメーチエフ家のです、モジャーロフ家のはほらあれですよ」

木箱を槌《つち》でたたく……。人びとの焦燥感は頂点に達する……。箱から人びとが遠のく……。一人の男が縄を強く引っぱると、檻《おり》の戸板が落ちて、観衆の眼に灰色狼、ロシアの動物のなかで最も尊敬されている生きものが現れる。狼はあたりを見まわし、立ちあがると、一散に逃げて行く……。それを追ってシェレメーチエフ家の犬どもがすばやく追いすがり、シェレメーチエフ家の犬どものあとをモジャーロフ家の犬たちが、規則を無視して追いかけ、そのあとを短剣を持ったボルゾイ犬係が追っかける。

だが狼は逃げおおせずに、四メートルほど行ったところで、もう殺されている……。猟犬たちも、ボルゾイ犬たちも、えらいことをしたものだ……そして「ブラーヴォ（でかしたぞ）！」と観客たちが叫ぶ。「ブラアーヴォ！　ブラーヴォ！　それにしても、なぜモジャーロフ家の犬たちは順番を守らなかったんだ。モジャーロフ、しーッ！……。ブラー……ヴォ！」。同じようにほかの狼たちも放たれる……。

三番目の木箱があけられる。狼はへたりこんで、じっとしている。その鼻さきに鞭が鳴らされる。ようやく狼は立ちあがるが、まるでうんざりしたようすで、後ろ足を引きずりながらよたよた歩く……。あたりを見まわす……。逃げ道はふさがれている！　しかし、なんとかして生きたいのだ！　生きのびたい気は、桟敷にいて、狼の歯ぎしりを聞き、血を見る人間たちに勝るとも劣らない。狼は逃げ出そうと試みるが、それは不可能だった！　スヴェーチン家の犬どもがずたずたに引き裂いて、ボルゾイ犬係が心臓にとどめを刺し、そして――ヴァエ・ヴィクティス（敗者の無残）！――狼は倒れ、人間にたいする恨みは死んでのちなお消えない……。じっさい、人間はこのカジ（ほとんど）狼猟を企《たくら》んで、狼にたいして恥をさらしているのだ！……。曠野《こうや》での、森での狼猟ならまた別である。人間の残忍さは平等な戦いだということで、いくらかは赦《ゆる》されるだろう。そこでは狼は身を護《まも》ることも、逃げおおせることもできる……。

観衆は狂乱している、まるで地上のあらゆる犬どもを自分たち自身にけしかけられたかのように狂乱している……。

「箱のなかでやっちまえ！　狼猟はすてきだ！　きたねえぞ！」

「どうしてあなたはどうなるんです、ひょっとしておわかりにならないんじゃないですか。きっと猟になど行かれたことがないのじゃありませんか」

「ありませんな」

「どうしてそうどなるんです。なにがおわかりになってるんです。あなたの考えじゃ、つまり、狼に犬をけしかけて、ずたずたにさせるってわけですか。そうなんですね、あなたの考えでは？　そうでしょ？」

「まあ、聞いてください！　狼が殺されるのを見るのは、なんともおもしろい。犬たちに狼を十分追いかけさせたほうがいいんだ！」

「しーッ……。さあ、やるんだ！」

「あれはどこの犬ですか」と、洗熊《あらいぐま》の毛皮外套を着た地主旦那《だんな》が熱狂して叫ぶ。「おい、坊主《ぼうず》、行ってきいて来るんだ、どこの犬かって！」

「レブーシェフ家のだ！　シェレメーチエフ家のだ！　モジャーロフ家のだ！」

「どこの雄犬だって？……」

「モジャーロフ家のだ！　すばらしい雄犬だぞ！……。モジャーロフ家のだ……」

「箱のなかでやっちまえ！……」

観衆は、狼があんまり早く嚙《か》み殺されるのを好まない……。狼を競技場に二時間くらいもかけて逃がし、猟犬どもの歯牙《しが》にかけさせ、踏みにじらせて、そのあげく殺させるのだ……。狼たちはすでに一度は狩り出され、つかまえられ、いたずらに何週間も檻に閉じこめられていたのだ。

犬どもとボルゾイ犬係のスタホーヴィチが狼を生捕りにする。運のいい狼はふたたび箱に閉じこめられる。一ぴきの狼が柵《さく》を越える。それを犬どもとボルゾイ犬係たちとが追いかける。狼が街なかへ逃げおおせれば、モスクワでは幸運にも街路や横丁で、すばらしい狼猟が見られたのだが！……。

幕あいの、退屈きわまる休憩時間に、観客は高笑いし、そして（信じられないかもしれないが）「ブラーヴォ」を叫ぶ。からになった箱を競技場の中央から以前の場所へ運んでいるちっぽけな駄馬が、観衆はお気に入りなのだ。小馬は歩くのではなくて、跳《は》ねている。足で跳ねているのではなくて、胴体全体で、とりわけ頭で跳ねている。それが観客の気に入って、みんなが熱狂しているのだった。

幸福な小馬よ！　小馬やその親馬たちが、いつか拍手喝采《かっさい》されると考えたことがあったろうか。

途切れがちな吠《ほ》え声が聞こえ、狩出し用の猟犬たちの群れが姿を現す……。大きな狼が、彼らに食いちぎられるがままにされる。それらの犬たちが吠え立て、まだ放されないボルゾイ犬たちが、羨望《せんぼう》のあまりキャンキャン鳴きたてる。

「ブラアーヴォ！　ブラヴォーオ！」と観客が叫ぶ。「ブラーヴォ、ニコライ・ヤーコヴレヴィチ！」

　ニコライ・ヤーコヴレヴィチは観客のまえで、どんな祝儀《しゆうぎ》興行の主人公でさえもが羨《うらや》むような粋《いき》なしぐさで何度も頭をさげる。

「狐《きつね》を出すんだ！」と彼は興奮して叫ぶ。

　競技場の中央に小型の箱が持ち出され、そこからすばらしい小狐が放たれる。小狐は逃げる、逃げる……狩出し用の猟犬がそれを追っかける。だが、どこで犬たちが狐をつかまえたかをその目で見た者はいなかった。

「狐のやつ、逃げおおせたぞ！」と観客が叫ぶ。「取り逃がしたぞ！　逃げやがった！」

　ニコライ・ヤーコヴレヴィチが片手に小狐を持っているように見えるが、観客は当惑する。狩出し用の猟犬を群れに集めるために、少なからぬ人と時間が費される。犬どもは言うことをきかず、規律はさっぱりだ……。狩出し用の犬たちは、観客たちのお気に召さない。

　総じて観衆は凍えているが、すこぶる満足のていだ。婦人たちは有頂天になっている。

「外国はいいですよ」と或《あ》る婦人が言う。「あちらでは、闘牛はありますし、闘鶏だってあるんですものね……。どうしてわが国では、ロシアでは、ああいったものをしないんでしょうね」

「それはね、奥さま、外国には雄牛がいますが、わが国にはいないからですよ！……」と、帽子に記章をつけた老人が婦人に答える。

とうとう最後の狼が放たれる。この狼は短剣でとどめを刺され、観客たちは、なんと犬どもはすてきなんだろう、だがなんと怪《け》しからぬのだろう、と考えながら散って、家路をたどる。

結びとしておたずねしたい――あらゆるこういった茶番の目的は何なのか。猟犬たちを自慢することができないというのは、舞台が狭すぎるからだ。剛胆さが同様に示されることはどこにもない。そしてモラルはどんなものだろうか。

なにより汚《けが》らわしい性質のモラルだ。女性の神経をくすぐる以上のものでは決してない！　入場料のあがりは、とはいえ、数千ルーブルにものぼる。けれども、わたしはこれがすべて金のために行なわれると考える勇気はない。入場料はすべての支出を埋めあわせることができるだろうか。たぶん、この狼猟は、すでに述べたギムナジウムの生徒の小さな魂に与える小さな荒廃を、つぐなうことはできないだろう。

（『モスクワ』誌「文芸付録」一八八二年第五号、検閲許可一月三日）

# 春を迎える　ある考察

北風の神ボレアースが西風の神ゼピュロースに取ってかわられた。風は西からでもなく南からでもなくて（わたしがモスクワに住むようになったのはつい最近のことで、この地方のことはまだろくにわからないが）、ほとんど裾《すそ》にふれるかふれぬくらいにそよそよと吹く……。寒くはない、それほど寒くはないので、帽子もかぶらず外套《がいとう》も羽織《はお》らず、ステッキも持たずに思いきって出かけることができる。凍《い》てては夜になっても来ない。雪は融《と》けて、濁り水へと変り、音たてて山や丘から汚い溝を駆けくだる。ただ横丁や狭い道路では雪は融けないで、十センチほどのどす黒い層の下に閉じこめられて、五月になるまで残っている……。野原や森や辻《つじ》公園では、みどりの草がおずおずと萌《も》えはじめる……。樹木はまだ全くの裸木だが、どことなく生気が感じられる。空はいかにもさわやかで、すがすがしく、明るい。とはいえ、ときたま黒雲が迫って来て、地面に雨をぱらつかせる……。太陽は燦々《さんさん》と降りそそぎ、なんとも暖かくてやさしいので、楽しみながら飲み、腹いっぱい詰めこみ、旧知にめぐりあったような気分になってくる……。若草、厩肥《きゅうひ》、煙、黴《かび》、ありとあらゆるごみ類、曠野《こうや》、それに何かそういった特別のものの匂《にお》いが漂っている……。自然のどこを見まわしても、準備と、気苦労と、果てしのない間《ま》にあわせ仕事だ……。要するに、春が急ぎ足でやって来るのだ。

人びとは薪代《たきぎ》を無駄にしたくないばっかりに、重たい毛皮外套を着こんで、四キロもあるオーヴァシューズをはいて出歩き、厳しい、冷たい空気に息を切らしたり、風《ふ》呂屋《ろや》の空気や住いの蒸し暑さに息をつまらせることにうんざりしたりしていたのに、喜びにあふれ、生き生きとして、靴下姿になって、足ばやな春の訪れを双手《もろて》をあげて迎える。だが春は待ちわびた客ではあっても、はたして好もしいだけの客だろうか。どうあなたがたに言えばいいだろう。わたしに言わせれば、ただ好もしいばかりとは言えないが、かといって、悪いばかりとも言えない。春はどうであれ、待ちに待った季節なのだ。

詩人たちは、老いも若きも、立派なのもヘボなのも、しばらくのあいだ、会計係、銀行家、鉄道員、妻を寝とられた男のことなどはさて置き、恋歌、頌歌《しょうか》、歓迎詩、物語詩その他の詩篇をむちゃくちゃに書きとばし、ただただ春のすばらしさを讃美《さんび》する……。いつものようにその讃美はみじめな失敗に終る（わたしはここに列席のかたがたのことを言っているのではない）。月、大気、霧、遠方、愛欲、「彼女」が、そのなかでは前景を占めている。

散文家たちも詩的な気分に浸っている。どのコラムニストも罵《のの》ったり、讃《ほ》めそやしたりしはじめるが、近づきつつある春がもたらす自分自身の感情の描写で話を結ぶ。お嬢さんがたとその相手の騎士たちは……。死ぬほど煩悶《はんもん》する！　彼らの脈搏《みゃくはく》は毎分百九十も打ちつづけ、体温はぐんと跳《は》ねあがる。心臓はこの上なく甘い期待に充《み》たされる……。春は恋をもたらし、恋はこう言っている。——「なんという幸せだ、そしてなんという苦しみだ！」。この文章の挿絵では、春は紐輪《ひもわ》遊《あそ》びの輪の中心で恋の神となって手をたたいている。なんとうまく描いたものだろう。恋愛にも規律というものが必要だが、もしも恋人が恋の神を野放しにして、彼に、ちくしょうめ、心を許してしまったら、どういうことになるだろうか。わたしはいたって糞真面目《くそまじめ》な人間だが、春のさまざまな匂いのおかげで頭にあらゆる魔物がはいりこむ。こうして書いていてさえ、眼のまえに木かげの多い並木みちや、噴水や、小鳥たちや、「彼女」が、すっかり別ものに見えるのだ。姑《しゅうとめ》はもうわたしに疑惑の眼を向けはじめているが、女房はしょっちゅう窓辺に顔を覗《のぞ》かせる……。

医療関係者はたいへん生真面目な人間たちだが、彼らはろくに眠れない……。悪夢には悩まされるし、この上なく誘惑的な夢にうなされる。医師や准医師《じゅんいし》や薬剤師たちの頬は熱にうかされて火照《ほて》っている。無理もない！　都会の上にはいやな臭《にお》いのする霧が立ちこめ、それらは病原菌から成り立っている……。胸や喉《のど》や歯をやられる……。古くから知られているリューマチ、痛風《つうふう》、神経痛を引きおこす。数かぎりない肺結核。薬局は恐ろしいほど混み合っている。あわれな薬剤師たちはろくに食事も取れず、茶も飲めないでいる。塩素酸カリウム、ドヴェリ咳止《せきど》め薬、肺病薬、ヨード、馬鹿《ばか》げた歯の薬は、文字どおり何十キロもの単位で売られている。わたしは書きながら、となりの薬局で五コペイカ・コインがちゃがちゃ鳴っているのを耳にしている。わたしの姑は両頬に歯《し》槽膿瘍《そうのうよう》をこしらえている。醜い醜い顔！

女小商人、貸付金の借受人、悪党ども、ユダヤっぽ、強欲な連中は、大喜びしてスペイン踊りを踊っている。春は彼らのためにも恩人なのだ。何千という毛皮外套が、質屋の飢えた衣魚《しみ》の餌食《えじき》となりに行く。もうすっかり暖かいが、まだ貴重なことに変りのないものが、ユダヤの恩人たちのもとへ運ばれる。毛皮外套を質屋へ持って行かず、夏服がなくともそのままにして、別荘で海獺《らっこ》や洗熊《あらいぐま》の毛皮で着飾るほうがまだましだ。少なくとも百ルーブルはするわたしの毛皮外套も、質屋ではたったの三十二ルーブルにしかならなかった。

　ベルジーチェフ、ジトーミル、ロストーフ、ポルターワなどの地方都市では、泥濘《でいねい》が膝《ひざ》にまで達する。それは褐色をしていて、ぬかるんで、いやな臭いがする……。徒歩で外へ出なければならない人びとは家にこもって、表に出ないようにしている。いつどんなことで埋《う》まってしまうかわからないからだ。ぬかるみに取られるのはオーヴァシューズだけではなく、爪《つま》さきのとがった長靴でもそうだから。必要もないのに裸足《はだし》や竹馬で表へ出るよりは、むしろじっと家《うち》にこもっているほうがはるかにましだ。母なるモスクワでは、たとえ長靴はぬかるみに取られても、なんとしてもオーヴァシューズは取りかえさねば、ということを認めなければならない。オーヴァシューズには、ごく限られた場所では（つまり、クズネツキー交差点、ペトローフカ通り、トゥルバー、それにほとんどすべての広場では）、永久におさらばすることになりかねない。村から村へは馬車でも徒歩でも、行くことができない。

　十五歳以上の青少年以外は誰でも、散歩が嬉しくて小躍りする。若者たちは試験のために春をふりかえろうともしない。五月中は、合格点や落第点を取ることで過ぎてしまう。落第生たちにとっては、春は歓迎されざる客である。

ほんのちょっと、五、六日待ってごらん、一週間もすれば、猫たちは窓辺でますます声を張り上げて鳴きだし、泥濘はなおいっそう厚みを増し、木々の蕾《つぼみ》はふくらんで、草はあらゆるところで芽を吹き、太陽は照りつけ――春も真っ盛りとなる。モスクワからは、家具や、草花や、布団《ふとん》や、召使たちを乗せた荷馬車の列が引きも切らない。菜園労働者や庭師たちがうごめきはじめる……。鉄砲撃ちは鉄砲の手入れにとりかかる。

もう一週間ばかり待って、しばらく胸に丈夫なガーゼを当てていたまえ、あなたがたの胸から狂乱した、押さえることのできない心のいらだちが跳び出さないように……。

それはそうと、春を描写するとしたら、どんなふうになるだろう。どんな姿に？　大むかしは、春を、美しい娘が地上に花々をばらまいている姿として描いたものだ。花々は、喜びと同義語である……。いまは別の四季、別の習俗だから、春の姿も異っている。わが国でも、春は貴婦人として描かれる。花々はまかれない。というわけは、暖めるために両手をさしこむマフのなかの手に、花はないからだ。だから春は、やつれて、痩《や》せさらばえて、肺病病みの頬に赤みを浮かべた、だがコムイルフォ（立派な申し分のない）淑女としておくことにしよう。春の姿をこういうふうに妥協しておくのは、彼女が貴婦人だからである。

（『モスクワ』一八八二年第十二号、検閲許可三月二十三日）

# 三つのうちのどれが　古くて永遠に新しい話

五等官の未亡人マリヤ・イワーノヴナ・ランゲルのぜいたくな昔ふうの別荘のテラスに、彼女の娘ナージャと、モスクワの有名な商人の息子イワン・ガヴリーロヴィチが立っていた。

すばらしい晩だった。もしもわたしが自然描写の名手だったら、黒い雲のかげからやさしく覗《のぞ》きこんで、その美しい光を、森や、別荘や、ナージャの小さな顔に浴びせている月を描いたにちがいない……。ひっそりとした木々のささやき、小夜《さよ》鳴鳥《なきどり》の歌声、かすかに聞こえる噴水の水音も忘れずに描写したことだろう……。ナージャは肘《ひじ》掛椅子《かけいす》の端に片膝《かたひざ》でよりかかり、テラスの手すりに片手でつかまって立っていた。彼女の眼はものうげで、ビロードのようで、感情がこもっていたが、暗い森の緑の茂みをじっと見つめていた……。月光に照らし出されたその青白い顔には、暗い影——斑《はん》点《てん》が躍っていたが、それは頬の赤みだった……。イワン・ガヴリーロヴィチは彼女のうしろに立って、神経質そうに、ふるえる手で、まばらな顎《あご》ひげを引っぱっていた。ひげを引っぱるのに飽きると、高く立てた、見ばえのしない襟《えり》を、もう一方の手で撫《な》でたり、引っぱったりした。イワン・ガヴリーロヴィチは醜男《ぶおとこ》で、田舎の料理女を思わせる母親にそっくりだった。額《ひたい》は狭くて押しつぶされたようだった。上を向いた団《だん》子《ご》っ鼻は、段鼻になるところがはっきりとへこんでいて、髪の毛はこわかった。眼は小さくて細く、生まれたばかりの小猫の眼のようで、もの問いたげにナージャを見つめていた。

「赦《ゆる》してください」と彼は言いながら、顔色をうかがい、ふうっとため息をついて、もう一度くりかえした。「赦してください、自分の感情を……打ちあけたりして……。でも僕は、自分が正気かどうかさえわからないくらい、あなたに夢中なんです……。胸のうちは、とても口では言いあらわせないほどです！　僕は、ナジェージダ・ペトローヴナ、あなたにひと目ぼれして、つまり恋してしまった。赦してください、もちろん、でも……だって……（間《ま》）今夜は自然がすてきですね！」

「ええ……。すばらしい天気ですね……」

「こんななんとも言えない自然のなかで、ねえあなた、あなたのような気持ちのいいかたを愛することができたら……。でも僕は不幸です！」

イワン・ガヴリーロヴィチはため息をついて、顎ひげを引っぱった。

「とっても不幸で！　僕はあなたを愛し、悩んでいるのに……あなたは？　あなたは僕にそういう気持ちが持てるでしょうか。あなたは教養もあれば教育もある……なにもかも上品なのに……僕は？　僕は商人身分で……それっきりです！　それだけなんだ！　金《かね》こそありはしますが、ほんとうの幸福がなければ、金なんか何になりますか。金があっても幸福がなければ、呪《のろ》わしいだけだ……あだ花にすぎない。いくらうまいものを食べても……そう、外出するのに歩かないですんでも……むなしい毎日ですよ……ナジェージダ・ペトローヴナ！」

「え？」

「いいえ……なんでもありません！　僕は、正直言って、お願いしたいことが……」

「なんでしょう」

「僕を愛してくださらないでしょうか。（間）あなたのおかあさんには……つまりおかあさまには、あなたとの結婚をお願いしたんですが、おかあさまは、すべてはあなた次第だって……。あなたは、おかあさまのご意向にはかかわりなく決められる、そういうことですし……。どういうお返事がいただけるでしょうか」

ナージャは黙っていた。彼女は、木々の幹やら葉っぱの模様やらの見える暗い緑の森を見つめていた……。そよ風に梢《こずえ》がかすかに揺らいでいる木々の、揺れ動く黒い影が彼女の心を捉《とら》えていた。彼女の黙っていることがイワン・ガヴリーロヴィチを息苦しくさせた。彼の眼に涙が浮かんだ。悩んでいるのだ。「どうしよう、もしも断られたら」と思うと、この愉快でない思いが幅広い彼の背中を、はげしい寒気のように刺すのだった……。

「お願いです、ナジェージダ・ペトローヴナ」と彼は言った。「僕を苦しめないでください……。僕が、こちらをおたずねするのは、恋してるからこそです……。だから……（間）もしも……（間）もしもお返事がいただけないようでしたら、むしろ死んだほうがましです」

ナージャはイワン・ガヴリーロヴィチのほうへ頭を向けて、ほほ笑んだ……。そして彼に片手をさし出して、モスクワの商人の耳にはセイレーンの歌声とも聞こえる声で言った。

「あなたにはどれほど感謝しても感謝しきれませんわ、イワン・ガヴリーロヴィチ……。あなたが愛してくださってることは、とっくに知ってますし、熱烈に愛してくださってることも存じています……。でも、わたし……わたしもあなたを愛しています、ジャン……あなたの善良な心や、あなたの献身ぶりを知れば、愛さずにはいられませんもの……」

イワン・ガヴリーロヴィチは口を大きくあけて、笑いだし、幸福のあまり、夢ではないかとばかりに、片手で顔をなでた。

「もしも、あなたと結婚すれば」とナージャはつづけた。「いちばん幸福になれることも、わかっています……。でも、いいですか、イワン・ガヴリーロヴィチ。お返事はもう少し待ってください……。いますぐは、はっきりしたお返事はできませんわ……。わたしも、この一歩はよくよく考えてみなければなりませんし……。よく考えてみなければ……。もうちょっと辛抱してくださいな」

「待つのは長いことですか」

「いいえ、ほんのちょっと……。一日か、長くても二日……」

「それでしたらかまいません……」

「いまはすぐお帰りになってください、お返事は手紙でさしあげますから……。いますぐお宅にお帰りになってくださいい、わたしは考えてみますから……。じゃあ、さよなら……。一日たってから……」

ナージャは片手をさし出した。イワン・ガヴリーロヴィチは、その手をとって口づけした。ナージャはうなずき、投げキスをして、鳥の飛び立つように表階段から姿を消した……。イワン・ガヴリーロヴィチは二、三分たたずんで、ちょっと思案してから、小さな花壇や茂みを抜けて、林道にとめてある自分の馬車のほうへ向かった。幸福のあまり、ぐったりして力が抜けたようになった、まるで丸一日熱い風呂《ふろ》にはいっていたかのように……。歩きながら彼は幸福の笑い声を立てた。

「トロフィーム！」と彼は、眠っていた御者を揺り起こした。

「起きろよ！　行こうぜ！　酒手《さかて》に五ルーブルはずむからな！　わかったか。は、は！」

いっぽうナージャは、家じゅうの部屋を通りぬけて別のテラスに出、そのテラスからおりると、樹木や、灌木《かんぼく》や、藪《やぶ》のあいだを縫いながら、別の林道へと走り出た。そこには、幼な友だちの、若い二十五、六の男爵《だんしゃく》、ヴラジーミル・シュトラーリが待っていた。シュトラーリは、ずんぐりした小柄なドイツ人で、頭にはもうはっきりわかるくらいの禿《は》げがあった。ことし大学を卒業して、ハリコフの自分の領地へ帰るので、最後の思い出に別れに来たのだった……。彼は一杯きげんで、ベンチに半ば身を横たえて、「小さな針」のメロディを口笛で吹いていた。

ナージャは彼に駆け寄ると、荒い息づかいで、走って来たのでぐったりしながら、彼の頸《くび》にぶらさがった。甲高い笑い声を立て、彼の頸や、髪や、襟を引っぱりながら、彼女は、汗ばんで脂《あぶら》ぎったその顔に口づけの雨を降らせた……。

「もう一時間はたっぷり待ったぞ」と彼女の腰を抱きながら男爵は言った。

「どう、元気？」

「元気だよ……」

「あした発《た》つの？」

「発つんだ……」

「いやあねえ……すぐ帰って来る？」

「わからないな……」

男爵はナージャの頰に口づけして、膝からベンチに彼女を抱きおろした。

「さ、口づけはもうたくさん」とナージャが言った。「あとでね……。まだ、これからまだ時間はたっぷりあるわ。いまは大事なことを話しましょ。(間) ねえ、ヴォーリャ、考えてくれた？」

「考えたよ……」

「それで、どうなの。いつ……結婚は？」

男爵は眉《まゆ》をひそめた。

「また、おんなじことを！」と彼は言った。「きのうもう返事したじゃないか……はっきりと……。結婚なんて問題にもならんよ！　きのうもう言ったじゃないか……。どうしてそう蒸しかえすんだい、もう千べんも話したことを」

「だって、ヴォーリャ、わたしたちの関係はなんらかのけじめをつけなきゃならないのよ！　どうしてそれがわからないの。それが当然でしょ」

「当然さ、でも結婚によってではないな……。君は、ナジーヌ、口をすっぱくして言うがね、ナイーヴだなあ、まるで三つの赤ん坊のようだね……。ナイーヴってのは、きれいな女性にはふさわしいが、この場合は違うね、君……」

「結婚したくないってわけね、つまり。いやなんでしょ。はっきりおっしゃい、恥知らずね、率直に言ってよ。いやなのね」

「いやだね……。いったいどういう理由で、立身出世をフイにしなけりゃならないんだい。そりゃ、愛してるけど、君と結婚しようものなら、君は僕を破滅させちまう……。君は僕に財産も、名誉も与えてくれないからね……。結婚というものはね、ねえ君、立身出世の半分でなけりゃならんのに、君は……。なにも泣くことアないさ……。常識で判断しなけりゃならないよ……。恋愛結婚なんてものは、けっして幸福にはなれないし、たいてい虚偽で終るものなんだ……」

「嘘《うそ》よ……。嘘ついてるわ！　そうよ！」

「結婚したって、あとで飢え死にするのが落ちだ……。乞食《こじき》を産んでさ……。よく考えてみるんだな……」

「じゃ、どうしてあのとき考えなかったの……おぼえてる？　あのとき、きっと結婚するって約束したじゃないの……。したでしょ？」

「したさ……。でも今は計画が変ったんだ……。君だって貧乏な男とは結婚しないだろう？　だったら、どうして僕を貧しい娘と結婚させようとするんだい。僕は自分を豚なみに扱うつもりはないね。僕には、自分の良心に責任を取らなきゃならない将来があるからね」

ナージャはハンカチで眼を拭《ぬぐ》うと、思いがけず出しぬけに、正教徒のドイツ人の頸っ玉に、やにわにまた抱きついた。そしてすがりついて、相手の顔に口づけの雨を降らせた。

「結婚してよ！」と彼女はもつれた舌で言った。「結婚してよ、ねえ！　こんなに愛してるんですもの！　あなたなしには生きてられないのよう、ねえあなた！　別れたりしたら、わたしを殺すようなものよ！　結婚してくれるわね？　ね？」

ドイツ人はちょっと考えて、きっぱりした口調で言った。

「駄目だ！　愛はいいものだがね、この世ではすべてに先立つっていうわけには行かないんだ……」

「じゃ、いやなのね？」

「うん……。駄目なんだよ……」

「いやなの？　ほんとに、いやなのね？」

「駄目なんだ、ナジーヌ！」

「人でなし、卑劣漢……そうよ！　ぺてん師！　ドイツっぽのくせして！　あんたなんか我慢ならないわ、憎んで、軽蔑《けいべつ》してやる！　汚《けが》らわしいわ！　あんたのことなんか一度だって愛したことはなかったわ！　あの晩、言うとおりにしたのだって、誠実な人間だからと思って、結婚してくれると思ったからよ……。あのときだって、我慢ならなかったんだ！　あんたと結婚したかったのは、男爵でお金持ちだからにすぎないわ！」

　ナージャは両手を振って、シュトラーリから何歩か離れて、なおもいくつか手きびしい言葉を投げつけると、家のほうへ歩いて行った。「あんな男のところへ、きょう行くことはなかったんだわ」と、わが家へ帰りながら彼女は思った。「結婚する気なんかないことくらい、わかってたはずなのに。卑劣漢！　馬鹿《ばか》だったんだわ、あの晩！　あのとき言うなりにさえならなかったら、いまごろ卑屈な態度をとらなくたってすんだのに……ドイツっぽの前で」

別荘の庭へはいっても、ナージャは部屋へは向かわなかった。そして庭さきを歩いて、かすかに明りの点《とも》った一つの窓辺に立った。それは、音楽院を出たばかりの若い第一ヴァイオリン、ミーチャ・グーセフが、夏のあいだだけ泊っている部屋の窓だった。ナージャは窓から覗《のぞ》きこんだ。ミーチャは肩幅の広い、カールした金髪の男で、なかなかの好男子だったが、部屋にいた。フロックコートもチョッキもぬいだかっこうで、ベッドに寝ころがって小説を読んでいた。ナージャはしばらくたたずんでいたが、ちょっと考えてから窓をノックした。第一ヴァイオリンが頭をあげた。

「だれだい」

「わたしよ、ドミートリー・イワーヌイチ……。ちょっと窓をあけてくださらない！」

ミーチャは急いでフロックコートを着て、窓をあけた。

ミーチャは窓の上に姿を現して、あっというまにもう、彼女のそばに立っていた。

「なにかご用ですか」

「歩きましょうよ！」とナージャは言って、ミーチャの腕を取った。

「あのねえ、ドミートリー・イワーヌイチ」と彼女は言った。「わたしに、お願い、ラブレターなんか書かないでよ！　どうか、書かないでね！　わたしを愛したり、愛していると言ったりしないでちょうだい！」

涙がナージャの眼に光って、頰やら腕やらを伝って落ちた。

まぎれもない、悲嘆に暮れた、大粒の涙だった……。

「わたしを愛したりなさらないでね、ドミートリー！　わたしのためにヴァイオリンをひいたりしないでね！　わたしは、けがらわしい、いやらしい、いけない女よ……。軽蔑され、憎まれ、ぶちのめされなければいけない女よ……」

ナージャは声をあげて泣きだし、ミーチャの胸に頭をもたせかけた。

「わたしって、なんてけがらわしい女だろう、考えも、心も……」

ミーチャは途方に暮れて、なにやらわけのわからないことをつぶやき、ナージャの頭に口づけした……。

「あなたってやさしい、いい人なのね……。わたしは、正直言って、あなたを愛してるのよ……。でも、あなたはわたしを愛してはいけないわ！　わたしは、この世で何よりお金と、衣裳《いしょう》と、馬車が好きなんですもの……。お金のない自分を想像すると、死にそうになるのよ……。わたしって、いまわしい女で、エゴイストなんだわ……。

わたしを愛したりしないでね、ねえ、ドミートリー・イワーヌイチ！　わたしに手紙を書いたりしないでちょうだい！　わたし、結婚するのよ……。ガヴリールイチと……。わかったでしょ——わたしがどんな女かが！　あなたはまだ……わたしを愛してくださるわね！　さようなら！　わたし、結婚してからも、あなたを愛してるわ……。さよなら、ミーチャ！」

ナージャはすばやくミーチャを抱いて、すばやくその頸に口づけすると、門のほうへと走り去った。

自分の部屋へ戻るなり、ナージャは机に向かって、さめざめと泣きながら、こういう手紙を書いた。——「親愛なイワン・ガヴリールイチ！　わたしはあなたのものです。あなたを愛しているし、あなたの奥さんになることを望んでいます……。あなたのH《エヌ》」

手紙は封をされ、宛名《あてな》のところへ発送するために小間使に渡された。

「あしたには……きっと何かを持って来るわ……」とナージャは思って、深いため息をついた。

このため息が彼女の涙のフィナーレだった。しばらく窓辺にすわって、気を落ちつけてから、手ばやく服をぬいで、夜のちょうど十二時には、刺繡《ししゅう》やらイニシアルやらを飾った高価な羽根布団《はねぶとん》が、若くて、美しい、放埒《ほうらつ》で、淫《みだ》らな娘の、眠りに落ちて、ときどき身をふるわせる体をもう暖めていた。

　真夜中に、イワン・ガヴリーロヴィチは、自分の書斎を歩きまわりながら、自分の夢を語っていた。

　書斎には彼の両親が掛けて、その夢に耳を傾けていた……。ふたりとも幸福な息子のために喜び、幸福な気持ちだった。

「いい娘さんじゃや、上品な」と父親が言った。「五等官の娘で、おまけに美人と来てるしね。たった一つだけ難があるなあ。名字《みようじ》がドイツふうだってことさ！　みんなは、おまえがドイツ娘をもらったと思うだろうからな……」


（『道づれ』一八八二年七月十三日号）

# ひどい目に遭《あ》った

「眠い!」と、わたしは銀行の机に向かいながら思った。「帰ったら、ひっくり返って寝てしまおう」

「ああ、天国だ!」。はやばやと夕飯をすませると、ベッドの前に立って、わたしはひとりごちた。「生きてる甲斐《かい》があるってものだ! たいしたことだ!」

こみあげる笑いをかみころし、ベッドの上に体を伸ばして、日なたの猫よろしくうっとりとしながら、眼を閉じて眠りかけた。まぶたの裏で蟻《あり》が駆けまわりはじめた。頭のなかで霧がくるくるまわり、翼が羽ばたきはじめ、毛皮のようなものが頭のなかから空へ飛び立ち……空からは綿が頭のなかへゆっくりと降りて来た……。たえず大きくて、やわらかな、軽やかな霧のようなものが濃くなって来る。その霧のなかで小《こ》人《びと》たちが駆けはじめる。駆けたり、駆けまわったり、霧に隠れたりする……。最後の小人が消えて、モルペウス（夢の神）のしわざが成就《じょうじゅ》しかけたとき、わたしはびくっとした。

「イワン・オーシプイチ、こっちへ！」とどこかでがなりたてる声がした。

わたしは眼をあけた。隣りの部屋でどしんという音や、瓶《びん》の栓を抜く音がする。わたしは寝返りを打って、毛布を頭からかぶった。

「われ御身《おんみ》を愛す、おそらく恋はふたたび……」と隣りの部屋でバリトンが歌いはじめる。

「どうしてピアノを入れないんですか」と別の声がたずねる。

「ちくしょうめ」とわたしはつぶやいた。「眠れやしない！」

もうひと瓶あけて、食器をがちゃがちゃいわせる音がした。だれかが拍車を鳴らしながら歩きはじめた。ドアがばたんと鳴った。

「チモフェイ、サモワールはすぐ来るか。もっと景気よく、きょうだい！　皿をもっと！　なあ、みなさん！　キリスト教徒の習慣でやろうぜ。ちびちびとな……。マドモアゼル蜻蛉《とんぼ》、羊の足を、ジュ・ヴー・プリ（たのみますよ）！」

隣りの部屋ではどんちゃん騒ぎがはじまった。わたしは頭を枕《まくら》の下に隠した。

「チモフェイ！　熊《くま》の毛皮外套《がいとう》を着た背の高い金髪が来たら、おれたちはここにいるって伝えてくれ……」

わたしは唾《つば》を吐《は》いて、飛び起きると、どんどん壁をたたいた。隣りの部屋は静かになった。わたしはまた眼を閉じた。蟻が駆けまわり、毛皮や綿が飛びはじめた……。だが——なんてことだ！——一分もすると、またもや大声になった。

「みなさん！」とわたしは祈るような声でどなった。「こいつはもう、恥っさらしじゃありませんか！ どうかお願いします！ こっちは病気で、眠くてならないんだ」

「それはこっちに言ってるのか⁇」

「そうですよ」

「で、どうしてもらいたいんだね」

「どうか大声をあげないでください！ 眠くてならないんだから！」

「じゃア寝たまえ、だれに遠慮することがいるものか。それに病気なら、医者に行くんだな！『勇士は恋と名誉とを……』」と、バリトンが歌いはじめた。

「なんて愚劣なんだ！」とわたしは言った。「愚劣のきわみだ！ いや、卑劣でさえある」

「つべこべぬかすのは止《よ》してくれ！」と壁のむこうで、老人らしい声で言うのが聞こえた。

「まったく驚くよ！　とんだご主人のおでましだ！　威張りくさってさ！　どこの何さまだい」

「つべこべぬかすな!!!」

「土百姓めが！　ウォトカの勢いで喚《わめ》きやがる！」

「つべこべぬかすんじゃない!!」と、老人のしゃがれ声が、十ぺんほどもくりかえされた。

わたしはベッドの上でごろごろと寝返りを打った。どんちゃん騒ぎで眠れないと思うと、次第にむちゃくちゃに腹が立ってきた……。ダンスが始まった……。

「静かにせんと」と憎悪《ぞうお》に煮えくりかえりながら、わたしはどなった。「警察を呼びにやるぞ！　給仕!!　チモフェイ！」

「つべこべぬかすな!!!」と、またもや老人らしい声がどなった。

わたしは跳び起きると、狂ったように隣りの部屋へ突進した。何が何でも自分の言い分を通そうと思ったのだ。

部屋は宴たけなわだった……。テーブルには酒瓶《しゆびん》がずらりと並んでいる。テーブルの前には、海老《えび》のように眼を剝《む》いたどこかの連中が掛けていた。部屋の奥のソファには、禿《は》げ頭の老人が半身《はんしん》を起こして横たわっている……。彼の胸の上には、有名な金髪の娼婦《しょうふ》の頭が乗っかっていた。老人はわたしの部屋の壁にむかって、どなり散らしている。

「つべこべぬかすな!!」

わたしはどなりつけてやろうと口をひらいた……そして、ぞうっとした!!! 老人がわたしの勤め先の銀行の頭取だと気がついたのだ。とたんに眠気も、憎悪も、傲慢《ごうまん》も吹っ飛んだ……。ほうほうの態《てい》で、わたしは隣りの部屋から逃げだした。

丸ひと月、頭取はわたしの顔も見なければ、言葉ひとつかけなかった……。互いに避けていたのだ。ひと月たったころ、彼はわたしの机へ横向きに近づいて来て、頭を垂れ、床《ゆか》を見ながらつぶやいた。

「わしはこう思ってたのだよ……心待ちしてたのだ、君が自分で気づくだろうとね……。ところが、見ると君にはそのつもりもないらしい……。ふーむ……。なんとも思ってないんだからな。いや、すわったままでかまわん……。わしはこう思ってた……。わしらはいっしょに働くわけには行かんとな……。ブルトゥイヒンの部屋での君のふるまいなんだがね……。わしの姪《めい》がひどくおじけづいてね……。わかるだろ……。イワン・ニキーチチに事務を引きついでくれたまえ……」

そして、頭をあげると、彼はわたしから離れて行った……。

わたしはこうして破滅したのだった。

（『破片』一八八二年十一月二十日号）

# ついてない訪問

しゃれ者が、これまで来たことのない屋敷へやって来た。訪問して来たのだ……。

玄関で迎えたのは、十六くらいの小娘で、更紗《さらさ》の服に白いエプロンをしていた。

「ご在宅かい」としゃれ者は、小娘になれなれしい口をきいた。

「ええ、います」

「ふん……。かわいい子ちゃん！　奥さんもご在宅かい」

「ええ、います」と娘は言って、なぜか赤くなった。

「ふん。別嬪《べっぴん》ちゃん！　おてんばちゃん！　帽子はどこに置けばいい」

「お好きなところに。放してください！　変だわ……」

「ねえ、どうして赤くなるんだい。おやおや！　取って食やしないよ……」

そしてしゃれ者は小娘の腰を手袋ではたく。

「おやおや！　なんでもないさ！　きれい子ちゃん！　さあ、取り次ぎに行ってくるんだ！」

小娘は罌粟《けし》の花のように赤くなって駆けて行く。

「初心《うぶ》なんだな！」と、しゃれ者は決めて、客間へ通る。

客間で女主人が迎える。掛けて話にはいる。

五分ほどして、客間を例のエプロン姿の小娘が通って行く。

「上の娘です！」と女主人が言って、更紗の服を指さす。

ある場景。

（『破片』一八八二年十一月二十七日号）

# 男爵《だんしゃく》

「男爵」というのは、小柄で痩《や》せた六十がらみの老人だ。彼の首は椎骨《ついこつ》と鈍角をなしているが、それはいずれ直線になることだろう。ごつごつした大頭、しかめた眼、ざくろ鼻、紫がかった顎《あご》。顔じゅうに軽いチアノーゼを起こしているが、たぶんそれは、小道具方がめったに鍵《かぎ》をかけない戸棚にアルコールの瓶《びん》があるからだろう。もっとも男爵は、専売のアルコール飲料のほかにも、ときどきシャンパンも嗜《たしな》んだ。シャンパンならば楽屋には、酒瓶《しゅびん》やコップの底にしょっちゅう残っていたからだ。頬っぺたと下まぶたは、干してあるぼろ服のようにだらりとさがって、ふるえている。禿《は》げ頭には、耳おおいのある毛皮帽子の緑の裏地の、緑がかった屑《くず》がのっかっている。この毛皮帽子は、ぬいだときには、三番目の楽屋のガス燈《とう》のこわれた火口《ほくち》に掛けてある。声は、金属鍋《きんぞくなべ》が鳴るようなガラガラ声だ。では服は？　もしも諸君がこの服を見て笑うならば、諸君は、つまり、権威を認めないことになり、諸君の名誉を傷つけることになる。焦茶色《こげちゃいろ》のフロックコートは、ボタンも取れ、肘《ひじ》がてかてかに光り、裏地が房のように垂れさがっていて、たいしたしろものだ。それは男爵の狭い肩にはだぶだぶで、こわれたハンガーに掛けたように見える。しかし……だからといってそれが何だろう。それどころかそれは、かつて喜劇俳優のうちの最も偉大な男の天才的な体をおおっていたのだ。空色のビロードのチョッキは、二十カ所も裂け目があって、無数の汚点《しみ》が出来ているが捨てるわけにはいかない。なにしろそれは、あの力強いサルヴィーニの暮らした部屋で見つけたものだから！　このチョッキを当の悲劇俳優が身につけなかったと、だれが言いきれるだろう。それが見つかったのは、あの名優の出立した翌日のことで、だから、偽物《にせもの》ではないと誓って言うことができる。男爵の首を暖めているネクタイも、けっしてそれに劣るものではない。たしかに誇るに足るもので、なるほど純衛生的・美学的な面からすれば、もっと丈夫で、汚れの目立たないものに取りかえたほうがいいには違いないが、むかしエルネスト・ロッシーが、「マクベス」のなかで魔女たちと語ったときに彼の肩にかかっていた偉大なマントの端《はぎ》切れから裁《た》ったものなのだ。

「わしのネクタイからはダンカン王の血の匂《にお》いがする！」と男爵は、ネクタイの衣魚《しみ》を探しながらよく言ったものだ。

男爵の色とりどりの縞《しま》ズボンには、諸君は笑いださずにはいられまい。それはかくべつ権威のある人物が以前はいたものではないが、俳優たちは冗談に、サラ・ベルナールがアメリカ巡業のさいに乗った船の帆布で縫ったものだと言っている。このズボンは十六番の座席案内係から買い取った。

冬と夏には、男爵は大きなオーヴァシューズをはいて歩いているが、それは長靴を長持ちさせるためと、プロンプター・ボックスの床《ゆか》を吹きわたる吹抜け風でリューマチの足を冷やさないためだ。

男爵を見かけるのは三カ所に限られる――切符売場と、プロンプター・ボックスと、舞台裏の男子用楽屋と。これ以外の場所に彼はいないし、まずほとんどいるとは考えられない。切符売場に彼は寝泊りし、昼間はボックス席を買った人の名まえを控えたり、会計係と碁《ご》を打ったりしている。年取って病弱な会計係は、男爵の話に聞き入ったり、問いに答えたりするたったひとりの人間だ。プロンプター・ボックスのなかで男爵は自分の神聖な義務を果たす。そこで日々の糧《かて》を稼いでいるのだ。このボックスは、外側だけ、ぴかぴかと白い色に塗られている。内側の壁は、蜘蛛《くも》の巣だらけ、隙《すき》間《ま》だらけ、刺《とげ》だらけだ。そこは湿っぽくて、燻製《くんせい》の魚、酒の匂いがする。幕間《まくあい》には男爵は必ず男の楽屋を覗《のぞ》く。はじめてこの楽屋にはいった駆けだし者は、男爵を見ると思わず笑いだして手をたたく。俳優と間違えるからだ。

「ブラーヴォ、ブラーヴォ！」と彼は言う。「うまく扮《ふん》したものですねえ！　なんて滑稽《こっけい》な顔だろう！　どこでこんな独創的な衣裳《いしょう》を手に入れたんです」

かわいそうな男爵！　まさかそれが地顔だとは思えないのだ。

楽屋で彼は、花形役者を観察するのを楽しみにしている。花形役者のいない場合には、ひとの話に遠慮なく自分の意見を挟《はさ》むが、言いたいことは山ほどあるのだ。だれもそんな意見に耳を傾けようとしないというのは、そのせっかくの意見がもうさんざっぱら聞かされているからだ、耳にたこが出来るくらいに。みんなはいっこうまじめに聞こうとはしない。男爵相手には、総じて、かしこまって相手をするのがいやなのだ。彼がうるさくつきまとったり、じゃまをしたりすると、「あっちへ行け！」と言う。プロンプター・ボックスからささやく声が低すぎたり高すぎたりすると、「こんちくしょうめ！」と罵《ののし》り、「罰金をとるぞ」とか「首にするぞ」とか言っておどす。彼は楽屋の大方《おおかた》の皮肉や駄じゃれの的《まと》となる。彼には少々のいやがらせをしたって大丈夫だ。けっして言いかえしたりしないからだ。

「男爵」とからかわれるようになってから、もう二十年もたっているが、この長い年月、ただの一度もそのあだ名に腹を立てたことがない。

彼なら、科白《せりふ》の抜き書きを作らせて金を払わなくても、ちっともかまわない。どんなことをしたってかまわないのだ！　どんなに踏みつけにされようと、彼なら笑って謝ったり、はにかんだりしてくれる。みんなの前で皺《しわ》の寄った頰を張りとばされたって、彼なら決して治安判事に訴えたりはしない。例のたいした、ひどく大事にしているフロックコートの裏地を引きちぎられても――これは最近、ジュンヌ・プルミエ（二枚目。美男役の俳優）が実際にやったことだが――男爵はただ眼をぱちくりさせて、赤くなっただけだった。彼の臆病《おくびょう》と無抵抗は、こんなていたらくだ！　彼を敬うような者がいるものか。生きているあいだは厄介者にされ、死ねばたちまち忘れられる。なんとみじめなやつだろう！

とは言え、かつてあるとき、彼もすんでのことで、自身崇拝し生命よりも愛していた人びとの仲間に、兄弟同様になりかけたことがあったのだ。（ときどきハムレットやフランシス・ムーアになる人びとを彼は愛さずにはいられなかった！）彼自身もう少しで俳優になりかけたと言うより、ある馬鹿馬鹿《ばかばか》しいことに妨《さまた》げられなかったら、きっと俳優になっていたに違いない。才能はあふれるほどあったし、意欲もあった――初めのうちは後援者にも事欠かなかったが、つまらぬこと、つまり勇気がなかっただけだった。いつまでたっても、もしも自分が舞台に立ったりしたら、上下五段ある観客席に詰めかけた彼ら、知恵者《ちえしゃ》たちが、大笑いして、引っこめと騒ぎだすにちがいないという気がしてならなかったのだ。デビューしたらと言われるたびに、青くなったり赤くなったりして、おじけづいて口もきけなくなった。

「もうしばらくしてから」と彼は言い言いした。

そうして尻《しり》ごみしているうちに、とうとう老いぼれて、落ちぶれ、後援者の世話でプロンプター・ボックスにもぐりこむことになった。

プロンプターになりはしたが、これは不幸とばかりも言えなかった。いまでは、切符がなくても劇場から追い立てられることもなく、ともかく演劇人にはちがいないのだから。かぶりつきのその前に陣どって、だれよりもよく舞台を見ながら、入場料は一文《いちもん》も取られずにすんだ。それは悪くなかった。だから幸せこの上なく、心は充《み》たされている。

自分の役柄を男爵はみごとに果たしている。幕のあくまでに、間違えないように念入りに台本をさらえ、最初のベルが鳴ると、もうボックスにすわって、台本をくっている。劇場じゅう探してみても、彼ほど熱心な者は見つからない。

ところがそれでも彼は劇場から追い出されなければならなかったのだ。

無秩序ということは劇場では許しがたいことだが、男爵はときどき恐ろしい無秩序を引きおこす。彼は事件屋だ。

舞台がとりわけ調子よく運んでいるときには、彼は自分の台本から眼をはなし、せりふをつけるのをやめてしまう。またしょっちゅう、せりふを読むのを中断して、「ブラーヴォ！　いいぞ！」と叫んだり、観客が拍手しないときに拍手を送ったりする。あるときなどは「しッ！」と制止して、あやうく首になりかけたことさえあった。

まあ男爵が悪臭のするボックスにすわって、せりふをつけるときのようすを見てみたまえ。赤くなったり青くなったり、手まねをして必要以上に大きな声でささやき、息をはずませている。ときには、衣裳のそばで座席案内係があくびをしている廊下でさえ、彼の声が聞こえるようなことがちょいちょいあった。またボックスから俳優をののしったり、忠告したりすることまであった。

「右手をあげるんだ！」と彼はたびたびささやく。「熱っぽい言いかたをしてるのに、顔がまるで氷だ！　こいつはあんたには荷がかちすぎるよ！　この役をやるにはまだ青くさいんだな！　エルネスト・ロッシーのやるのを見てりゃアな！　どうしてそう大げさなんだい。やれ、なさけない！　てめえの町人流儀で、なにもかもがぶちこわしだ！」

台本どおりにせりふをつけるかわりに、こんなことをささやくのだからたまらない。こんな変人を大目《おおめ》に見てやることがあるものか。さっさと追い出しておけば、数日まえに起こったもめごとを観客が目にすることはなかったのだ。

騒ぎはこうして起こった。

「ハムレット」がかかっていて、芝居は大入り満員だった。こんにちでもシェイクスピアは、百年まえと同じように、ひどく受けるのだ。シェイクスピアがかけられると、男爵は気分がこの上なく昂揚《こうよう》する。むやみに酒を飲み、おしゃべりになり、しきりに両の拳《こぶし》でこめかみをこすった。こめかみの奥では、激しい活動が渦巻いている。老人の脳髄は、常軌を逸した羨望《せんぼう》や、絶望や、憎悪《ぞうお》や、夢想などで混沌《こんとん》としている……。むしろ彼自身がハムレットをやるべきなのだ、たとえ背中がぶざまに曲っていたり、小道具方が鍵をかけ忘れた戸棚の酒に酔っていたりしてぎくしゃくした演技になったとしても。彼こそその役にふさわしいのだ。きょうは従僕を、あしたはぼんびきを、あさってはハムレットをやるような大根役者がやるべきではないのだ！　まる四十年ものあいだ彼は、このデンマークの王子を綿密に研究してきた。なにしろハムレットは、あらゆる名優のあこがれの的だし、月桂冠《げっけいかん》を受けるのは作者にとどまらないからだ。四十年ものあいだ、彼は研究をかさね、苦闘し、あこがれてきた……。死はもう間近に迫っている。死神がまもなくやって来て、永遠に劇場から彼をつれ去ることだろう……。せめて生涯に一度でもいいから運よく、王子のジャケットを着て海辺《うみべ》の断《だん》崖《がい》絶壁の舞台を通りかかりたい。そこは荒漠たる土地で、

狂気に引きずりこまれそうなところ
底知れぬ深みを見おろせば
遠い怒濤《どとう》が響いてくるばかり　（第一幕第四場）

たとえ夢でさえ消えるがままにしておけば、日に日にどころか時々刻々と消え去るものだが、もしもその夢が現実の形を取ったとすれば、禿《は》げ頭の男爵はどんな炎に身を焼かれたことだろう！

問題の日の晩、男爵は羨望と憎悪のあまり舞台全体をひと呑《の》みにせんばかりだった。ハムレット役はほんの青二才で、張りのないテノールでせりふを唱えたが、なによりひっかかったのは彼が赤毛の男だったことだ。ハムレットが赤毛だって！

男爵はボックスのなかにすわっていたが、まるで炭火の上にいるような気分だった。ハムレットが舞台に姿をあらわすまでは、まだわりあい冷静だったが、迫力のない赤

毛のテノールが舞台に登場すると、男爵はそわそわしたり、憤慨したりしはじめた。せりふをつけるのにも、読むよりは呻《うめ》くようになってきた。両手が震え、ページが狂い、燭台《しょくだい》が近づいたり遠のいたりした……。彼はハムレットの顔を食いいるように見つめ、せりふをつけることをやめてしまった……。赤毛の頭から、一本残らず毛をむしってやりたくなった。禿げ頭のハムレットのほうがまだましだ！　カリカチュアならカリカチュアらしくすればいいんだ、ちくしょうめ！

第二幕になると、もうすっかりささやくのをやめてしまい、毒々しげにくすくす笑いをしたり、ののしったり、しーッと言ったりしていた。彼にとって幸いだったのは、役者たちがせりふをよく覚えていて、彼が読みやめたのにも気がつかなかったことだ。「ハムレット、いいぞ！」と彼は罵倒《ばとう》した。「言うことアねえや！　は、は！　従臣連中は分《ぶん》をわきまえてろ！　女の尻でも追っかけてりゃいいんだ、舞台でのらくらしてるんじゃねえや！　いや、ハムレットがこれほどまぬけ面《づら》してりゃ、シェイクスピアもこんな悲劇を書きゃしなかっただろうがね！」

罵倒するのにあきてしまうと、赤毛の役者に説教しはじめた。身ぶり手ぶりをまじえたり、せりふを唱えたり、両の拳《こぶし》で台本をたたいたりして、俳優を言うとおりにさせようとした。なんとしてもシェイクスピアを冒瀆《ぼうとく》から救いたくて、ことシェイクスピアのためなら、どんなことでもするつもりなのだ。たとえ無数の醜聞が起ころうとも！

せりふを他の役者たちとやりとりしながら、赤毛のハムレットはこわい顔つきになっていた。彼は、ちょうどハムレット自身が「ああいう連中を見ると、鞭《むち》でひっぱたいてやりたいよ」と言った「頑丈な、髪の長い若者」のように気どっていた。彼が朗《ろう》誦《しょう》しはじめたとき、男爵《だんしゃく》は我慢できなくなった。息をはずませたり、禿げ頭をボックスの天井にぶつけたりしながら、左手を胸にあて、右手で身ぶりをしはじめた。老人のうわずった声が、赤毛の役者のせりふを中断させてしまい、思わずボックスを振りかえらせた。

烈《はげ》しい怒りに身を焦《こ》がし
具足《ぐそく》に血のりがこびりつき
両のまなこは爛々《らんらん》と　阿修羅《あしゅら》のピラス
老王プライアムを探し求める　（第二幕第二場）

そして、ボックスから頭を半分突き出して、役者一にこくりとうなずくと、もう朗々とした口調ではなくて、無造作な、活気のない声でこうつけ加えた。

「先きをつづけろ！」

役者一はつづけはしたが、すぐにではなかった。ほんのしばらくせりふが滞《とどこお》って、ほんのしばらく劇場じゅうがしんとなった。この沈黙を破ったのは男爵自身だった。反《そ》っくりかえったひょうしに、ボックスの端《はし》に頭をぶつけたのだった。笑いが巻きおこった。

「ブラーヴォ、太鼓屋！」と大向《おおむ》こうから声がかかった。

ハムレットの言葉を中断させたのが、プロンプターではなくて、オーケストラ席で居眠りしていた年取った太鼓たたきだと思われたのだ。太鼓たたきがいたずらっぽく大向こうにお辞儀をしたので、劇場じゅうがどっと沸きかえった。観客というものは、劇場内のいざこざが大好きで、芝居のかわりにもめごとが出しものになるのだったら、二倍の木戸銭《きどせん》を払いさえするだろう。

当の役者一がせりふをつづけ、だんだんと静けさが戻って来た。

男爵は変り者だったので、笑いを聞くと恥かしさに赤黒くなって、両手で禿げ頭をつかんだ。きっと彼は、むかし、美しい女性たちが熱をあげたあの髪の毛がもうすっかり失われているのを忘れていたのだろう。いまや彼は町じゅうの、それにすべてのユーモア雑誌の笑いものになるばかりか、劇場からも追い払われるにちがいない！　恥かしさにかっと熱くなり、自分自身に腹を立てたが、とはいえ、体じゅうは歓喜に震えていた。いまこそ彼は舞台に立ったのだ！

「おまえの知ったこっちゃないんだ、古い、錆《さび》ついた掛《か》け金《がね》め！」と彼は思った。「たとえどんなに下積みの下男のように首筋を撲《なぐ》られるのがいやでも、おまえの役目はプロンプターなんだ。だが、それにしても、こいつはけしからん！　赤毛の小僧っ子め、まったく人間らしく芝居をしようとしやがらん！　ここのくだりを、あんなふうにやってていいものだろうか」

そこで、男爵は役者を食い入るように見つめて、またもやもぐもぐと助言しはじめた。そしてふたたび我慢できなくなって、ふたたび観客の笑いを買うことになった。この偏屈男は、いささか神経過敏だったのだ。俳優が、第二幕のモノローグを唱えながら、黙って頭を振るためにちょっと息をついたとき、またもやプロンプター・ボックスから声があがった。癇癪《かんしゃく》と、軽蔑《けいべつ》と、憎悪にあふれた声だったが、ああ、なんということだ！　それはもう、時におしひしがれた、無力な声だった。

血まみれの好色漢！　偽善者！

薄情者《はくじょうもの》の、人非人《にんぴにん》の、冷血漢の悪党！

十秒ばかり口をつぐんで、男爵は深い吐息《といき》をふっと漏《も》らすと、もうそれほど高くはない声でこうつけ加えた。

愚か者よ、愚か者よ！　剛毅《ごうき》であるものか、このおれが！（第二幕第二場）

もしこの地上に年を取るということがなかったら、これは赤毛のハムレットではなくて、まぎれもないハムレットの声だったことだろう。年を取るということが、多くのことを損《そこ》ない、多くのことを妨げるのだ。

かわいそうな男爵！　とはいえ、こんなことは彼が最初でもなく、最後でもない。いまや、彼は劇場から追放されてしまった。この処置がやむをえぬ処置だったことに、大方《おおかた》の同意を得たいものである。

（『世間ばなし』一八八二年十二月二十日号）

# 善意の知りあい

鏡のような氷の上を、男の騎兵長靴と毛皮の縁取りのある女の編上げ靴が滑っている。滑っている足はむやみにたくさんあるので、中国でだろうと竹の杖《つえ》が足りないことだろう。陽《ひ》はとりわけ明るく輝いて、空気はかくべつ澄みきって、頬は不断よりいっそう赤く燃え、眼はとりわけ大きな期待に輝いている……。ひとことで言えば、生きよ、楽しめ、というわけだ！　だが……。

「愚か者たちよ！」と、わたしの……善意の知りあいの表情の上で運命が語っている。

わたしはスケート場のはずれの裸木の下のベンチに腰かけて、「彼女」としゃべっている。わたしは彼女を、その帽子も、毛皮外套《がいとう》も、スケートをきらめかせているその足も、いっしょに食べてしまいたい気持ちだ——それほど彼女は美しい！　苦しみながらも同時にわたしは楽しんでいる！　ああ、恋よ！　だが……愚か者たちよ……。

わたしたちのそばを、われわれの役所のドア番のスペフシープ・マカーロフが通りすぎる。われらが百眼の巨人アルゴスにして商業の神メリクリウス、パイ屋でその配達係の男だ。両手に男物と女物の、だれかのオーヴァシューズをかかえているが、きっと閣下のものにちがいない。スペフシープは、わたしに挙手の礼をすると、感動と愛のまなざしでこちらを見つめながら、ベンチのそばに立ちどまる。

「寒うございますな、閣……閣……。酒手《さかて》をどうか！　へ、へ……」

わたしは二十コペイカ玉をやる。この好意はひどく彼の心を打つ。しつこく眼をしばたたいて、あたりを見まわすと、こうささやく。

「あなたさまがお気の毒で、おいたわしくて、旦那《だんな》さま！……。なんともおかわいそうで！　あなたさまはわたしには倅《せがれ》みたいなもので……。ご立派なかたでございます！　おやさしいかたで！　ご親切なかたで！　おだやかなかたでございます！　ついこのあいだもあのかたが、と申しますのは局長さまでございますが、あなたに飛びかかりなさったときには――気が滅入《めい》ってなりませなんだ！　ああ、ほんとに！　なんのためにあのかたはあんなことを、と思いました、貴様《きさま》は怠け者だ、青二才だ、首にしてやる、とかなんとか……。いったいなんのために。あのかたのとこから出て来なすったときには、あなたさまはまっ青な顔をなすっておいでで。ああ、ほんとに……。はた目にも、お気の毒で……。ああ、わたくしは、いつもいつもお役人がたに同情いたしておりますので！」

そして、わたしのつれに向かってこうつけ加えた。

「じっさいお役人がたは、書類の方面はえらくお弱くって。むつかしい書類をお作りになるのは、お役人がたのお仕事じゃございません……。いっそご商売か……お坊さまのお仕事をなさるほうがましなくらいで……。ほんとに！　あのかたたちには、一枚だってきちんと行ったためしがございません……。無駄骨ばっかりで！　くそみそにやっつけられなすって……。このかたもさんざんやられなすって……。追い出してやるって……。お気の毒なことで。あなたさまは、いいおかたなのに……」

彼女はさも蔑《さげす》むようにわたしの眼を見つめる！

「あっちへ行くんだ！」とわたしは息をはずませながらスペフシープに言う。

わたしは、オーヴァシューズまでもがまっ赤になったように感じる。恥をかかせやがって、悪党めが！　そばの、裸の灌木《かんぼく》のかげには、彼女の父親が陣取って、わたしたちの話に聞き耳を立て――わたしが「九等官」になるまで結婚など考えてはならないのではないかと、わたしたちを眺めている……。反対側の、別の灌木のかげには、彼女の母親がゆっくりと歩きながら、「彼女」を見守っている。わたしはこの四つの眼の玉を意識して……ひと思いに死んじまいたいような気持ちになっている……。

（『破片』一八八二年十二月二十五日号）

# 復讐《ふくしゅう》

われらのアンジェニュ（生娘役《きむすめやく》）の記念興行の日。

朝の九時を過ぎたころ、戸口に喜劇俳優が立っていた。彼は耳をすまして、大きな両の拳《こぶし》で両びらきのドアをたたいた。どうしてもアンジェニュに会わなければならないのだ。彼女のほうも、どんなに眠くても、是が非でも夜具から出なければならないところだった。

「あけてください、ちくしょうめ！　いったいいつまでこんな吹きっさらしのところに立たせとくんですか。あなたが、ここの廊下が零下二十度だって知ってたら、まさかこんなに長く待ちぼうけを食わせはしないでしょう！　それとも、なんですか、あなたには心ってものが欠けてるんですか」

十時十五分に喜劇俳優は深いため息を聞きつけた。ため息につづいて寝台から跳びおりる音がして、そのあとスリッパの音が聞こえた。

「なにかご用。どなたなの」

「わたしですよ……」

喜劇俳優は名のる必要はなかった。声ですぐにわかった。ジフテリア患者まがいの、しゃがれ声で、ががら声だったから。

「ちょっと待ってください、着かえますから……」

三分もすると通された。はいるとアンジェニュの手にくちづけして、寝台に腰かけた。

「用事があって来たのです」と彼は、葉巻に火をつけながら切り出した。「わたしが人を訪ねるのは用のあるときだけで、お客に行くなんてのは閑人《ひまじん》のすることだと思ってますからね。だが用件にはいりましょう……。きょうわたしはあなたの記念興行に伯爵《はくしゃく》をやるんですがね……。もちろん、そのことはご存じでしょう」

「ええ」

「老伯爵の役ですよ。二幕目にガウン姿で出て来るのですがね、そのことも、たぶん、ご存じのはずですが……。ご存じでしょ？」

「ええ」

「けっこうですな。ところで、もしもわたしがガウンを着ないで出たとしたら、真実に反することになりますね。舞台でも、世間一般のように、なにより真実を重んじますからね！　もっとも、マドモワゼル、なんのためにこんなことを言わなきゃならないか。だって、じっさい、人間は真実に近づくためにだけ作られてるのですからね……」

「ええ、それはほんとうですわ……」

「ですから、いま申したことから言っても、ガウンはわたしにどうしても必要なのです。ところが、そのガウンがない、礼儀正しい伯爵だというのに。もしもわたしが自分の更紗《さらさ》のガウンで観客の前に現れたとしたら、あなたの評判はがた落ちです。記念興行に汚点のつくこと請けあいですぞ」

「わたしで何かお役に立つでしょうか」

「もちろん。あの人が、ビロードの襟《えり》と赤房のついたすばらしい空色のガウンを残して行かれたでしょう。すばらしい、みごとなガウンを！」

わがアンジェニュは、ぱっと顔を赤らめた……。眼が赤くなって、まばたきしはじめ、ガラスの飾り玉が陽《ひ》に当ったように、きらきらと輝いた。

「あのガウンをきょうの興行に貸してくださらんか……」

アンジェニュは、部屋のなかを歩きはじめた。まだ櫛《くし》を入れてない髪が乱れて顔や肩にかかった……。唇《くちびる》と指がぴくぴく震えた。

「いいえ、駄目です！」

「それはおかしいな……。ふむ……。なぜです」

「なぜですって。まあ、なんてことでしょう、わかってるじゃありませんか！　そんなことができるものでしょうか。駄目よ！……駄目だわ！　絶対に！　あの人はわたしに失礼な仕打ちをしました、あの人はまちがっています……。それはそのとおりです！　最低の悪党のように、わたしにふるまったんですもの……。そのことは認めます！　あの人は、わたしの収入が少ない、男の人たちから巻きあげられないというだけでわたしを棄《す》てたんです！　わたしが紳士がたにたかって、その汚《きたな》らしいお金を貢《みつ》ぐ――そんなことをあの人は望んでいたのですよ！　いやらしい、下劣なことだわ！　そんなことを言われて言いなりになるのは、恥も外聞もない下等な女だけだわ！」

アンジェニュは、アイロンをかけたばかりのブラウスの置いてある肘掛椅子《ひじかけいす》にくずおれるように掛けると、両手で顔をおおった。小さな指のあいだから、喜劇俳優はきらめく水玉を見た。涙の上に窓が映っている……。

「あの人はわたしから搾《しぼ》り取ったのですよ！」と彼女は、しゃくりあげながらつづけた。「でも、そうしたいんなら搾り取ればいいんだわ、どうして棄てなけりゃならないのでしょう。どうしてなの。わたしがあの人に何をしたっていうの。何をしたって。いったい何を」

　喜劇俳優は立ちあがって、彼女に近づいた。

「泣くことはないでしょう」と彼は言った。「涙は臆病《おくびょう》のしるしですよ。それに、われわれはいつだって慰めを見つけることができます……。慰めを求めるんですよ！……。芸術こそは最も根源的な慰めですからね！」

　だが根源的な慰めも何の役にも立たなかった。

　すすり泣きにつづいてヒステリーが始った。

「すぐに過ぎ去ってしまいますよ！」と喜劇俳優が言った。「待つことにしましょう」

　彼女が正気に戻るのを待ちながら、喜劇俳優は部屋を歩きまわったが、あくびを一つすると、寝台に横になった。彼女の寝台は女ものだったが、まともな劇場のアンジェニュが寝る寝床にふさわしいほど柔かくはなかった。バネらしいものが喜劇俳優の脇腹《わきばら》を突き、枕《まくら》から薔薇《ばら》いろの生地《きじ》をとおしておずおずと覗《のぞ》いている羽の先が、彼の禿《は》げ頭を掻《か》いた。寝台の端のほうは氷のように冷たかった。それでも無作法者がのうのうと寝そべるさまたげにはならなかった。ちくしょうめ、こうした女性の寝台は、なんとも言えないいい匂《にお》いがするものだ！

　彼は横たわって、のびのびとしていたが、アンジェニュの肩はぴくぴく震え、胸からは切れ切れの呻《うめ》き声が飛び出して、指は引きつり、フランネルのカーディガンの胸もとを引きちぎった……。喜劇俳優は、世にも不幸な或《あ》るロマンスの最も不幸な一ページを彼女に思い出させた！　ヒステリーは十分ほどつづいた。われに返るとアンジェニュは、髪をうしろに掻きあげて、部屋を見まわし、話をつづけた。

　ご婦人と話すときに、寝台に寝そべっていては具合がわるい。礼儀が何よりも大切だ。喜劇俳優は喉《のど》をえッと言わせて、起きあがると、すわりなおした。

「あの人はわたしに失敬なことをしたのよ」と彼女はつづけた。「でも、だからといって、わたしがあなたにガウンを貸さなければならないということにはならないわ。たとえあの人が卑劣なことをしたとしても、やっぱりあの人を愛していることには変りがないし、ガウンはあの人が残して行ったたった一つの思い出の品なんだわ！　ガウンを見るたびに、あの人のことが思い出されて……泣けてくるのよ……」

「そんな立派なお気持ちに逆らうつもりはありませんな」と喜劇俳優は言った。「それどころか、この現実的な、実利一点ばりの世のなかで、あなたのようなやさしい心根を持ったかたに出くわすなんて嬉《うれ》しいかぎりですよ。ひと晩だってそのガウンを貸してくださるのに耐えがたいことは、ようくわかります……。でもね、考えてもみてごらんなさい、芸術のために犠牲を払うのは、なんとも愉快なことだということを！」

そうして、ちょっと思案してから、喜劇俳優はふっとため息をついてつけ加えた。

「それに、あしたになればさっそく、お返しするのですからね……」

「どうしても駄目よ！」

「でもなぜなんです。食ってしまうわけじゃなし、ちゃんとお返しするんですよ！　なんという人だろう、じっさい……」

「いやよ、いや！　どんなことがあっても！」

アンジェニュは部屋を駆け、手をふりまわした。

「どんなことがあっても！　あなたはわたしのたった一つの大事なものを奪おうとしてるんだわ！　死んだって貸すものですか！　いまでもあの人を愛してるんですからね！」

「それは百も承知ですよ、でもあなた、ひとつだけ腑《ふ》に落ちないことがあるんですがね。どうしてあなたはガウンなんかのために芸術を捨てられるんでしょう……。あなたは、芸術家じゃありませんか！」

「どうしたって駄目よ！　よしてちょうだい、もうその話は！」

喜劇俳優は赤くなって、禿げ頭をかいた。そしてしばらく黙ってから、こうたずねた。

「貸してはくれないのですな」

「どうしたって！」

「ふむ……。そうですか……。友だち甲斐《がい》のあるやりかたですな……。そんなことができるのも、友だちなりゃこそだ！」

喜劇俳優は、ふっとため息をついて、つづけた。

「残念、こんちくしょう！　残念無念、われわれは言葉だけの友だちで、仕事の友人じゃないんだからな。もっとも、言葉と仕事の不一致は、現代の際立《きわだ》った特徴だからな。たとえば、文学を見てごらんなさい！　なんとも残念至極だ！　とりわけ、われわれ演劇人を滅ぼすものは、協力や真の友情の欠如だからだ……。ああ、それがどんなにわれわれを毒してることだろう！　いや、そうじゃない！　それは、われわれが芸能人じゃない、芸術家じゃないことを証拠立ててるだけなんだ。われわれは下僕であって、芸術家なんかじゃアないんだ！　舞台は自分の裸の肘《ひじ》や肩を観衆にさらすだけのためにわれわれに与えられてるんだ……。色眼を使ったり……天井桟敷《さじき》の連中の本能をくすぐったりするためだけなんだ……貸してくださいませんか」

「どんなにお金をもらったって、駄目よ！」

「それは最後の宣告ですか」

「ええ……」

「けっこうだ……」

　喜劇俳優は帽子をかぶって、馬鹿《ばか》ていねいにお辞儀をして、アンジェニュの部屋を出て行った。顔をまっ赤にして、怒りに震え、腹立ちまぎれにわめきながら、劇場へむかって通りを歩いて行った。そうして、凍《い》てついた舗道をステッキでたたいて歩いた。下劣な同僚たちをこの節《ふし》くれだったステッキで串刺《くしざ》しにできたらどんなに気が晴れ晴れすることだろう！　もしこの俳優の杖《つえ》で地球をぐさりと突き刺せたら、もっと気が晴れることだろう！　もしも天文学者ででもあったら、地球こそ最も下等な惑星だと証明できたことだろうに！

　劇場は、通りのはずれ、監獄の三百歩ほど向こうに立っていた。それは煉瓦色《れんがいろ》に塗られていた。劇場が木造だとひと目でわかる大きな割れ目のほかはみな、一色《いっしょく》に塗られていた。むかしこの劇場の建物は倉庫で、小麦粉の袋が積まれていた。倉庫が劇場に転用されたのには、これといったわけがあったのではなく、ただ町中でこれより丈《たけ》の高い納屋《なや》がなかったからだ。

喜劇俳優は、切符売場へ行った。そこには、菩提樹《ぼだいじゅ》の汚《きたな》い机の前に、親友の会計係がいた。自称イギリス人で実はドイツ人の会計係は、ひどい近視で、物わかりの悪い、耳の遠い男だったが、それでも注意ぶかく聞こうとしさえすればなんとか同僚の話も聞きとれた。

喜劇俳優は切符売場へはいると、眉《まゆ》をひそめて、腕組みしたボクサーのようなポーズを取って会計係の前に立った。そしてしばらく黙っていたが、頭を振って叫んだ。

「あんな連中を何と呼んだらいいんだろうな、ミスター・シタム?!」

喜劇俳優は拳《こぶし》で机をどんとたたいて、憤慨に耐えぬといったおももちで木のベンチにどっかと腰をおろした。毒々しい、やけっぱちの、常軌を逸した言葉が、奔流どころか大洋のように、もう長いことひげを剃《そ》らない面《おもて》のその口から迸《ほとばし》った。せめて会計係でも彼に同情してやるがいい! あんな小娘が、センチメンタルな脹《ふく》れっ面《つら》が、その俳優がいなければこんなぼろ納屋なんかたちまちつぶれてしまうに違いない男の頼みをにべもなく断ったのだ! 十年まえには首都の劇場に招かれた一流の喜劇俳優に(力を貸さないのはもちろん) 厚意のかけらも示そうとしないのだ! えい、業腹《ごうはら》な!

だが、それにしても、このしがない劇場のなかは、寒いどころではなかった。犬小屋だってこれほど寒くはない。老会計係は、賢明にも毛皮外套《がいとう》にフェルトのオーヴァシューズ姿で掛けていた。窓には氷が張りつめ、床《ゆか》には、北極でさえもが羨《うらや》むほどの寒風が吹きすさんでいた。戸はがたぴしして、ドアの端には霜が白く凍《こお》りついている。なんというざまだ！　怒っていてさえ凍《こご》えるようだ。

「あの女め、思い知らせてくれる！」と喜劇俳優は非難の言葉を結んだ。

彼は両足をベンチの上に乗せ、十二年まえに胸を病んで死んだ仲間の俳優が形見に残してくれた毛皮外套の裾《すそ》でそれを包んだ。そしてしっかとくるまって、黙りこんだまま、毛皮外套の胸に息をかけはじめた。

舌は黙ったが、そのかわり脳は働いた。その脳が、どうしてくれよう、と活発に考えつづけた。あのなまいきで、無礼な小娘に、どうあっても復讐《ふくしゅう》しなければならぬ！

喜劇俳優は、眼だけは毛皮外套でおおわず、どこでも気ままに眺められるようにしておいた……。ついでながら、眼だけはちっとも凍えないのだ。切符売場には、眼にとって興味ぶかいものは何ひとつなかった。木の衝立《ついたて》のかたわらには机が、机の前にはベンチがあって、ベンチの上には、犬皮の毛皮外套にフェルトの長靴をはいた老会計係だけがいた。なにもかもくすんで、ありふれて、古ぼけている。そして、ぬかるみさえもが古びている。机の上には、まだ手をつけてない一綴《ひとつづり》の切符が置いてある。

買い手がまだ来ないのだ。来はじめるのは、夕食のころだ。机とベンチと切符のほかに、部屋のすみに紙くずの山があって――そのほかにはなんにもない。おそろしいほどの貧しさ、おそろしいほどのわびしさ！

いや、失敬、切符売場には、一つだけ豪華な品があった。それはテーブルの下に、寒いのでほったらかしになっている要《い》らない紙くずといっしょにころがっていた。それからまだ箒《ほうき》が一本、これはどこかへまぎれこんでいる。

テーブルの下にころがっているのは、埃《ほこり》だらけで、破れたままの大きなボール紙だ。会計係はフェルトの長靴でそれを踏みつけたり、無遠慮に唾《つば》をはきかけたりしている。このボール紙がその豪華な品というわけだ。それには大きな字でこう書いてある。――「本日の切符売り切れました」と。そう書かれて以来、一度も切符売場の窓に掛けられたことはなく、観客のほうでも誰ひとり、眼にする光栄に浴したこともない。すばらしいが、悪意にみちたボール紙だ。一度として使ってもらえないとは、なんとも憐れなしろものだ。観客はそのボール紙を嫌《きら》うが、あらゆる俳優にとっては待望のものだ！

壁や床を見まわしていた喜劇俳優の眼が、この貴重な品に止まらぬはずはなかった。彼は気転のきくほうではなかったが、このときばかりは頭の回転はすばらしく速かった。ボール紙をひと目見るなり、はたと手を打って叫んだ。

「これだ！　しめた！」

彼はかがんで切符売切れの話をでっちあげはじめた。

「しめた！　こいつしかないぞ！　これこそが、赤い房のついた空色のガウンよりも、あの女にははるかに高いものにつくってわけだ！」

十分ほどすると、ボール紙は最初で最後、窓にぶらさげられて……、まっかな嘘《うそ》をついた。

それは駄ぼらもいいとこだったが、観客には真実だと思われた。その夜、わがアンジェニュは、自分の部屋に寝ころがって、下宿じゅうに聞こえるほどの声で泣きわめいた。

「お客さんにきらわれてしまってるんだわ！」と彼女は言い言いした。

風だけが彼女に同情した。心やさしいこの風は、煙突や換気装置のなかで泣き、さまざまな声の調子でわめいていたが、きっと心底《しんそこ》悲しんでいたのに違いない。同じその夜、喜劇俳優は居酒屋にとぐろを巻いてビールを飲んでいた。ビールを——ただビールだけを飲んでいた。

（『世間ばなし』一八八二年十二月三十一日号）

# 心ならずもペテン師に　新年ほら話

ザハール・クジミーチ・ジャーデチキン家の夜会。新年を迎えかたがた、主婦のメラーニヤ・チーホノヴナの名の日の祝いをすることになっている。たいへんな客だった。いずれも、押しだしの立派な、分別《ふんべつ》のある、好もしい人びとばかりだ。ペテン師などひとりもいない。彼らの顔には感動と満足感と自負心とがあふれている。広間のレザー張りの大きなソファには、アパートの持ち主のグーセフと、ジャーデチキン家の者が付けで買い物をしている店の主人ラズマハーロフとが掛けている。ふたりは結婚適齢期の男たちと娘たちのことについて語りあっている。

「このごろは、いい相手はなかなか見つかりませんな」とグーセフが言う。「酒も飲まない、しっかり者の男なんぞ……働き者なんぞ……。なかなかね！」

「家庭で肝腎《かんじん》なことは、秩序ですな、アレクセイ・ワシーリチ！　そんな者がいるはずがない、家庭にそれがないとするとね……、つまり……家庭に秩序がね……」

「家庭に秩序がないと、そのときは……万事その……。いや、愚劣なことが世の中に殖《ふ》えましたな……。秩序はどうなるのでしょうな。ふむ……」

彼らのそばの椅子《いす》には、ばあさんが三人すわって、感動のおももちで彼らの口もとを見つめている。彼女たちの眼には、「世間智《せけんち》」にたいする驚きの色が浮かんでいる。

部屋のすみには、教父のグーリー・マルコーヴィチが立って、聖像を見つめている。

主人の寝室は騒々しい。そこでは令嬢たちや騎士たちがロトー遊びに興じている。賭《か》け金《きん》は一コペイカ。机のそばには、中学一年生のコーリャが立って泣いている。自分もロトー遊びがしたいのに、仲間に入れてもらえないのだ。まだ小さいので、一コペイカも持っていないのが彼の罪だろうか。

「泣くんじゃない、馬鹿《ばか》だね！」とみんなが言い聞かせる。「なに泣いてるの。おっかさんにぶたれたいの」

「泣いてるのは誰？　コーリャかい」と台所からおっかさんの声がする。「まだぶたれ足りないのかい、しょうのない子だね……。ワルワーラ・グーリエヴナ、耳を引っ張ってちょうだい！」

色あせた更紗《さらさ》の夜具を掛けた主人の寝台には、薔薇色《ばらいろ》服すがたのふたりの令嬢が腰かけている。その前には、アン・ファス（正面から見ると）猫そっくりのコパイスキーという、保険会社に勤めている二十三歳くらいの若者が立っている。彼はご機嫌《きげん》を取っている。

「僕は結婚しようとは思いませんね」と彼は、気取って、高い立襟《たちえり》を指で首から引きはなしながら言う。「女性というものは、人間の知恵の輝かしい一点ですが、人間を破滅もさせます。たちの悪い生き物ですよ！」

「じゃ男性は？　男性は人を愛することができないものですよ。乱暴ばかりして」

「なんてあなたがたは無邪気なんだ！　わたしは皮肉屋でもなけりゃ懐疑家でもありませんがね、それでもやっぱりこう考えてますよ、男性は感情の点では永遠に最高の位置に居つづけるだろう、ってね」

檻《おり》のなかの狼《おおかみ》のように、部屋の隅から隅へとジャーデチキン自身と長男のグリーシャが行き来している。ふたりとも心が火照《ほて》っている。夕食のときにうんと飲んだので、いまは迎え酒をしたくてたまらない……。ジャーデチキンは台所へ行く。そこでは主婦が砕いた砂糖をパイに振りかけている。

「マラーシャ」とジャーデチキンが言う。「つまみを出したらどうだい。お客につまみを……」

「もうちょっと待って……。いま飲んだり食べたりしたら、十二時に何を出したらいいの。死にゃしませんよ。あっちへ行って……。鼻さきをうろちょろしないでね」

「一杯だけでいいんだよ、マラーシャ……。かくべつ損にもなるまいがね……。いいだろ？」

「いやになっちゃうわね！　あっちへ行ってって言ってるじゃないの！　お客さんといっしょにすわってらっしゃい！　なんだってそう台所をうろつくの？」

ジャーデチキンは、ふうっとため息をついて、台所を出て行く。そして時計を見に行く。針は十一時八分を指している。待ちわびている時間にはまだ五十二分もある。ああ、ぞっとする！　飲むのを待たされることほど辛《つら》いことはない。五分間酒のおあずけを食わされるよりは、きびしい凍《い》てのなかで五分間汽車を待つほうがどれくらいいいか……。ジャーデチキンはさも憎さげに時計を見ていたが、しばらく歩きまわってから、長針を五分進める……。グリーシャのほうは？　グリーシャは、今すぐ飲ましてもらえなければ、居酒屋へすっ飛んでって一杯ひっかけて来るだろう。つらい思いをして死ぬのはまっぴらだ……。

「おかあさん」と彼は言う。「お客さんたちが怒ってるよ、つまみを出さないからだよ！　まったくよくないね……。飢え死しろってのかい！……一杯ずつでも出せばいいのに！」

「もうちょっと待ってね……。ほんのちょっと……。すぐだからね……。台所をうろつかないで」

グリーシャはドアをばたんと閉めて、もう百回目の時計を見に行く。長針の無情なこと！　ほとんどさっきと同じところを指している。

「遅れてるんだ！」とグリーシャは自分を慰めて、人さし指で七分すすめる。

時計のそばをコーリャが走って通りかかる。そして時計の前に立ち止まって時間を数えはじめる……。みんなが「ウラー！」（ばんざい）と叫ぶ瞬間が待ちどおしい。針が進まないことが心を刺す。彼は椅子の上へよじのぼって、おずおずとあたりを見まわしながら、永遠から五分間だけ盗む。

「見てきてちょうだい、ケロール・エティル（いま何時）？」。令嬢のひとりがコパイスキーにうながす。「待ちどおしくて死にそうよ。まだ新年じゃないの？　新しい幸福おめでとう！」

コパイスキーは両足を引きずって、時計のほうへ駆けて行く。

「ちくしょう！」と針を見ながらつぶやく。「まだなんて長いんだ！　腹が減ってたまらん……。『ウラー』と叫ぶときに、きっとカーチカにキスしてやるぞ」

コパイスキーは、時計の前を離れようとして立ち止まる……。ちょっと思案して、くるりと引っかえして、古い年を六分間短縮する。ジャーデチキンはコップに二はい水を飲むが、それでも……胸が焼ける！　彼は歩いて歩いて歩きまわる……。ひっきりなしに女房に台所から追っぱらわれる。窓のところに置いてある酒瓶《しゆびん》が、心を切り裂くような気がする。どうしよう！　もう我慢ならん！　またもや最後の手段に訴える。時計が彼の役に立つ。そこで時計のかかっている子ども部屋へ行くと、父親としての彼の心にとっておもしろくない場面に出くわす。時計の前にグリーシャが立って、針を動かしているのだ。

「こら……こら……なにをしてる。え？　どうして針なんか進めるんだ。なんという馬鹿者だ！　え？　なんのためだい。え？」

ジャーデチキンは、咳《せき》ばらいしたり、もじもじしたり、ひどく顔をしかめたり、片手を振ったりする。

「なんのためだね。あーん……。やたらに動かしたら、止まってしまうじゃないか、馬鹿ったれ！」と言い、息子を時計の前から押しのけると、自分で針を進める。

新年まであと十一分だ。父と息子は広間へ行って、食卓の準備に取りかかる。

「マラーシャ！」とジャーデチキンが叫ぶ。「新年になるぞ！」

メラーニヤ・チーホノヴナは、台所から駆け出して、夫の言葉を確かめに行く……。彼女は長いあいだ時計を見ている。夫の言葉は嘘《うそ》ではなかった。

「まあ、どうしましょ」とつぶやく。「まだハムに入れる豆が煮えてないわ！　まあ。困ったわ。どうしてご馳走《ちそう》を出しましょ」

そして、ちょっと考えて、震える手つきで長針を戻す。古い年は二十分引きかえす。

「もうちょっと待ってね！」と主婦は言って台所へ駆けこむ。


（『見物人』一八八三年第一号、検閲許可一八八二年十二月三十一日）

# 妻は出て行った

夕食どき。胃のあたりに小さな幸福を覚え、口はときどきあくびをし、眼は甘い眠気のために細くなる。夫は葉巻に火をつけて、伸びをすると、ソファベッドに寝そべった。妻はその枕《まくら》もとに腰をおろして、猫のように喉《のど》を鳴らしはじめた……。ふたりともこの上なく幸福だった。

「なにか話してくれないか……」と夫があくびまじりに言う。

「なんの話をしたらいいかしらね。そうだわ……。あ、そうよ！　あなた聞いた？　ソフィー・オクールコワがお嫁に行ったのよ、あの……なんて人だったかしら……そう、フォン＝トラムプのところへね！　とんだスキャンダルだわ！」

「どうしてスキャンダルなんだい」

「だってトラムプは卑劣漢ですからね！　とんでもないろくでなしよ……ひどく厚か

ましい人なんですもの！　てんで原則のない人よ！　不道徳な人間だわ！　伯爵家《はくしゃく》の管理人をしてて――私腹をこやし、いまは鉄道に勤めてて、くすねてるんだわ……。妹のものまで横領したのよ……。要するに、悪党で泥坊だわ。そんな人のところへお嫁に行くなんて?!　あんな男といっしょになるなんて?!　驚いてしまうわ！　あんな堅実な娘さんがね……驚くわよ！　どんなことがあったって、あんな男に嫁ぐべきじゃないわ！　たとえ百万長者だろうと！　たとえ美男子だろうと、そのことにどんな意味があるか知らないけど、わたしなら唾《つば》を吐きかけてやるわ！　卑劣漢の夫を持つなんて想像もできないわ！」

妻はぱっと立ちあがり、まっ赤な顔をして、憤慨しながら部屋のなかを歩きまわった。眼は怒りに燃えている。心からそう信じていることは明らかだった。

「あのトラムプって、なんという畜生でしょう！　あんな男と結婚する女は、千倍も愚かで卑《いや》しいわ！」

「なるほどね……。おまえならそりゃ行かないだろうよ……。そりゃそうだ……。ところで、もしもおまえがたった今、おれもやっぱり……とんでもないろくでなしだと知ったら？　どうするだろうね」

「わたしが？　あなたなんか捨てっちまうわ！　一秒だって、いっしょにいないでしょうよ！　わたしが愛することのできるのは、まっ正直な人間だけよ！　あなたがもしもトラムプの百分の一でもそんなことをしたとわかったら、わたし……いますぐ！　そのときはアデュ（さよなら）よ！」

「なーるほど……。ふん……。おまえはなんて女だい……。ちっとも知らなかった……。へ、へ、へ……。女は嘘《うそ》をつきながら、顔色ひとつ赤らめないんだからな！」

「嘘なんか言いやしないわ！　じゃあ、卑劣なまねをしてごらんなさい、そうすりゃわかるから！」

「どうしてやってみることがあるもんか！　おまえも知ってるじゃないか……。おれはあのフォン＝トラムプなんかよりはるかに上だぞ！……トラムプなんかまだ小者《こもの》さ。眼を丸くしたな。奇妙だね……。（間）おれの給料はいくらだい」

「年に三千ルーブル」

「じゃあ、一週間まえに買ってやった首飾りはいくらだ。二千ルーブルだぞ……。そうじゃないか。それから、きのうの服が五百ルーブル……。別荘が二千ルーブル……。へ、へ、へ。きのうは、おまえのおやじさんが千ルーブル持ってった……」

「だって、ピエール、副収入だってあるでしょ」

「おまけに馬車だ……。医者代だ……。仕立屋の支払いだ。おとといおまえは、カルタで百ルーブル負けた……」

　夫は起きあがって、両の拳《こぶし》で頭を支え、起訴状そのものを読みあげた。書きものの机のそばへ寄って、いくつかの証拠を女房に示しもした……。

「さあ、これでわかったろう、おまえさんのフォン＝トラムプなんぞ屁《へ》でもない、おれに比べりゃ、こそ泥だ……！。アデュ、出て行けよ、そしてこれからはそんな偉そうなことをぬかすんじゃない！」

　これで一巻の終りだ。あるいは、読者はなおもたずねるかも知れない。

「それで彼女は亭主のところから出てったんだね」

　たしかに、出て行ったのである……隣りの部屋へ。

（『破片』一八八三年一月二十九日号）

# 現代的祈り

アポローンへ——とっとと消えうせろ！

エウテルペー、音楽の女神へ——コンセルヴァトワールを卒業し、ルビンシテインのレッスンを受けたあなたに祈る！　あなたの力で、神さま、どこか金持ちの商人の家のお雇いピアノ弾きの仕事を探していただけないでしょうか。またポルカやカドリール作曲の帆待《ほま》ち仕事のしかたを教えてください！　ア・プロポ（ついでながら）、わが第一ヴァイオリンを首にしてもらえないでしょうか。わたしもそろそろ第二ヴァイオリンを卒業してもいいころですからね……。大衆の声——コマリンスカを……やれえ!!　しっかり弾《ひ》くんだ！

ウーラニアー、天文学の女神へ――（おずおずとあたりを見まわし、もじもじしながら、声をひそめて）それでも彼女は廻っている！（声を高めて）――惑星《わくせい》や彗星《すいせい》どもに税金をかけられないものでしょうか。たずねてみてください、どうか！　手数料を払いますから。大衆の声――それでも彼女は廻っていない！

ポリュヒュムニアー、歌の女神へ――わたしは、女神よ、オペラから道化芝居へ移ることはできないでしょうか、ええ、なんだか具合が悪くって……。ところが道化芝居は実入《みい》りはいいし、土地の評判もまんざらではないし……。わたしの几帳面《きちょうめん》さを買ってくださいよ！　仲間の連中の声をつぶしてください、わたしが連中よりもいい声になるように、彼らのあいだにごたごたを起こし、批評家連中をやっつけてください。大衆の声――なにか歌ってくれえ、若いおかた！

カリオペー、叙事詩人の女神へ――わたしの詩的興奮をさまし、テーマの数々を減らし、検閲官の数を四倍にふやしてほしい。わたしをみんなから切り離して、わたしにしたい放題したってかまいませんが、稿料を一行あたり一コペイカ増やしてください。ああ神さま、会計係連中に言いきかしてください！

メリポメネー、演劇の女神へ——われわれにわれわれの祝儀《しゆうぎ》興行を渡してくれえ、この恥知らずめが！　女商人たちをもっと増《ふ》やすんだ！　劇団も！

エラトー、性愛詩の女神へ——あなたへ祈りを捧《ささ》げるようになってから、エラトーの女神よ、わたしは一篇の詩も禁止されたことがありません。残らず通過したのです！　トラララ！　トラララ！　わたしを超える流行詩人は一人もいない！　だが……それでもわたしは不満なんだ。デコルテ詩はどこでもは許可されていないので。無学なやつらを諭《さと》してください！　大衆の声——ヴァライエティ・ショールーム万歳！

テルプシコラー、踊りの女神へ——かぶりつきに禿《はげ》あたまや歯ぬけ老人どもをわんさと集め、彼らの冷血を焚《た》きつけてくれえ！　ドラマや喜劇や悲劇を落ちぶれさせ、バレエの古い栄光を取りもどすんだ！　大衆の声——カンカン踊りはどうだ！　まんなかへ出てやれえ！　ちぇっ！　ちぇっ！

タレイア、喜劇の女神へ――わたしにはオストロフスキーの不滅の栄光なんぞは必要ありません……。いや！　長靴は不滅からは縫えやしませんからね！　われにヴィクトル・アレクサンドロフの力量を与えたまえ、ひと晩に喜劇を十篇も書きあげるよ うな！　いったいいくら稼げるだろう、神さま！

クリーオー、歴史の女神へ――（大衆の声）そばに止まらないで！　われわれに眼を向けないで！　眼を見張って何を見てるのですか。けっして醜悪さは見なかったでしょう、そうではありませんか。

バッコスとウェヌス、酒神と愛の女神へ――あなたがたのお手を！　メルシ（ありがとうございます）！　栄誉と御座所《ござしょ》を！

（『見物人』一八八三年二月七日号）

# 弁護士のロマンス　調書

## 六十コペイカの収入印紙を貼《は》る

一八七七年二月十日、サンクト・ペテルブルグ市モスクワ区第二分区リゴーフカの二等商人ジヴォートフの家において、以下に署名するわたくしは、九等官の娘マーリヤ・アレクセーエワ・バラバーノワ、十八歳、読書き能力のある正教信者に出会った。当のバラバーノワに出会ってのち、わたくしは同女に愛着をおぼえた。刑法第九九四条にもとづき、非合法的同棲《どうせい》は、教会の告解のほかに、同条に規定された罰金をともなうため（一八八一年、商人ソロドーヴニコフ事件、『上告審判例集』参照）、わたくしは同女に手と心をさしのべた。わたくしは結婚しはしたが、同女との生活は短期間に終りを告げた。同女へのわたくしの愛情が冷めたからである。同女の持参金すべてを自分名義に書き替えたのち、わたくしは居酒屋、カフェ、桃源郷を放浪しはじめ、以後五年間放浪をつづけた。民法第十巻第五四条にもとづいて、五年間の失踪《しっそう》後は離婚の権利が生じるがゆえに、わたくしは妻との離婚について調停を願い出るものである。

（『破片』一八八三年十二月五日号）

# どっちがいいか　砲兵少尉補《しょういほ》クロコジーロフの暇つぶしの考察

居酒屋には大人も子どもも通えるが、学校には子どもしか通えない。

アルコールは新陳代謝を遅らせ、脂肪の分解を助け、人間の心を陽気にする。こうしたことを学校は何ひとつできない。大学者のロモノーソフは言った。――「学問は青年を育《はぐく》み、老人たちに喜びをもたらす」と。ところがキエフ大公ヴラジーミルは、くりかえし言っている。――「酒こそはルーシ（ロシアの古称）の慰み」と。いったいどっちを信じるべきか。もちろん年長者のほうに決まっている。

消費税をもたらすのは決して学校ではない。

教育の利益は相変らず疑問視されているが、教育のもたらす害毒のほうは明らかだ。

食欲の増進に役立つのは決して読み書きではなく、一杯のウォトカだ。

居酒屋は到《いた》るところにあるが、学校は到るところにあるわけではない。

要するに、こう結論してまちがいはない——居酒屋を閉鎖してはならないが、学校については考える必要がある。

読み書きいっさいを否定してはならない。それを否定することは無分別なことだろう。というのは、人びとが「居酒屋」という文字が読めるのは、有益なことにちがいないからだ。

（『破片』一八八三年二月五日号）

# 感謝する人　心理学的習作

「さ、三百ルーブル！」と、イワン・ペトローヴィチは、秘書で遠縁にあたるミーシャ・ボーボフに札束を渡しながら言った。「まあよかろう、取りたまえ……。やりたくはないが……どうしようもない。持って行きなさい……。これが最後の最後だぞ……。家内に感謝するんだな。あれがいなかったら、やりはしなかったろうがね……。泣きつかれたものだからな」

ミーシャは金を受け取って、眼をしばたたいた。感謝の言葉もなかったのだ。まっ赤な眼をし、うるませている。イワン・ペトローヴィチを抱擁したいと思ったが……長官を抱くのはきまり悪かった！

「家内に感謝するんだな」と、もう一度イワン・ペトローヴィチが言った。「泣きつかれたものだからね……おまえがその憐《あわ》れっぽい面《つら》つきで、あれにすっかり同情心を起こさせたんだ……。家内に感謝するんだぞ」

　ミーシャはあとずさって書斎を出た。そして遠縁にあたる、イワン・ペトローヴィチ夫人のところへ礼を言いに行った。小柄で美しい金髪の彼女は、自室の小さなソファに腰かけて小説を読んでいた。ミーシャはその前に立って口を切った。

「なんとお礼を申しあげていいやらわからないくらいです！」

　彼女はおおようにほほえんで、本をぽんと投げ出すと、やさしく自分のそばの席を指さした。ミーシャは腰かけた。

「どんなふうにあなたに感謝したらいいでしょう。どんなふうに。なにによって。どうか教えてください！　マーリヤ・セミョーノヴナ！　あなたは恩恵以上のことをしてくださいました！　この金であの大好きな、大事なカーチャと結婚式があげられるのですから！」

　ミーシャの片頬を涙が伝って落ちた。声が震えている。

「ああ、ありがとうございます！」

　彼は身をかがめて、マーリヤ・セミョーノヴナのむっちりとした手に音たてて口づけした。

「あなたはほんとうにいいかたですね！　それにあなたのイワン・ペトローヴィチも、

なんといういいかたでしょう！　なんというい、おおようなかたでしょう！　あのかたは黄金《おうごん》の心の持ち主です！　あなたは、天があいうご主人を授けてくださったことに感謝しなくてはなりませんね！　わたしの大事な人よ、あのかたを愛してあげてください！　お願いします、どうか愛してあげてください！」

ミーシャは体をかがめて、小さな両手に同時に音たてて口づけした。涙がもう一方の頬にも流れた。片方の眼が小さくなった。

「あの人は、年寄りで醜男《ぶおとこ》ですが、そのかわり何という心の持ち主でしょう！　ああいう心をわたしのためにもうひとつ見つけてください！　見つかりっこありませんよ！　あの人を愛してあげてください！　あなたがた、若い奥さんたちは、たいへん軽率なものですからね！　あなたがたは男に何よりも見かけを……見てくれを求めるものです……。お願いいたします！」

ミーシャは彼女の両肘《りょうひじ》をつかんで、発作的に両の手のひらで締めつけた。声には、むせび泣きがこもっていた。

「あのかたを裏切らないでください！　ああいう人を裏切るのは、天使を裏切るようなものです！　あの人を尊敬し、愛してあげてください！　あんなすばらしい人を愛して、あの人のものになることこそが……幸福というものです！　あなたがた女の人は、多くのことを……多くのことを理解しようとしない……。わたしはあなたを激しく、気が狂いそうなほど愛しています、なにしろあなたはあのかたのものですからね！　わたしは、あの人の宝物《たからもの》に口づけします……。これは神聖な口づけですよ……。心配なさらないでください、わたしは婚約中の身ですからね……。なんでもありません……」

ミーシャは体を震わせ、涙にむせびながら、彼女の耳から頬へと身を動かして、口ひげを押しつけた。

「あの人を裏切らないでください！　だってあの人を愛してらっしゃるのでしょう？　そうでしょ？　愛してらっしゃるのですよね」

「ええ」

「ああ、すばらしいひと！」

一分ほどミーシャは、歓喜と感動の目差《まなざし》で相手の眼を見つめた。彼はその眼に気高い心を読みとった……。

「あなたは、すばらしいひとですね……」と彼は、彼女の腰へ片手をまわしてつづけた。「あなたはあの人を愛してらっしゃるんだ……。あのすばらしい……天使を……。あれこそ黄金の心です……心です……」

彼女はその手を腰から振りほどこうとして、体をくねらせたが、いっそう動きがとれなくなった……。彼女の頭は、——こういう小さなソファに掛けるのは、ぐあいの悪いものだ！——思いがけずミーシャの胸に倒れかかった。

「あの人の心ばえは……気持ちは……。ああいう人がほかにどこで見つかるでしょう。あのかたを愛してあげてください……。あのかたの心臓の鼓動を聞くことは……。あのかたと手を取りあって行くことは……。苦しむことは……喜びを分ちあうことは……。わたしの言うことを理解してください！　理解して！……」

ミーシャの眼から、涙があふれた……。頭が発作的に動きだして、彼女の胸へと傾いた。彼はすすり泣いて、マーリヤ・セミョーノヴナを抱きしめた……。

こういう小さなソファベッドに掛けているのは、ひどくぐあいのよくないものだ！　彼女は抱擁をのがれたい、彼を慰めて落ち着かせたいと思った……。彼はあまりにも神経質すぎる！　彼女は、彼がこれほど夫に好意を持っていてくれるのを感謝しようと思った……。だが、どうしても立ちあがることができなかった！

「あのかたを愛してあげてください……。裏切ったりなさらないでください……。どうかお願いです！　あなたがた……女のひとは……たいへん軽率なもので……おわかりにならない……」

ミーシャは、もうひと言も言わなかった……。しゃべりすぎて、舌がしびれてしまったのだ……。

五分たって、彼女の部屋に、なにかの用事でイワン・ペトローヴィチがはいって来た……。不幸な男よ！　どうしてもっと早く来なかったのだ。長官の青ざめた顔と握りしめた拳《こぶし》を見たとき、彼のうつろな、押しころした声を聞いたとき、ふたりは飛び起きた……。

「どうなさったんです」と、まっ青になったマーリヤ・セミョーノヴナがたずねた。

そうたずねたのは、なにか言わずにいられなかったからにすぎなかった。

「でも……でも、わたしは心底《しんそこ》、閣下！」とミーシャがつぶやいた。「ほんとうです、わたしは心底！」

（『破片』一八八三年二月十二日号）

# 忠告

扉はごくありふれた、戸口のそれだ。木製で、ふつうの白いペンキが塗られ、簡単な蝶《ちょう》つがいで留《と》めてあるが、……それがどうしてあんなに威圧的なのか。まるで近寄りがたい感じなのだ！　扉のむこうにすわっているのは……だが、それはわれわれの知ったことではない。

「メルシ（ありがとう）！」

「これはあなたへ、ほんの気持ちだけですが。お骨折のお礼です、マクシム・イワーヌイチ。なにしろこの事件はもう三年越しのもので、冗談じゃありません……。すみません、ほんのちょっぴりで……。どうか何分《なにぶん》よろしく！　（間）ポルフィーリー・セミョーヌイチに、あなた、お礼を申しあげたいのです……。あのかたは大恩人で、この事件はすっかりあのかたに頼り切っているのですから……。あのかたに贈り物をしてもかまわないと思いますが……二、三百ほど……」

「あの人に……二、三百?!　なにをおっしゃる。気でも狂ったのですか、あなた！　なにをおっしゃる！　ポルフィーリー・セミョーヌイチは、そんなかたじゃありませんよ、そんな……」

「お取りにならんですって？　残念ですね……。心から言ってるんですがね、マクシム・イワーヌイチ……。これは賄賂《わいろ》なんてものじゃありませんよ……。清浄な心からの贈り物なんです……無理なお骨折にたいする……。わたしは木石《ぼくせき》じゃありませんから、あのかたのお骨折がよくわかります……。きょう日《び》誰が給料だけであんな難儀なことを引き受けてくださるものですか。ふむ……。そうですよ……。これは袖《そで》の下ではなくて、正当な、言わば、取り分で……」

「いや、いけません！　あのかたはああいう人なのです……ああいう人なのですよ！」

「あのかたのことはようく存じています、マクシム・イワーヌイチ！　じつに立派なかたですね！　この上なく善良な心根《こころね》の、博愛主義的な……人道主義的な魂の……。なんともやさしい……。あのかたに見つめられると、腹の底まで見すかされたようで……。わたしはこれから日夜《にちや》あのかたのためにお祈りするつもりです……。ただあの事件だけはちょっと長くかかりすぎましたがね！　いや、そんなことは何でもありませんよ……。こうしたすべてのご恩にたいして、あのかたにお礼がしたいのです……たとえば、三百ルーブルくらい……」

「お受けにはなりませんよ……。あのかたは気質が違うのですからね！　厳格なんです！　あのかたにはそんなことをなさらないほうがいい……。心配して、気を使って、夜もおちおち寝ないようになる、それにお礼だとか何だとかは——決して……。そういう規則なのですから。それに、あのかたに、あなたのお金が何になるでしょう。なにしろ百万長者なんですからね！」

「なんという残念なことでしょう……。あのかたに感謝の気持ちをあらわしたいと思っていたのに！（小声で）それに、あの事件を捗《はかど》らせたいのですよ……。三年越し引きずってるのですからね！　三年越し！（声を高めて）どうしたらいいかわからない……。気が滅入《めい》って、あなた……。なんとかなりませんか、あなた！（間）三百ルーブルくらいなら、わたしはできるのですが……。まちがいありません……。たった今でも……」

「ふむ……。なるほど……。どうしますかな。（間）じゃアひとつ、こうなさったらいかがです。それほどあのかたの骨折と努力に感謝なさりたいのなら……じゃア、わたしがあのかたに話してみましょう……。お取り次ぎしましょう……。わたしならあのかたにおすすめすることができますから……」

「どうぞ、そうしてください！」（長い間《ま》）

「メルシ……。たぶん聞いてもらえるでしょう……。ただ三百ルーブルではね……。そんな端金《はしたがね》は出せるものじゃありませんよ……。あのかたにとってはそれはゼロに等しい、無です……屁《へ》みたいなものですよ……。千ルーブルお出しなさい……」

「二千ルーブル！」と誰かが扉の向こう側で言う。

幕がおりる。しかもこのことを悪く思う者はひとりもいない。


（『破片』一八八三年二月十二日号）

# 質問と答

## 質問

一　彼女の考えを知るには？

二　読み書きのできない者はどこで読むことができるか。

三　妻はわたしを愛しているだろうか。

四　立ったまま坐《すわ》っていられる場所は？

## 答

一　彼女を身ぐるみ剥《は》いでみよ。

二　人びとの心臓で。

三　誰の妻なりや。

四　警察署*。

＊警察署にとめおかれることをロシア語で「シジェーチ・ヴ・ウチャーストケ」（署に坐っている）と言う。作者は、「ストーヤ・シジェーチ」（立ったまま坐っている）という表現に滑稽《こっけい》を感じたものと思われるが、すわることもかなわぬ、ぎゅう詰めの豚箱の状態をさしているのであろう。

（『破片』一八八三年二月十二日号）

## 十字架

人びとでいっぱいの客間に詩人がはいってくる。

「どうかね、あなたの愛すべき物語詩は？」と主人がたずねる。「出版されたかね。印税は受けとったかね」

「それはたずねないでください……。十字架をくらって」

「十字架を受けたんですって？　あなたは詩人でしょう?!　詩人が十字架を授けられるなんて」

「心から祝福いたします！」と主人が詩人の手を握りしめる。「スタニスラフ勲章ですかな、それともアンナ勲章ですかな。たいへん喜ばしい……たいへん……。スタニスラフ勲章でしょう？」

「いいえ、赤い十字架なんです……」

「つまり、印税を赤十字に寄付なさったってわけですな」

「寄付なんぞしません」

「きっと勲章を授けられるでしょうね……。ねえ、ぜひ見せてくださいな！」

詩人は脇《わき》ポケットを探って、原稿を取り出す……。

「ほら、これですよ……」

みんなは原稿を見て、赤い十字架*を眺める……。しかしフロックコートにつけるような十字架勲章ではなかった。

＊赤ペンによる検閲不許可の×印。

（『破片』一八八三年二月十二日号）

# 偏見のない女　恋物語

マクシム・クジミーチ・サリュートフは、背が高くて肩幅の広い逞《たくま》しい男だ。体格はスポーツマン・タイプといっていいだろう。力はあきれるほどある。二十コペイカ銀貨を曲げたり、若い樹木を根こぎにしたり、歯で分銅《ふんどう》を持ちあげたりするくらいだから、互角に戦える人間は地上にはいない、と言いきることができる。そして大胆で勇敢だ。これまで何かにひるんだのを見たことがない。それどころか、だれもが彼を恐れ、彼が怒るのを見ると、まっ青になってしまう。男女を問わず、彼と握手をすると思わず「痛い!!」と悲鳴をあげて、まっ赤になる。彼のせっかくの美しいバリトンは聞くことができないというのは、なにしろ大音声《だいおんじょう》だからだ……。まさに大力無双《だいりきむそう》だ！　こういう男は、ほかには見たことがない。

この怪物じみて人間ばなれのした、雄牛《おうし》のような力も、マクシム・クジミーチがエレーナ・ガヴリーロヴナに恋を打ちあけたときには、踏みつぶされた鼠《ねずみ》のように、無に等しかった！　マクシム・クジミーチは、その大きな口から「あなたを愛します！」というたったひと言を絞り出さねばならなかったときには、青くなったり赤くなったりして、椅子《いす》ひとつ持ちあげることができなかった。腑抜《ふぬ》けのようになって、大きな体がぶざまな入れ物にでもなったような気がした。

彼はスケート・リンクで恋を打ちあけた。彼女は羽根《はね》のように軽々と氷の上を動きまわっていたが、彼はそのあとを追いかけながら、震えたり、すくんだり、ひとりごとを言ったりしていた。顔には苦悩の色が浮かんでいた……。敏捷《びんしよう》軽快な足は、氷のうえに奇抜な組合せ文字を刻まなければならないときに、がくがくして、もつれあった……。読者は、彼が肘鉄《ひじてつ》を食うことがこわかったのだと思われるだろうか。いいえ、エレーナ・ガヴリーロヴナは彼を愛していて、手と心の申しこみを待ちわびていたのだ……。彼女は、小柄な、美しい金髪の女性だったが、瞬間瞬間、じりじりと待ちこがれていたのだ……。もう三十歳の彼は、官位もそう高くなく、裕福でもなかったが、そのかわり美丈夫《びじようふ》で、ウイットに富み、機転がきいた！　踊りもうまければ、射撃の腕もすばらしかった……。馬術にかけても右に出る者はいない。かつて、ふたりがつれだって散歩に出たとき、彼がひろい堀割りを飛び越したことがあったが、そんな堀割りを飛び越せるのは、どんなイギリスの跳躍選手にもいなかった！……。

こんな男は誰だって好きにならずにはいられない！

彼は自分でも、みんなから愛されていることを知っていた。信じて疑わなかった。彼は一つの先入主に苦しんでいたのだった……。この考えは彼の脳髄を圧迫し、のぼせさせたり泣かせたりして、飲みも食いも眠りもならなくさせた……。そういう思いこみが生活をだいなしにしていた。彼が恋を誓っているあいだにも、その考えは脳裡《のうり》にうごめいて、こめかみをたたいていた。

「どうか妻になってください！」と彼はエレーナ・ガヴリーロヴナに言った。「あなたを愛しています！　気が狂いそうなほど、恐しいくらいに！」

そして同時にこう考えていた。

「おれにこの人の夫になる資格があるだろうか。いや、ありはしない！　もしもこの人がおれの生まれを知ったら、もしも誰かがおれの過去をこの人にぶちまけたら、おれはきっとびんたを食らうことだろう！　恥かしい、不幸な過去！　すばらしい人、金持ちで、教育もあるこの人は、おれがどこの馬の骨かを知ったら、唾《つば》を吐きかけるにちがいない！」

エレーナ・ガヴリーロヴナが彼の首に抱きついて愛を誓ったときも、彼は幸福な気分にはなれなかった。

　この考えがいっさいをだいなしにしてしまっていたのだ……。スケート場から帰るみちみち、彼は唇をかみしめ、こう考えていた。

「おれは卑劣漢だ！　もしも正直な男だったら、いっさいをぶちまけているだろう……いっさいを！　恋の告白をする前に秘密を打ちあけるべきだったのだ！　ところがそうしなかった。ということは、ろくでなしで、卑劣漢だということになる！」

　エレーナ・ガヴリーロヴナの両親は、彼女がマクシム・クジミーチと結婚することに賛成した。スポーツマン・タイプが気に入ったのだ。礼儀正しいばかりか、役人としても前途有望だったので。エレーナ・ガヴリーロヴナは有頂天《うちょうてん》になっていた。彼女は幸福だった。ところが憐《あわ》れなスポーツマンは、幸福にはほど遠かった！　恋を打ちあけたときと同じ考えに結婚式当日まで責めさいなまれていた……。

　また、彼の過去をすっかり知っている或《あ》る友人も彼を苦しめた……。給料のほとんどすべてを彼に渡さなければならなかった。

「エルミタージュ園でごちそうしろよ！」と友人は言った。「いやなら何もかもばらしちまうぞ……。それから二十五ルーブル貸してくれ！」

　かわいそうなマクシム・クジミーチは、痩《や》せこけてしまった……。頰は落ちくぼみ、拳《こぶし》は筋張《すじば》ってきた。あの考えのためにとうとう病気になった。もしも愛する女性がいなかったら、ピストル自殺をしたにちがいなかった……。

「おれは卑劣漢だ、ろくでなしだ！」と彼は思った。「結婚式までに彼女とよく話し合わなくっちゃ！　たとえ唾をはきかけられたって！」

けれども、結婚式までに切り出すことはできなかった。勇気が足りなかったのだ。それに切り出したが最後、愛する女性と別れなければならないという考えが、どんな考えよりも恐ろしかった！……。

結婚式の晩が来た。新郎新婦は式をあげて祝福を受け、みんなはふたりの幸福そうなようすに眼を見張った。だが憐れなマクシム・クジミーチは、祝辞を受けたり、飲んだり、踊ったり、笑ったりしたが、ひどく不幸だった。「どうあってもおれは、ちくしょうめ、告白してしまうぞ！　式を挙げはしたが、まだ手遅れじゃない！　まだ別れられるんだ……」

そして彼は告白した……。

待ちに待った時が来て、新郎新婦は寝室へ案内されたとき、とうとう良心と誠実が勝った……。過去を隠してきたマクシム・クジミーチは青ざめ、震え、ようよう息をしながら、おずおずと彼女に近寄ると、その手を取って打ちあけた。

「ふたりが……互いに……互いのものになるまえに……告白しなければなりません……」

「いったいどうしたの、マクス?! まっ青な顔をして! あなたはここずっと何日か青い顔をして、黙りこくっていたわ……。病気なの?」

「僕は……なにもかも話してしまわなければならない、リョーリャ……。掛けましょう……。僕は君を驚かして、君の幸福をだいなしにしなければならない……。だがどうしようがあるだろう。義務は何よりも大切だ。僕は自分の過去をぶちまけて話そう……」

リョーリャは眼を丸くして、にこりと笑った……。

「さあ、話してちょうだい……。ただ、どうか早くしてね。そんなに震えてないで」

「ぼ、僕は、タン……タン……ボフの生まれです……。両親は身分が卑《いや》しくて、ひどい貧乏暮らしだった……。僕はこれから、自分がどんな馬の骨かを話します。君はぞっとするでしょう。待って……。いいですか……。僕は乞食《こじき》だったんです……。子どものころ、僕は林檎《りんご》や……梨《なし》を売っていた……」

「あなたが?!」

「ぞっとしたでしょう。でも、あなた、これはまだ驚くほどのことじゃない。ああ、僕は不幸だ！　もしこのことを知ったら、あなたは呪《のろ》うでしょうね！」

「でも、どんなこと」

「二十年間……僕は……僕は……赦《ゆる》してください！　どうか追い出さないでください！　僕は……サーカスのピエロをしてたのです！」

「あなたが?!　ピエロを？」

サリュートフは、びんたが飛んでくると思って、青ざめた顔を両手でおおった……。いまにも卒倒しそうだった……。

「あなたが……ピエロを？」

そしてリョーリャは、ソファからころげ落ちると……跳び起きて、駆け出した……。どうしたというのだろう。彼女は腹を抱えた……。寝室いっぱいにヒステリーじみた笑いが駆けめぐり振りまかれた……。

「ハハハ……。あなたがピエロを？　あなたが？　マクシーニカ……。かわいい人ねえ！　なにかやってみせて！　あなたがピエロだった証拠を見せてちょうだい！　ハハハ！　かわいい人！」

彼女はサリュートフに駆け寄って、抱きしめた……。

「なにかやってみせて！　ねえ！　かわいい人！」

「君は笑ってるんだね。かわいそうに。軽蔑《けいべつ》してるんだね」

「なにかやってみて！　綱渡りもできるんでしょう。さあ、早く！」

彼女は夫の顔に接吻《せっぷん》の雨を降らせ、抱きしめ、甘えはじめた……。怒ったようすはこれっぽっちもなかった……。彼は、何が何だかわからないまま幸福になって、妻の願いに屈した。

寝台に近寄りざま、一、二、三と数えると、寝台の端に額を当てて逆立ちした……。

「ブラーヴォ、マクス！　アンコール！　ハハ！　かわいい人！　もう一度！」

マクスは、体を傾け、そのままのかっこうで床《ゆか》へ跳びおりると、逆立ちして歩きはじめた……。

朝になって、リョーリャの両親はひどく驚いた。

「二階でどたばたやってるのは誰だろう」と両親はたずねあった。「若夫婦はまだ寝ている……。召使たちがふざけているのにちがいない……。なんという騒ぎようだ！　怪《け》しからん！」

父親は二階へあがってみたが、召使の姿はなかった。なんとも驚いたことには、騒ぎは若夫婦の部屋でだった……。彼は戸口に立って肩をすくめ、ドアを細目にあけてみた……。寝室を覗《のぞ》くと、驚きのあまり縮みあがって、あやうく息の根がとまりそうになった。寝室のまんなかにマクシム・クジミーチが立って、ぞっとするようなサルト・モルターレ（死の宙返り）をしていた。そのそばにリョーリャが立って、拍手喝《かっ》采《さい》していた。ふたりの顔は、幸福に輝いていた。

（『見物人』一八八三年二月十日号）

# 愛読者

この二十年間、З《ゼー》・Б《ベー》・Х《ハー》鉄道会社の社長は、自宅の書きもの机に向かおうと心がけながら、ようやく二日まえに思いを遂げることができた。半生のあいだの焼けるような、激しい、揺れうごく想念が頭のなかに渦を巻いて、過不足ない形をとって流れ出ようとし、構想がまとまったり、検討が加えられたり、規模が大きくなったりして、とてつもない計画にまで発展したのだった……。彼は机の前にすわり、ペンを取って……、文筆家の棘《いばら》の道に踏みこんだ。

おだやかな、よく晴れた、凍《い》てのきびしい朝だった……。どの部屋も暖かくて居心地がよかった……。机には茶のカップがあって、うっすらと湯気が立っていた……。ノックの音も、わめきたてる声もせず、話をしに来る者もいなかった……。こうした雰囲気《ふんいき》のもとで書きものをするのはなんとすてきなことだろう！　ペンを取って、さあ思う存分書くんだ！

社長は書き出しをあれこれ思いわずらう必要はなかった……。頭のなかにはもうずいぶん前から、書き出しから結びまでがすっかり出来あがっていた。あとはただ、頭のなかにあることを紙へ写しさえすればいいのだ！

彼はしかつめらしい顔をすると、口を真一文字に結んで、大きく息を吸いこんでから題名を書いた。——「新聞・雑誌の擁護のためのいくつかの提案」。社長は新聞や雑誌が大好きだった。身も心も思考もあげて、それに打ちこんで来た。新聞・雑誌の擁護のために自分の意見を述べること、大胆に、公然と発表することは、彼の最も好もしい二十年来の夢だった！ 彼は新聞・雑誌に実に多くを負うていた。自分の成長も、職権濫用《らんよう》の発覚も、地位も……多くのことを！ 感謝してもしきれないくらいだった……。それに、せめて一日でも、著者になってみたかった……。文筆家というものは、たとえ悪口を言われても、やっぱり尊敬されている……。とりわけ女性たちには……。ふむ……。

標題を書くと、社長はふうっと息を吐《は》いて、一分間に十四行ほど書いた。なかなかうまく、すらすらと書けた……。まず新聞・雑誌の一般論から始めて、半枚ほど書いてから、新聞・雑誌の自由について語りはじめた……。彼は主張を書きたてた……。

抗議や、史的な資料や、引用や、格言や、非難や、嘲笑《ちょうしょう》などが、その鋭い筆さきから吹き出した。

「われわれはリベラリストである」と彼は書いた。「この用語を笑わば笑え！　あざ笑うがいい！　だがわれわれは、この呼び名を誇りとし、これからも誇りとすることだろう……」

「新聞が参りました！」と従僕が告げた……。

いつもきまって十時に社長は新聞を読んだ。このときも自分の習慣を変えなかった。ペンを置いて立ちあがり、ううんと伸びをしてから、ソファベッドへ横になり、新聞を読みはじめた。まず『新時代』を両手に取ると、せせら笑いを浮かべながら社説を走り読みしていたが、終りまで行かずに投げ出した。

「レストラン『デミドロン』の美、とはよく言ったものだ」と彼はぶつくさ言った。「わしが批判してやるからな！」

『新時代』を肘掛椅子《ひじかけいす》の上に放り出すと、こんどは『声』を取りあげた。その眼は好意に燃えはじめ、頬が火照《ほて》った。この新聞が大好きで、何度か寄稿したことがあったのだ。

社説と雑報欄を読みおわると……随想欄に眼を走らせた……。読み進めるほどに眼はますます楽しげになった。「新聞・雑誌批評欄」を読んだ……。第三面へと移る……。

「そう、そう。そうだとも……。わたしもそのことを言いたかったんだ……。まったくだ、そのとおりだ!……。ふむ。おや、こいつはなんだ」

社長は眼をこらした……。

「3・Б・X鉄道では」と彼は読んで行った。「最近かなり奇妙な或《あ》る計画が立案されている……。立案者は同鉄道の社長で、かつての……」

『声』を読んで三十分ほどたったころ、社長はまっ赤になって、汗をかき、わなわなと震えながら、書きもの机に向かって書いていた。書いているのは「鉄道命令書」だった……。この「命令書」には、今後「何種類かの」新聞・雑誌は購読しないようにと書いてあった……。

ぷりぷりしている社長のかたわらには紙くずが散らかっていた。三十分まえに、「新聞・雑誌の擁護のためのいくつかの提案」を書いた紙くずだった……。

シク・トランジット・グローリア・ムンディ(かくて俗世の栄光は過ぎ去る)!

(『見物人』一八八三年十二月五日号)

# コレクション

つい先《せん》だって、わたしは友人のジャーナリスト、ミーシャ・コヴローフのところへ立ち寄った。彼は居間のソファに掛けて爪《つめ》を磨いて茶を飲んでいた。わたしにも一杯どうかとすすめられた。

「僕はパンがないと茶は飲まないんだよ」とわたしは言った。「パンを持ってきてくれたまえ！」

「とんでもない！　敵《かたき》にならば、けっこう、パンをご馳走《ちそう》もしようが、親友にはまっぴらごめんだ」

「そりゃまた妙なことを言うなあ……。なぜなんだい」

「こういうわけさ……。こっちへ来たまえ！」

ミーシャは机のほうへつれて行って、引出しの一つをあけた。

「ごらんよ！」

わたしは引出しをのぞいてみたが、がらんとしてなんにもなかった。

「なんにもないじゃないか……。がらくたばっかり。釘《くぎ》に、ぼろきれに、なにかの切れっぱし……」

「だからこそ、そいつを見ろって言うんだよ！　このぼろきれや、紐《ひも》や、釘を集めるのに十年かかったんだぞ！　大事なコレクションさ」

そして全部のがらくたをかきあつめて、新聞紙の上にぶちまけた。

「このマッチの燃えかすを見てみろよ！」と彼は何の変哲《へんてつ》もない先だけ燃えたマッチの軸をさしながら言った。

「こいつはおもしろいマッチ棒でね。去年、セワスチヤーノフ・パン屋で買った輪型《わがた》パンのなかから見つけたんだ。あやうく喉《のど》に引っかかるところだったよ。女房が、運よく家にいて、背中をたたいてくれたがね、そうでもなけりゃ喉に突きささってただろうね。この爪を見てくれ！　三年まえにこいつは、フィリッポフ・パン屋で買ったビスケットのなかにあったんだ。ビスケットには、もちろん、手も足もないが、爪はあるんだな。自然のいたずらさ！　この緑のぼろきれは、五年まえに、モスクワの最上の店で買ったソーセージのなかに棲《す》んでたんだ。からからに乾いたこのごきぶりはね、いつか或《あ》る駅の食堂で食べたシチューに浮いてたやつで、この釘は、同じ食堂のハンバーグのなかにひそんでたやつだ。この鼠《ねずみ》の尻《し》っぽとモロッコ皮の切れはしは、両方とも例のフィリッポフ・パン屋のパンから出現したものだ。この鰯《いわし》は、いまじゃ骨だけになってるがね、女房が名の日の祝いにもらったケーキにまじってたんだ。この南京虫《なんきんむし》という名の猛獣は、あるドイツ人のビヤホールのジョッキのなかに浮かんでた……。そうしてこの鳥の糞《ふん》のかけらは、ある居酒屋でピロシキを食ってて、あやうく飲みこみかけたやつさ……。まあ、そういったわけだ。君」

「驚きいったコレクションだね！」

「そうだとも。重さにして五百グラム以上あるがね、知らないで飲みこみ消化してしまったものは別にしてだよ。だから、きっと二キロ以上は飲みこんだってわけだ……」

ミーシャは用心しいしい新聞紙を持ちあげて、一分ばかりコレクションに見入ってから、引出しのなかへまた戻した。わたしはカップを両手で持って、茶を飲みはじめたが、もうパンが欲しいとはおくびにも出さなかった。


（『見物人』一八八三年二月十八日号）

# 意地っぱりとお嬢さん　「旦那《だんな》」生活のエピソード

太った色つやのいい旦那の顔には、どうしようもない退屈さが浮かんでいた。たった今、食後のモルペウス（夢の神）の抱擁から抜け出したところで、なにをしたらいいかわからないふうだった。考えごともしたくなければ、あくびさえしたくない……。読書はもうとうの昔に飽《あ》きてしまっていたし、芝居に行くにはまだ早すぎる、馬車を乗りまわすのも大儀だ……。なにをすればいいか。なにをして気をまぎらわせば。

「どこかのお嬢さんがいらっしゃいました！」とエゴールが取り次ぎに来た。「お目にかかりたいそうで！」

「お嬢さんだって。ふむ……。いったい誰だろう。まあ誰だってかまわん――お通ししろ……」

書斎へひっそりとはいって来たのは、黒髪の美人で質素な身なりの女性だった……

むしろ粗末すぎるくらいだ。彼女ははいって来ると、おじぎをした。

「ごめんください」と彼女は甲高い、ふるえ声で言った。「じつは、わたくし……そのう……六時ならお目にかかれると……お聞きしたものですから……。わたくしは……わたくしは……パーリツェフという七等官の娘でございます……」

「それはようこそ！ どうぞお掛けください！ どういうご用件ですかな。まあ、お掛けください、遠慮なさらずに！」

「じつはお願いがあって参ったのでございますが……」と娘は、ぎこちなく腰をおろしながら、ふるえる手でボタンを引っ張りながらつづけた。「お伺《うかが》いしましたのは……くにへ帰る無賃乗車券をいただきたいと思ったものですから。あなたにお願いすればいただけるとお聞きしたもので……。くにへ帰りたいのですけれど、わたくしには……わたくし、ゆとりがないものですから……。ペテルブルグからクールスクまでの……」

「ふむ……。なるほど……。だがなんのためにクールスクへおいでになるのです。なにかここに気にいらないようなことでも」

「いいえ、ここは気にいっていますが、でも、じつは……両親が。両親のところへ参るのですが。もうずいぶん長いこと帰りませんので……。母が病気だという便りがまいりましたものですから……」

「ふむ……あなたはここでお勤めですか、それとも勉強ですか」

娘は、どこの誰のところに勤めているか、給料はいくらか、仕事は忙しいかなどを語った……。

「なるほど……。勤めてた……。そうですな、給料は多いとは申せませんな……。言えませんな……。あなたに無賃乗車券を出さないのは、不人情というべきでしょうね……。ふむ……。つまり、親御さんのところへおいでになるってわけだ……。しかしまあ、クールスクには、いい人もいるんでしょう、え？　好きな人が。へ、へ、へ……。婚約者が。赤くなりましたな。なに、結構じゃないですか！　結構なことですよ。どうぞいらっしゃい。もう年ごろですからな……。で、そのかたはなにをなさってるのですか」

「役人ですが……」

「結構ですな。クールスクへお帰りなさい……。話では、クールスクまで百キロばかりのところへ行くと、もうキャベツ汁の匂《にお》いがして、南京虫《なんきんむし》が這《は》いまわってるそうですな……。へ、へ、へ……。きっとそのクールスクは退屈なところなんでしょうな。まあ帽子をお取りなさい！　そうそう、ご遠慮なさらないで！　エゴール、お茶をさしあげろ！ きっと、退屈なところでしょうな……ふうむ……なんてったけね……そう、そのクールスクは」

娘は、こんなにやさしくもてなしてくれようとは思いもしなかったので、顔を輝かせて、旦那にクールスクの楽しい生活をすっかり話して聞かせた……。自分には、役人をしている兄と、先生をしているおじと、中学生のいとこたちとがいることを物語った……。エゴールが茶を持ってきた……。娘はおずおずとカップのほうへ手を伸ばし、音を立てないように気を遣《つか》いながら、ひっそりと飲みはじめた……。旦那は、彼女を眺めて、にやにやしていた……。彼はもう退屈さを忘れてしまった……。

「お婿《むこ》さんは美男子ですか」と彼はたずねた。「どうしてその人と知りあったんです」

娘は、はにかみながら二つの質問に答えた。すっかり信じきったようすで旦那のほうへ身を乗り出すと、ほほえみながら、このピーチェル（ペテルブルグ）でおおぜいの男性が言い寄ってきたことや、それをみな撥《は》ねつけたいきさつを話した……。彼女は長いこと話しこんでいた。しまいには、ポケットから両親の手紙を取り出して旦那に読んで聞かせさえした。八時が鳴った。

「お父さんはなかなか字がじょうずですな……。美しい飾り字をお書きになる！ へ、へ……。ところで、そろそろ時間ですな……。芝居はもう始まったでしょう……。さよなら、マーリヤ・エフィーモヴナ！」

「では、当てにしてもよろしいでしょうか」と娘は、立ちあがりながらたずねた。

「なにをです」

「無賃乗車券をいただくことですが……」

「乗車券？……。ふむ……。わたしのところには乗車券はありませんよ！　あなたは、きっと間違えられたのですな、お嬢さん……。へ、へ、へ……。あなたのおいでになるのはここじゃなかったのですよ、入口を一つ間違えたので……。この並びに、じつは、どこかの鉄道に勤めている人が住んでいますが、わたしは銀行勤めでしてね！　エゴール、馬車を用意するように言いつけてくれ！　ではさよなら、マ・シェール（親愛な）マーリヤ・セミョーノヴナ！　いや、たいへん愉快でした……。大いに……」

娘はオーヴァを着て出て行った……。隣りの入口で彼女は、彼が七時半にモスクワへ発《た》ったということを聞いた。

（『破片』一八八三年二月十九日号）

# かぶ　童話からの翻案

むかしむかしあるところに、おじいさんとおばあさんがありました。おじいさんとおばあさんには、セルジュという男の子が生まれました。セルジュは長い耳をしていて、頭のかわりにかぶがついていました。セルジュは大きく大きくなりました……。おじいさんは耳をつかんで引っぱりました。ぐいぐい引っぱりましたが、どうしても一人前《いちにんまえ》にすることができません。おじいさんはおばあさんを大声で呼びました。

おばあさんはおじいさんをつかまえて、おじいさんはかぶをつかまえて、ぐいぐい引っぱりましたが、一人前にすることができません。おばあさんは大声で公爵《こうしやく》夫人のおばさんを呼びました。

おばさんはおばあさんをつかまえて、おばあさんはおじいさんをつかまえて、おじいさんはかぶをつかまえて、ぐいぐい引っぱりましたが、一人前にすることができません。おばさんは大声で名づけ親の将軍を呼びました。

名づけ親の将軍はおばさんをつかまえて、おばさんはおばあさんをつかまえて、おばあさんはおじいさんをつかまえて、おじいさんはかぶをつかまえて、ぐいぐい引っぱりましたが、一人前にすることができません。おじいさんはとうとうがまんできなくなりました。おじいさんは娘を金持ちの商人のところへ嫁にやっていました。おじいさんは小金《こがね》を持ったその商人を大声で呼びました。

商人は名づけ親の将軍をつかまえて、将軍はおばさんをつかまえて、おばさんはおばあさんをつかまえて、おばあさんはおじいさんをつかまえて、おじいさんはかぶをつかまえて、ぐいぐい引っぱると、とうとうかぶの頭は一人前になりました。

そしてセルジュは五等官になりましたとさ。


（『破片』一八八三年二月十九日号）

## 辛辣《しんらつ》な出来事

新聞を購読するのも時には剣呑《けんのん》なものだとは、次の場合が実証している。最近モスクワのある新聞編集局で起こったことである。

コラムニストのC《エス》・M《エム》が原稿料を受けとりに来て、編集者を待つあいだ、事務所で椅子《いす》に掛けてあくびをしたり、退屈まぎれに帳簿をめくったりしていた。そばには秘書が掛けていて、さきの丸くなった鉛筆で机にいたずら書きをしていた。あなたがたは一度でも編集局の机をごらんになったことがあるだろうか。それはなんとも興味ぶかいものだ。どれも決って傷だらけ、しみだらけで、へたくそな字、まずい似顔絵、サインなどの落書きでいっぱいだ。有名人のサインに出くわすことも珍しくない……。この落書き類はいろんなことを物語っている。原稿料を手にするまでにはどんなに長い時間がかかるか、受けとることがどんなにわびしいかを証明している……。帳簿をめくることにも飽きて、C・Mは何気なく秘書から鉛筆を取って新聞『ドンの蜜蜂《みつばち》』に落書きをしはじめた……。退屈だった！　鉛筆をほうりだして、彼は住所録の棚のほうへと移った。なんの変哲《へんてつ》もない棚で、ちいさな包みがずらりと並んでいる。それぞれが紙片の包みで、一枚ごとに予約者のアドレスが記してある。C・Mはものうげに地方ごとになった包みを見はじめた……。エレーツ、ベルジャーンスク、オリョール、スクラート……、イワーノヴォ、ペトローヴォ、シードロヴォ……。退屈だ！

「おや……。こいつはいったいどこのエレーナ・ペトローヴナ・ピヤーフキナだろう。ふーむ……。ロストフ・ナ・ドヌー市だ……。こんちくしょう！　こりゃ、あいつだ！」

C・Mはピヤーフキナの住所カードを手にとって、もう一度読みかえしてみた……。「たしかに、あの女に間違いない！」と彼は断定した。「五年まえにあいつはどろんを決めこんで、おれから千ルーブル持ち逃げしたんだ……。ふーむ……。五年間も探しまわったが、見つからなかったのに……。こいつはありがたい！　手をまわさなくっちゃ」

コラムニストはエレーナ・ペトローヴナの住所を控えて、にやりとし、小躍《こおど》りして、事務所のなかを行き来しはじめた。

「きょうはお昼をご馳走《ちそう》しますよ！」と彼は秘書に言った。「一杯いきましょう！」

翌日、C・Mは自分の弁護士をたずねた。かわいそうなエレーナ・ペトローヴナ！

（『見物人』一八八三年二月二十二日号）

# 自分の祖国の愛国者

　ドイツの或《あ》る小都会。その名は、病気に効くという広く知られている鉱泉水に由来している。そこには人家よりもホテルのほうが多く、ドイツ人よりも外国人のほうが多い。

　うまいビール、行きとどいたウェイトレス、すばらしい景色を、あなたがたは、市の（左）はずれの高い山上、なんともすばらしい庭園の木かげのホテルに見つけることができる。

　ある気持ちのいい夕暮れどき、このホテルのテラスに、ふたりのロシア人が白大理石のテーブルを囲んでいた。彼らはビールを飲み飲み、チェッカーをしていた。ふたりは熱心に「クイーン」を追いながら、治療の成果について語りあっていた。ふたりともここに、胃拡張と肝臓肥大の治療に来ていた。

いい匂《にお》いのする菩提樹《ぼだいじゅ》の葉越しに、ドイツの月が彼らを眺めていた……。媚《こび》るようなそよ風が、ロシア人たちの口ひげや頬ひげをなぶって、ロシアの太っちょたちの耳に、なんとも言われぬ響きを吹きこんで来た。山麓《さんろく》では音楽が演奏されていたが、ドイツ人たちはドイツの何かの記念日を祝っているのだった。まとまった歌としては山上には届かなかったが——それほど遠かった！　ただメロディだけが聞こえて来た。それは沈鬱《ちんうつ》な、いかにもドイツ的で感傷的な、長くつづくメロディだった……。それを聞いていると——心が甘く締めつけられるようだった。

ロシア人たちは、「クイーン」を追いかけながら、もの思いにふけって耳をすましていた。ふたりともこの上ない幸福な気分に浸《ひた》っていた。菩提樹のそよぎ、媚るようなそよ風、沈鬱なメロディ——それらがみないっしょくたになって、彼らのロシア的気分をものういものにした。

「こういう雰囲気《ふんいき》のなかで、タラス・イワーヌイチ、なんだね……恋をするのも悪くないね」と、ひとりが言った。「どこかの美しい女に恋をして、小暗《おぐら》い並木道でも散歩するってのは……」

「そうだなあ……」

そこでわがロシア人たちは、恋について、友情について語りはじめた……。うっとりとするようなひととき！　そのあげくふたりは、知らず知らず、いつとはなしに、チェッカーを止《や》めてしまって、それぞれのロシアの頭を拳《こぶし》で支えて、もの思いにふけっていた。

メロディは少しずつはっきりと聞こえるようになった。やがてそれは、まとまった歌として伝わってきた。トランペットやコントラバスばかりか、ヴァイオリンまでが聞こえはじめた。

ロシア人たちは下のほうを見おろして、たいまつ行列を眺めた。行列は登って来つつあった。まもなく、菩提樹の茂みのあわいに、たいまつの火がちらついて、よくそろった歌声が聞こえ、ロシア人たちの耳にも音楽がはっきりと響いて来た。若い娘、婦人、兵隊、学生、修道士といった人たちが、あっというまに、みごとな長い並木道に溢《あふ》れ、庭園全体を明るくし、ひどく騒がしくなった……。行列のうしろから、ビールとワインの小樽《こだる》が運ばれてきた。花びらが撒《ま》かれ、色とりどりのベンガル花火が打ちあげられた。

ロシア人たちは心を動かされた。そうして自分たちも行列に加わりたくなった。彼らはそれぞれの瓶《びん》を持って、群衆にまじって行った。行列はホテルの裏のちょっとした広場に止まった。そのまんなかに小柄な老人が進み出て、なにやらひとくさりしゃべった。拍手喝采《かっさい》が起こった。ひとりの学生がテーブルによじのぼって、大げさな一《いち》場《じょう》の演説をした。それらにつられて——次から次へと学生たちの演説がつづいた……。しゃべったり、叫んだり、両手を振りまわしたりして……。

ピョートル・フォミーチは感動した。胸のうちが明るくなり、暖かく朗らかになった。思い思いに演説するのを見ていると、自分も何かしゃべりたくなった。演説は伝染するものである。ピョートル・フォミーチは群衆を押しわけて前へしゃしゃり出ると、テーブルのかたわらに立った。そして両手を振りまわして、テーブルの上によじのぼった。それからもう一度両手を振りまわした。顔が赤黒くなった。よろめきながら、ろれつのまわらぬ、酔っぱらった舌で叫びはじめた。——「諸君！　ドイツっぽどもをぶちのめせ！」

彼にとって幸いだったのは、ドイツ人たちにロシア語がまるきりちんぷんかんなことだった。

（『世間ばなし』一八八三年二月二十七日号）

# 賢い屋敷番

台所のまんなかに屋敷番のフィリップが突っ立って説教している。聞き手は、従僕たち、御者、ふたりの小間使、コック、料理女、屋敷番の子どもたちでコック見習いのふたりの男の子だった。毎あさ、彼は何かしら教訓を垂れるのだが、この朝は教育についてだった。

「おまえたちはみんな、まるで豚みてえに暮らしている」と彼は、バッジをつけた帽子を両手に持って言った。「ここにへたりこんだまま、無作法以外にどんな文明も持っちゃいねえ。ミーシカは碁《ご》ばかり打ってるし、マトリョーナは胡桃《くるみ》ばかり割ってるし、ニキーフォルはへらへら笑ってばっかりだ。これが知恵ってものかい。知恵じゃねえ、阿呆《あほう》のすることだ。おまえたちは、まるで知能ってものを持ちあわせちゃいねえ！　どうしてなんだ」

「そりゃそのとおりさ、フィリップ・ニカンドルイチ」とコックが口をはさんだ。

「知れたことよ、おれたちにどんな知恵があるってんだね。どん百姓の知恵さ。おれたちに何がわかるもんかね」

「じゃあ、どうしておまえたちには知能がねえんだい」と屋敷番がつづけた。「それはな、おまえたちにゃ、まぎれもねえ観点がねえからさ。本も読まねえしよ、書くこともまるで分別《ふんべつ》なしだ。ちったア本を手にとって、じっくり腰を落ちつけて読めばいいんだ。どうやら字は読めるんだからさ、印刷したものならわかるだろ。おいおまえ、ミーシャ、おまえなんか、本を手に取って、さっそく声を出して読んでみるんだな。そうすりゃ、自分のためになるばかりじゃねえ、ほかの連中だって楽しいってもんよ。本のなかにゃどんなことだって書いてあるからな。自然のことも、神さまのことも、地球の国々のことも書いてある。何から何が作られるかってこともさ、いろんな国民がいろんな言葉で話すってこともよ。偶像崇拝ってこともさ。本のなかにゃなんでも見つかる、知りたいと思いせえすりゃあな。ところが暖炉のそばにへたりこんで、食って飲んでるばかりだ。まったく犬畜生だ！　ちぇっ！」

「そりゃそうと、ニカンドルイチ、もう時間だよ」と料理女が口をはさんだ。

「わかってらあな。わしに指図するなんて、おめえの仕事かよ。まあな、たとえばこのわしを見てみろ。こんな年になって、いったい何をすりゃいいってんだね。何でてめえの心を満足させりゃいいんだね。本とか雑誌とかよりもましなものがあるかね。現にこれから勤めに行く。門のところに三時間ばかりすわってる。おまえたちは、わしがあくびしてるか百姓おんな相手に馬鹿《ばか》ばなしをしてるぐらいに思ってるだろう。ところが、どうして！　ちゃんと本を持ってってさ、すわって、いい気持ちで読むのよ。そういうわけさ」

フィリップは戸棚からぼろぼろになった本を取り出して、ふところへ突っこんだ。

「ほら、これがわしの仕事なんだ。餓鬼《がき》のころからの習慣でな。学問は光、無学は闇《やみ》——聞いたことがあるだろう、きっと。そのとおりだよ……」

フィリップは帽子をかぶり、のどをエッと鳴らして、つぶやきながら台所から出て行った。そうして門の外へ出ると、ベンチに腰かけて暗い暗い表情になった。

「あの連中は人間じゃアねえ、豚のような騙《かたり》どもだ」と彼は、あいかわらず台所の住人たちのことを考えながらぶつくさ言った。

気が落ちつくと、本を取り出し、分別ありげにほっとため息をついて読書に取りかかった。

「これ以上ないほど、まったくうまく書いてあるわい」と彼は、最初のページを読みおわると、何度か頭を横に振って考えた。「神さまが知恵を授けてくださるんだ！」

それはモスクワ版の立派な本で、『根菜栽培法。蕪《かぶら》はわれわれに必要か』という題だった。冒頭の二ページを読みおわると、意味ありげに頭を振って、咳《せき》ばらいした。

「みごとな書きかたをしてるわい！」

三ページ目を読むと、フィリップは考えこんだ。教育やら、なぜかフランス人のことやらを考えたかったのだ。頭が胸へ垂れ、肘《ひじ》が膝《ひざ》を突っぱる形になった。まぶたが垂れてきた。

そうするうちにフィリップは夢を見た。なにもかもすっかり変っている夢だった。地面も同じ、屋敷も同じ、門も前どおりだったが、人びとががらりと変ってしまっている。賢い人間ばかりになって、馬鹿者はひとりもいないうえに、往来を歩いているのはフランス人ばかりだった。水運びの御者までがこんな屁理屈《へりくつ》をこねている。

「おれは、正直言って、ここの気候がなんとも気に入らんね、ちょっと寒暖計を覗《のぞ》いてみたいものだて」——そうして両手に分厚い本をかかえている。

「じゃあ、暦を見てみろよ！」とフィリップが声をかける。

料理女は馬鹿なやつだが、彼女までが賢いおしゃべりに加わって意見を述べ立てている。フィリップは居住者の登録のために地区警察署へ行く。——すると、奇妙なことに、この荒々しいところでも賢い話ばかり、どの机にも本がのっかっている。と、そのとき、従僕のミーシャのところに誰かがつかつかとやって来て、彼を小突いてこうどなる。——「おい、居眠りしてるのか。おまえに聞いてるんだぞ、居眠りしてるのかって！」

「勤務中に眠ってるやつがあるか、このでくの坊」。フィリップは誰かの雷のような声を聞く。「居眠りしてるんだな、ろくでなし、畜生め！」

フィリップは飛び起きて、両の眼をこすった。まんまえに地区警察署の副署長が突っ立っていた。

「え？　居眠りしてたんだな。罰金を取るぞ、くわせ者めが！　勤務中に眠るとどういうことになるか、思い知らせてやるぞ、でか面《づら》め！」

二時間後に、屋敷番は地区警察署へ呼ばれた。それからあと、また台所へ行った。そこでは、彼の説教に打たれた連中が、そろってテーブルを囲み、ミーシャが何やらたどたどしく読むのに聞き入っていた。

フィリップは、顔をしかめ、まっ赤になってミーシャに近づくと、手袋で本をたたいて、憂鬱《ゆううつ》そうに言った。

「よしやがれ！」

（『世間ばなし』一八八三年三月三日号）

# 婚約者

鳩《はと》のように青みがかった灰色の鼻をした男が鐘に近づいて、気がなさそうに鳴らした。それまで平静だった人びとが、あわただしく駆けだして、あたふたしはじめた……。プラットフォームを手荷物を積んだ運搬車ががらがらと通りはじめた。列車の屋根の上には、騒がしくロープが張られはじめた……。機関車が汽笛を鳴らして、車輛《しゃりょう》に近づいて来た。連結が終った。だれかがどこかで、あわてて、瓶《びん》を割った……。別れの言葉、大きなすすり泣き、女の声が聞こえた……。

二等車の車輛のかたわらに若い男女が立っていた。ふたりとも別れを惜しんで泣いている。

「さようなら、僕の大事な人!」と若者が娘の金髪の頭に口づけしながら言った。

「さようなら! ああ、なんて僕は不幸なんだ! 一週間もひとりぼっちにされるなんて！　恋する心にとって、こいつはそれこそ永遠だよ！　さよう……なら……。涙を拭《ふ》くんだ……。泣かないで……」

娘の眼から涙があふれた。ひとしずく、若者の唇《くちびる》にかかった。

「さようなら、ワーリャ！　みんなによろしくね……。あ、そうだ！　ちょうどいい……。もしもあっちでムラーコフに会ったらこの……ほら、この……。泣くんじゃない、君……。彼にこの二十五ルーブルを渡してくれ……」

若者はポケットから二十五ルーブル札《さつ》を取りだして、ワーリャに渡した。

「ぜひとも渡してね……。借金してるんだから……。ああ、なんて辛《つら》いんだろう！」

「泣かないでね、ペーチャ。土曜日にはきっと……帰ってくるわ……。あなたこそ、わたしのことを忘れないでね……」

金髪の頭がペーチャの胸にもたれかかった。

「君を？　君を忘れるだって?!　そんなことができるものか」

第二の鐘が鳴った。ペーチャはワーリャを抱きしめると、眼をしばたたいて、子どものように泣きだした。ワーリャは相手の首っ玉にぶらさがって、うめいた。ふたりは車内へはいった。

「さようなら！　かわいい人よ！　大事なワーリャ！　一週間したらね！」

若者はこれが最後とばかりにワーリャに口づけして、車外へ出た。そうして窓のそばに立って、ポケットからハンカチを取りだした、振るつもりなのだ……。ワーリャは濡《ぬ》れた眼で彼の顔を食いいるように見つめた……。

「ご乗車ねがいまあす！」と車掌が命令口調でどなった。「第三の鐘ですよう！　ご乗車くださあい！」

第三の鐘が鳴った。ペーチャはハンカチを振りはじめた。と、その顔が急にハッとなった……。そして額《ひたい》をたたくと、気でも狂ったように車内へ駆けこんだ。

「ワーリャ！」と、息を切らしながら言う。「僕はムラーコフへ返す二十五ルーブルを渡したよね……。君……。その預り証をくれないか！　早く！　預り証だよ！　僕はどうして忘れたんだろう」

「もう間に合わないわ、ペーチャ！　ああ！　汽車が動いてる！」

汽車は動いていた。若者は車内から跳び出して、大声で泣きながら、ハンカチを振りはじめた。

「郵便ででも預り証を送って寄こすんだ！」と彼は、しきりにうなずいている金髪の頭に向かって叫んだ。

「なんておれは、とんまなんだろう！」と彼は、汽車が見えなくなったときに思った。

「預り証も受けとらずに金を渡すなんて！　え？　なんというしくじりだ、子どもっぽさだろう！　（ため息）いまごろはもう停車場《ていしゃば》に着きかけてることだろう……。かわいい人よ！」

（『破片』一八八三年三月五日号）

## 愚か者　独身者の話

プローホル・ペトローヴィチは、ちょっと首筋をかくと、嗅《か》ぎタバコを嗅いで言葉をつづけた。

「こうしてシェリー酒をふたびん飲まされたんです。僕はすわって、飲んで、感じてましたよ——まわりをみんなが歩きまわって、悪意のあるほほ笑みを浮かべて、祝いの言葉を述べるのをね。隣りにはこの家《や》の娘がすわってる、ところが酔っぱらった愚かな僕は、くだらんおしゃべりをしてる。家庭生活のことやら、アイロンとか壺《つぼ》のことやらのおしゃべりをね……。ひとことしゃべっては、熱烈な接吻《せっぷん》ってわけです……ちぇっ！　思い出してもむかむかする。朝になって目をさますと、頭は割れんばかりで、口のなかはまるで豚小屋だ。そのくせ自分はもう、ろくでなしでも小僧っ子でもない、まぎれもない婚約者で、指には指輪がはまってるのを感じて承知してたんです！　そこで死んだ親父《おやじ》のところへ行って、こうこうこういうわけで、お父さん、約束をしました……結婚したいんです、って言った。親父は——もちろん、笑ってね……。信じちゃくれない。

『おまえみたいな青二才が結婚だって！　まだ二十《はたち》にもならんじゃないか』って。

いかにも僕は、そのころ若かった。初雪よりも、うぶだった……。頭には亜麻《あま》いろのちぢれっ毛、胸には燃え立つ心臓、この突き出た腹のかわりに、女のような、ほっそりとした腰……。

『もう少し経験をつんでから結婚するんだな』——って親父が言う。

僕は承知しない……。もともと、わがままで、甘やかされてたから。頑としてゆずらない。

『いったい誰と結婚したいってんだね』と親父。——マリヤーシカ・クルイトキナとです。

親父の驚きようったら。

『あの食わせ者とだって！　気でもふれたのか。あの子の親父はいかさま師で、借金で首がまわらないんだぞ……。からかわれてるんだ！　罠《わな》にかけようってんだぞ！　馬鹿《ばか》もん！』

いや、じっさい、僕は馬鹿だった。馬鹿もいいとこだった……。よく自分の頭にくらわせたもんですよ、――隣りの部屋にも聞こえるくらいにね。がん、と！　三十になるまで僕はろくな口もきけなかった。だが、馬鹿ってのは、ご存じのとおり、いつもいつもひどい目に遭《あ》うものですよ。僕もそうだった……。しょっちゅうろくな目に遭《あ》わずにすんだことがない。つぎつぎとね……。馬鹿なんだから、しょうがない……。なぐられたり、家や居酒屋から追い出されたり……。なにしろ七回も中学を退学になったんですからね……。ところが結婚ばなし、ってわけ……。そうですとも。親父は悪態《あくたい》ついたり、どなったり、いまにも摑《つか》みかからんばかり、だが、こっちは頑としてきかない。

――結婚したい、それだけです！　それが誰に関係があるってんだ。どんな父親だって邪魔立《じゃまだ》てできないぞ、僕には僕としての考えがあるんだから！　子どもじゃないんだ！

死んだおっかさんが駆けこんで来ましたよ。おっかさんは自分の耳が信じられなくて、卒倒してしまった……。それでも頑としてきかない。自分の家庭を持ちたいからには、と僕は思いましたね、結婚しちゃいけないわけがあるものか。あのマリヤーシャにしたって、と思ったんです、美人だしね……。たいして美人じゃないにしろ、そう見えたんですね。いや、そう思いたかったんだ、馬鹿な思いこみをしたってわけですよ……。猫背で、やぶにらみで、痩《や》せっぽちで……。おまけに阿呆《あほう》で……。ひとことで言や、恐ろしいほどの案山子《かかし》ってわけです。クルイトキン一家は僕との結婚を得だと見てた。彼らはひどく貧乏だったが、僕には金があった。親父は相当な財産を持ってたからね。親父は、僕の長官のところへ行った——。

『閣下！　どうか愚息に結婚を思いとどまるようにと命令してください！　どうかお願いでございます！　倅《せがれ》めは破滅してしまいます！』

あいにく僕には、長官は危険人物だった。そのころ、自由主義が流行《はや》りかけてその風潮が……。

『部下の私生活に口出しするなんてことはできかねるね』と彼は言う。『あんたも息子さんの自由を侵害せんようにするんだな……』——『でも閣下、あいつは愚か者で！』

長官は机を拳《こぶし》でどんとたたいた！

『たとえどんな男だろうともだ、君、自分の好き勝手にふるまう権利があるんだ！人間は本来、自由であるべきですぞ、君！　いつになったら、君のような野蛮人は、人間生活というものがわかるようになるんだね?!　息子さんをここへ寄越しなさい！』

　僕は呼ばれた。ボタンというボタンをかけて、僕は出かけた。

　――ご用でございますか。『ほかでもないがね、お若いの！　君のご両親は、君がしたいようにすることを、妨《さまた》げようとなさってる。親としてはこれは残酷で卑劣なことだ。なあ、お若いの、信じていいぞ、分別《ふんべつ》ある人びとは常に君に同情するだろうってことをね。もしも君が愛しているのなら、思いどおりにするがよろしい。もしもご両親が無学なために君の邪魔《じゃま》をするようなら、わしにそう言いなさい。いいようにしてあげるから……。わしは……わしは思い知らせてくれるぞ！』

　そうして、自分は例の確固たる精神の持ち主だと見せつけんがために、こうつけ加えた――。

『披露宴《ひろうえん》には出てあげよう。仮親になってあげたっていいぞ。あした、君の花嫁さんを拝見しに行くからね』

　お礼を述べて、僕は小躍《こおど》りしながら帰って来た。親父は茫然《ぼうぜん》と立ちつくし、泣き出さんばかりでしたが、こっちはあかんべえをしてやりましたよ。

　あくる日、彼は花嫁を見に行ってくれた。すっかり気に入ったようです。

『痩せっぽちだが』って言うんですよ。『かわいい顔つきをしてる、人柄が』って言うんです。『顔に現れてる』って。『なかなか、しとやかだ。君は幸福だよ、お若いの！』

三日たって、彼は花嫁に贈り物を持って行った。『あなたのしあわせを願っている老人よりの贈り物をどうか受けとってくだされ』って。

そうして涙まで流すのですからね……。五日目には婚約式です。その席で彼はポンチを飲み、シャンパンの大杯を二杯あおった。いい人ですよ！

『君の彼女は』って言うんです。『いい女だ！　瘦せてて、やぶにらみだが、なんとなくフランスふうなところがあるなあ！　なんだか火のようなところがさ！』って。

結婚式の三日まえに、僕は花嫁のところへ出かけた。花束を持って、そうなんです……。

――マリヤーシャは、どこです。――『留守だよ……』――どこへ行ったんです。僕の未来の舅《しゅうと》は、黙ってにやにやしていた。姑《しゅうとめ》もそこにすわって、砂糖を入れてコーヒーを飲んでいる（以前はいつも砂糖の欠片《かけら》をかじって飲んでたのにね）。いったいどこへ行ったんです。どうして黙ってるんです。――『どうして、そんなふうに、取調官みたいにぬかすんだね！　とっとと帰れ、帰りやがれ！』

よくよく見ると、僕の舅はへべれけだ……。ぐでんぐでんに酔っている、ならず者めが……。

『だめだ！』って言うんです、自分はにやにやしながらね。『別の花嫁を探すんだな、マリヤーシカは……。玉の輿《こし》さね！　へ、へ、へ！　恩になったかたのところへ行っちまったさ！』――恩になったかたってどこの。

――『あのかただよ。……おまえの太鼓腹の閣下のところへさ……。へ、へ、へ……。つれて行かなきゃよかったんだ！』

僕は思わず、あっ！　と叫びましたよ……」

プローホル・ペトローヴィチは、ちんと鼻をかんで、にやりとすると、こう言い足した――。

「あっと叫んで、それ以来、利巧になった、ってね……」

（『世間ばなし』一八八三年三月九日号）

# 兄さん

　窓辺に若い娘がたたずんで、ぬかるんだ舗道を考えこむように見つめていた。そのうしろには、文官服を着た若い男が立っていた。彼は口ひげをいじりながら、ふるえ声で話していた——。

「考えなおしてくれよ、おまえ！　まだ遅くはないんだからね！　頼むよ！　あの腹の突き出た穀物屋を、あの大ロシアっぽを断ってくれよ！　あのでか面《づら》に唾《つば》をひっかけてやってくれよ、くたばっちまうようにさ！　どうか、頼むからさア！」

「駄目なのよ、兄さん！　もう約束してしまったのよ」

「お願いだからさ！　わが家の名を恥かしめないでくれよ！　おまえは品《ひん》のいい、教育のある、一代貴族の娘なのに、あの男はクワス作りで、土百姓で、下司《げす》じゃないか！　下司なんだよ！　そこをよく考えてくれよ、お馬鹿さん！　臭いクワスと腐った鰊《にしん》を売ってるんだぞ！　ぺてん師じゃないか！　きのう約束したって言うけれど、あいつは今朝《けさ》、うちの料理女から勘定を五コペイカちょろまかしてってたんだぞ！　貧乏人を苦しめてるんだ！　さあ、おまえの夢はどこへ行っちまったんだい。え？　あ、なさけない！　え？　おまえは、なあ、うちの役所のミーシカ・トリョフフヴォストーフを愛して、あの男のことを夢見てるんじゃないか！　あっちでもおまえを愛していてさ……」

妹はかっとなった。おとがいが震えはじめ、眼に涙があふれてきた。どうやら兄は「急所」を突いたらしかった。

「身を滅ぼし、ミーシカも滅ぼすことになるんだぞ……。あの男は酒を飲みはじめたぞ！　なあ、おまえ！　おまえはあの下司野郎の金やら、イヤリングやら、ブレスレットやらに目がくらんだんだ。計算ずくであんな馬の骨と……豚野郎のところへ行くんだな……。学問もない男に嫁入るんだな……。自分の名さえ書けない男とさ！『ミートリー・ネコラーエフ』だってさ。『ネ』だってさ……あきれるよ……ネコラーエフだってさ……。豚野郎が！　老いぼれで、がさつで、礼儀知らずなやつだよ……なあ、頼むからさア！」

兄の声は震えて、かすれて来た。咳《せき》をして、眼をぬぐった。顎《あご》もひくひくしはじめた。

「約束してしまったのよ、兄さん……。それに、うちの貧乏暮らしがつくづくいやになったのよ……」

「こうなったからには、言ってしまうがね！　おまえに汚《けが》らわしいと思われたくなかったんだが、言っちまおう……。実の妹が身を滅ぼすのを見るよりは、評判を落したほうがまだましだ……。いいかね、カーチャ、僕はおまえの穀物屋のことで或《あ》る秘密をつかんでるんだ。もしもおまえがこの秘密を知ったら、即座にあの男を断るだろうがね……。秘密というのはこうなんだ……。僕がどんなにいやらしい場所であの男と出くわしたか知ってるか。知ってるか。え？」

「どんなところで？」

兄は返事をしかけたが、邪魔《じゃま》がはいった。半纏《はんてん》を着こみ、泥だらけの長靴をはいて、大きな包みを両手でかかえた若者が部屋へはいって来たのだ。若者は十字を切って、戸口に立った。

「ミートリー・テレンチイチがよろしくですと」と彼は兄に向かって言った。「それから日曜日のお祝いを申しあげるようにっていうことで……。それからこれをお納めなすってくだせえまし」

兄はしかめっ面《つら》をして袋を受けとると、ちょっと中を覗《のぞ》いて、軽蔑《けいべつ》したような笑みを浮かべた。

「なにがはいってるんだい。どうせ、つまらんものだろう……。ふむ……。砂糖の塊《かたまり》か……」

兄は包みから砂糖の塊を取り出し、紙をむいて、砂糖を指でかちっと鳴らした。

「ふむ……。どこの工場《こうば》の砂糖だろう。ボブリンスキーのかな。これこれ……。それから、これは茶だな。なんだか妙な匂《にお》いがするなあ……。オイル・サーディンか……。なんだい、いきなりポマードだ……なんだい、ほこりだらけの乾《ほし》ぶどうも……。買収する気だな、おべっか使うつもりだな……。いやだね、おまえさん！　おれたちは買収されやしないぞ！　だが、なんのためにこんなチコリ・コーヒーなんぞ突っこみやがったんだろう。僕は飲みやしないのに。コーヒーを飲むのは毒なんだ……。神経にさわるからな……。まあよし、行くんだ！　よろしくな！」

若者は出て行った。妹は兄のそばへ駆け寄って、その手をつかんだ……。兄の言葉が聞き捨てならなかったのだ。もうひとこと言えば……穀物屋はひどい目に遭《あ》っただろう！

「さあ、言ってちょうだい！　言って！　どこであの人を見かけたって」

「どこでも見かけやしないよ。冗談だよ……。おまえの好きなようにするがいいさ！」と兄は言って、もう一度、指で砂糖の塊を鳴らした。

（『破片』一八八三年三月十二日号）

# 策を弄《ろう》する人

ふたりの友が夕暮れどきに道を歩きながら、まじめに話しこんでいた。彼らはネフスキー大通りを歩いている。陽《ひ》はもう沈んでいたが、まだ沈みきってはいなかった……。そこかしこに家々の煙突が金色《きんいろ》に輝き、教会の十字架がきらきらしていた……。いくらか凍《い》て気味の大気には春のけはいがただよっていた……。

「春も近いなあ！」とひとりの友が、もうひとりの腕を取ろうとしながら言った。

「春というのは嫌な季節だなあ！　どこもかしこもぬかるんで、健康にはよくないし、費用もかさむ……。別荘を借りるとか、なんだかんだとね……。パーヴェル・イワーヌイチ、君は田舎暮らしだから、そんなことはわからないだろうけどね……。君にはわからなくたっていい。君たちの田舎では、ある作家が言ったように、万事がおだやかだからなあ……。辛《つら》いこともなければ悲しみもない。食って、飲んで、眠って、なんの問題もありゃしない……。僕らとは大違いだ……。ちょっと冷えて来たね……そう思わないか。もっとも、君たちにだって辛いことがないわけじゃない……。やっぱり春には悲しみはあるだろうさ。へ、へ、へ。いまごろになると、君たち田舎暮らしの連中は、血が騒ぎだす……気が猛《たけ》る。われわれ都会生活者は、木石《ぼくせき》で、冷たい人間だからね、炎もなければ情熱も知らないが、君たちは火山だ、ヴェスヴィオ火山だ！　シュッ！　シュッ！　噴火するんだ！　へ、へ、へ……。焼け焦《こ》げちまう！　なあ、パーヴェル・イワーヌイチ、白状しろよ、血が騒ぐだろう？」

「べつに騒ぐ理由もないがね……」とパーヴェル・イワーヌイチがぶすっと答えた。

「ふん、たくさんだ、よせやい！　君はひとり者だし、老人でもない、どうして血が騒がずにいられるか。騒ぎたけりゃ騒がしとけばいいんだ！……。きまり悪がることはないさ……。きまり悪いことなんかない……。それだけのことじゃないか！（間）ところでね、君、僕は近ごろすばらしい娘を見つけたんだよ、すてきな娘をね！　舌なめずりしたくなるようなね！　ひと目見たら、唇《くちびる》を百ぺんも鳴らさないじゃいられないようなね！　火だよ！　その姿ったら！　ほんとうだとも……。よかったら、紹介しようか。ポーランド娘なんだ……ソージャっていうんだよ……。よかったら、つれてってやろうか」

「ふむ……。失敬だが、セミョーン・ペトローヴィチ、言っとくがね、そんな真似《まね》は貴族のするべきことじゃないぞ!! そいつは女の仕事だ、居酒屋の仕事だ、男の仕事じゃない、貴族の仕事じゃない!」

「なんだってエ? 君は……なにを言うんだ」とセミョーン・ペトローヴィチはたじたじとなった。

「恥だぞ、君! 君の亡《な》くなったお父上は、われわれの貴族団長だったし、お母上も尊敬の的だった……。恥だぞ! 僕は君のところに厄介になって、もうひと月にもなるがね、君にひとつおかしなくせのあるのに気がついたんだ……。君の知合いなり出会った人なりで、君から女を紹介されなかったような人がいただろうか! 誰彼なしに、そうなんだ……。それに君にはほかの話題がまるでない……。女の世話でも仕事にしてるみたいだぞ。女房もあり身分もあって、もうすぐ四等官になろう、閣下になろうって者がだよ。恥だよ、恥さらしもいいとこだ!……。ひと月世話になってるあいだに、君は僕にもう十人からの女を紹介しようとしてるじゃないか……。取持ち婆《ばあ》さんそっくりだ!……」

セミョーン・ペトローヴィチはどぎまぎして、すりの現場を取りおさえられたように、そわそわしはじめた。そして「僕は別に……」とむにゃむにゃ言った。「ただちょっとね……。へ、へ、へ……。君はなんて男だろう……」

　ふたりは二十歩ほど黙って歩いた。

「僕は不幸な人間だ！」と急にセミョーン・ペトローヴィチは、顔をまっ赤にして眼をしばたたきながら呻《うめ》いた。「不幸な人間だよ、僕は！　君の言うとおり、取持ち婆《ばば》あさ！　そのとおりだ！　知りたけりゃ言うがね、僕はこれまでもそうだったし、これからだって棺桶《かんおけ》にはいるまでそうなんだ！　地獄で火あぶりにされるこったろうよ！」

　セミョーン・ペトローヴィチは、絶望したように右手をひと振りすると、左手で眼をぬぐった。シルクハットがうしろ頭へずれて、オーヴァシューズが歩道をいっそう強く引きずられた。鼻の頭が赤くなった……。

「こんな行状《ぎょうじょう》のために身を滅ぼすんだ！　ろくな死にようはしないよ！　破滅するんだ！　君、こういう欠点は自分でも感じてるし分ってるんだが、自分で自分がどうしようもないんだ。いったい、なんのために僕はみんなに女を当てがったりするんだろう。いやいやながらだよ、君！　まったく、いやいやながらなんだ！　僕は焼き餅《もち》焼きなんだ、犬畜生みたいにね！　君に……。僕はすっかり焼き餅を焼いちまったんだ！　君も知ってのとおり、僕は若い美人を嫁にとったさ……。ところが、だれもがあれに色眼を使う、いや、ひょっとすると、あれを見るつもりはないのかも知れんが、僕にはついそう思えるんだよ……。目の見えない鶏には、つまり、なんでも麦粒に見えるってわけだ。なにもかもが心配の種なんだ……。このあいだも食後、君があれの手を握った、ただそれだけのことが僕には大きなことに思われてね……、ナイフで君をぐさっとやりたくなったんだ……。あらゆることが不安なんだよ！　そこで、いやでも策を弄するってわけだ。だれかが追いまわしはじめたと気づいたとたんに、娘をつれてって、この子はどうだ、っていうふうにね。陽動《ようどう》作戦だね、軍事的な……僕は愚か者だ！　なんてことをしてるんだろう！　いい恥さらしだよ！　毎日このネフスキー大通りを駆けずりまわって、友だち連中のためにこういった尻軽女《しりがる》を募《つの》ってるんだ……。そういうあばずれどもをね！　そのためどんなに金がかかるか、君が知ってくれたらなあ！　友だちのなかには僕の弱みにつけこんで、利用するやつさえもいる……。僕のふところで暮らしてるんだ、卑劣漢どもめ……ああ！」

セミョーン・ペトローヴィチは、いきなり金切り声をあげると、まっ青になった。ネフスキー大通りのふたりの友のすぐそばを、一台の幌馬車《ほろばしゃ》が駆けて行った。馬車には若い奥さんが乗っていて、ヴィザヴィ（さしむかいに）男が掛けていた。

「おい、見たかい?!　家内のやつが乗ってた。なあ、これが焼かずにいられるかってんだ。え？　あの男はもう三度もあれといっしょに馬車を乗りまわしてるんだ！　ただごとじゃないよ！　ただごとじゃ、悪党めが！　見たろう、やつがあれを見てた眼つきを。さよなら……。追いかけてみるから……。じゃ、ソージャはいらないんだね、そうなんだね。いらないんだね！　さよなら……じゃ、あいつに彼女を……ソージャを、っと……」

セミョーン・ペトローヴィチは帽子を目深《まぶか》にかぶりなおすと、ステッキをコツコツと鳴らしながら、幌馬車を見失うまいと駆けだした。

「おやじは貴族団長だったし」とパーヴェル・イワーヌイチはため息をついた。「おふくろは尊敬の的だったのに……。古い、名門なのに……。あーあ！　人間、うすっぺらになったもんだ！」

（『破片』一八八三年三月二十六日号）

## 恐怖や非難をものともしない豪傑たち

「ラズベーイシャ」（砕けろ）駅の駅長殿のお住まいでは、大きな会が開かれていた。そこにはそれぞれの駅長、管区長、倉庫長、機関庫長など、それも退職者や現職者、老若《ろうにゃく》とりどりの人びとが出席していた。鉄道の制服のあいだに、ご婦人がたのモード・エ・ローブ（流行服やドレス）の色がまじって、子どもたちの顔も見えた……。みんなは茶を飲んだり、カルタをしたり、音楽を奏《かな》でたり、会話を楽しんだりしていた。あちこちの線で思いがけなく起こった事件の話も出た。さまざまなことが話題になったが、なにもかも書くわけにはいかない。ウクシーロフ氏だけでも二時間もしゃべったので……。どうして書けるものですか！　いつものように短くはしょって話すことにしましょう。

「車輌《しゃりょう》が三台も壊れたのですよ！」と、ウクシーロフ氏は二時間もの話を結んだ。

「死者二名、負傷者五名、それ以上は悪魔の言葉、つまり非公式のものですよ、要するに……。へ、へ、ヘッ……。ある組合だけでも六名の負傷者が出た……。わたしは彼らを呼びつけた……。『もしもだな……！　だれかにきかれたら！……。だれかに話さなければならなかったら！……。打撲だけだと言うんだ！』。ふたりの兵隊には、口止め料として三ルーブルずつやりましたよ。黙ってるんだ、言いふらすんじゃないぞ！　ってね。警告はずいぶんしたつもりでしたがね、それでも洩《も》れないわけにはいかなかった。免職だとか裁判だとか脅《おど》されましたよ。おまえは眠りこんでて、電報を打たなかったじゃないか、って。これじゃ駅長は眠っちゃならんことになる……。世間のやつってのは、恥知らずなもんですよ……。つまらんことで家族持ちの人間を辞職させたりするんですからな。ある列車で運行局長のもとへ彼の領地から生きのいいロブスターを送ったところ、どさくさまぎれになくなっちまった。局長はその晩、ア・ラ・ボルドレーズ（ボルドーの）ロブスターを食べようと夢みてたんです。なにしろ坊ちゃん育ちだからね……。あのろくでもないロブスターがなけりゃ、こっちの駅へ取調べが駆けつけて、わたしの首が飛ぶようなこともなかったんですがね……」

「あなたは今も失業してらっしゃるのですか」と隣り村の司祭の娘がたずねた。（彼女はおばさんのところへ行くおっかさんのために『コネ』で無賃乗車券をもらいに駅

へ来たのだった）

「とんでもない！　一週間後にはもう別の鉄道に勤めてましたよ、裁判リストにはのってたけれど」

「そういや……こんなこともありましたよ」とガルツーノフ氏が、ウォトカを注《つ》ぎながら始めた。「あなたがたはむろん、イワン・ミハイルイチをご存じでしょう、車掌長をしてた。古狸《ふるだぬき》ですよ、あれは！　ちゃんとした男で、生まれもいいのですがね、一種の悪党、ごろつきですな……。つまり悪党じゃなくって、そう……一種の天才、鳶《とんび》ですよ……。あの男があるとき、汽車に乗ってジヴォジョーロヴォへやって来た……。貨車に乗って来たんです。彼が客車係に取り立てられなかったのは、あいつが平静な心で女を見ることができなかったからで。たちまち発作が起きるんですよ。この男が汽車に乗ってやって来た……。そのとき、プラットフォームには三十人ばかりの草刈人足が立っていた。おりしも夏のかき入れどきでね……。

『どこへ行くんだね、草刈り衆』とやつはたずねた。『どうだね、この貨車で次の駅まで送ってやろうか。ひとり十コペイカでいい、たったのね……』ってわけで。

　むろん、願ったり叶《かな》ったりだ。イワン・ミハイルイチは十コペイカずつ取ると、みんなを職員用車輛に乗せた。わが草刈人足どもはこうして乗ってった……。小躍《こおど》りしながら歌まで歌ってね。じっさい、滑稽《こっけい》な話ですよ！　そのとき、わたしもその車輛に乗りあわせてた、洗礼祝いに駆けつけようとしてね、ほら、あのイリヤー・ペトローヴィチのところへ……。オーレチカの洗礼にね……。『なんだって、って言ったんだ、イワン・ミハイルイチ、こんな連中を乗せたんです？　駅には監督官がいるじゃないか！』『だったらどうなんです』『いまにひどい目に遭《あ》うからな……』

イワン・ミハイルイチは考えこんだ……。わかってるでしょう、困ったふりはしたくないですからね。なんでもありゃしない、そりゃね、だれもが切符なしで運んでやってるくらいはね、公然の秘密なんですが、なんとなく、その、きまりがわるい……。それに監督官だって、いろいろですからな……。ときには生きてるのがいやになるようなのに出くわすことだってあるからね……。よくあるこってすよ！　腹いせにわざわざ告げ口するのもあれば、上役の点をかせごうとするのもある……。『列車を止《と》めなきゃそれまでだが、ってイワン・ミハイルイチが言う。こいつらをおろさなきゃならん……。どうしたもんだろう』

そこへ向こうから汽車がやって来た、職員用の車輛に灯《ひ》を三つともしてね。彼ら車掌のあいだには、こんな合図があるんですよ。――職員用車輛に灯が三つとか、たとえば、旗が二本とか、そのほか何かのしるしが出てたら、つまり、駅に監督官がいるってことです。わたしが言ったのがまんざら出たらめじゃないってことがわかった。イワン・ミハイルイチは、あれこれ考えてこう決めた。じっさい、滑稽な話ですよ！　車輛のドアをあけて、草刈衆の首すじをつかんで、跳びおりろ、さあ！　ってわけ。跳びおりるんだ！　草刈りどもは跳びおりはじめましたよ……。へ、へ、へ……。乾草の束のように転がってね。

跳びおりろ！　って、彼はどなった。なるたけ遠くへだ、そうすりゃ何ともありゃせん！　跳ぶんだ、ろくでなしめ！　畜生め、悪魔めが！

われわれはそれを見て、腹をよじりましたよ……。全員跳びおりましたな。たったひとり足の骨を折っただけで、あとはみんな無事だった。こうして彼らは十コペイカ玉をふいにしたんです……。へ、へ、へ……。一週間たって、このスキャンダルが知れわたると、どこからかその足を折った草刈りが引っぱられて来た……。だれかが密告したんだね……、ちくしょうめ……。世間の怨《うら》みですな……。その草刈りは五ルーブルもらって、イワン・ミハイルイチは首になったんです……。へ、へ、……」

「いまも失業中なの？」

「オペラ団へはいったそうですよ。すばらしいバリトンでしたからね。汽車に乗ってて、酔っぱらうと、よく歌ってましたよ。獣《けもの》だって聞きほれる、鳥だって泣くくらいですからね！　才走った男だったので、言うことはありませんや……」

（『破片』一八八三年四月二日号）

# おっかさん弁護士

それはミシェーリ・プズゥイリョーフとリーザ・マームニナとの婚礼のあと、ちょうど一カ月たったある朝のことだった。ミシェーリが朝のコーヒーを飲みおわって、勤めに退散するために眼で帽子を探りかけたとき、彼の書斎へ姑《しゅうとめ》がはいって来た。

「ちょっとお邪魔《じゃま》しますよ、ミシェーリ、五分ばかりね」と彼女は言った。「しかめっ面《つら》しないでちょうだいね、あなた……。そりゃお婿《むこ》さんが姑と話したがらないことぐらい知ってますけれどね、でもわたしたちは、どうやら……あなたとはうまく行ってるようだわね、ミシェーリ。わたしたちは婿でも姑でもなくて、賢い人間たちですからね……。わたしたちには共通点がたくさんあるわね……そうじゃないこと？」

姑と婿はソファに腰をおろした。

「ご用というのはなんですか、ムッテルヘン（おっかさん）」

「あなたは賢い人ですよ、ミシェーリ、たいへん賢いわ。わたしだってね……馬鹿《ばか》じゃなし……。おたがいに理解しあえるわね。わたし前からあなたとお話ししようと思ってたのですけれど、モン・プチ（ねえ、あなた）……。正直におっしゃってね、お願い……、どうかお願いですから、あなたは娘をどうなさるおつもりなの」

婿は眼を丸くした。

「わたしはね、そりゃ、そのとおりだと思うわ……。それでいいのよ！　でもなぜなの。学問は立派なものですからね、文学なしには過ごせませんよ……。だって詩なんですものね！　わかりますよ！　そりゃ、女に教育があれば楽しいでしょうけどね……。わたし自身、教育がありますから、わかりますよ……。でもね、モナージュ（あなた）、限度ってものがありますよ」

「と言いますと。僕にはさっぱりわかりませんが……」

「わたしはね、うちのリーザにたいするあなたの態度がわからないのよ！　あなたはあれと結婚なさった、でもあの子は妻なの？　友だちなの？　あの子はあなたの犠牲ですよ！　学問だとか、書物だとか、理論だとか、いろいろあるわね……。そういったものはみな結構なものだわ、でもね、あなた、あなたはあれがわたしの娘だということを忘れないでくださいな！　わたし、赦《ゆる》しませんよ！　おなかを痛めた子ですものね！　あなたはあの子を殺してるのと同然ですよ！　結婚して、まだひと月もたたないってのに、あの子はもう木端《こっぱ》のようになっています！　一日じゅう本のまえにすわって、あんな馬鹿げた雑誌を読んでるのよ！　なにやら書類を浄書してるし！　これが女のする仕事でしょうか。あなたはあの子をつれ出しもしないし、楽しみも与えてやらない！　おかげで社交界にも行かなけりゃ、ダンスもしない！　信じられないくらいですよ！　ずうっと一度も舞踏会へ行ってないなんて！　一度だってね！」

「一度も行かないのは、行きたがらないからですよ。ようくたずねてごらんなさい……。あなたがたの舞踏会やダンスのことをあれがどう思ってるか、おわかりになるでしょうよ。いや、マ・シェール（おっかさん）！　あれはあなたがたがぶらぶらしてるのがやりきれないんですよ！　あれが毎日毎日、本や仕事にかかりきってるとしたら、それは、いいですか、だれからも意志を束縛されてはいないからですよ……。そういうあれが僕は大好きなんです……。このさいよくよくお願いしておきたいのですが、どうかこれから先も、僕らのことに口出ししないでくださいな。リーザが自分で言いますよ、もしも何か言いたければね……」

「まあ、そんなふうに思ってるのね。あなたはあの子がどんなにおとなしくて無口か、わかってらっしゃらないのね。愛があの子の舌をしばってるんですよ！　わたしがいなかったら、とんでもない重荷をあの子に負わせてしまったことでしょうね、あなたって人は！　そうですとも！　あなたは暴君よ、殿さまよ！　どうか今日かぎりそういう態度を改めてくださいな！」

「聞く耳もちませんね……」

「持たないですって?!　じゃあ結構です！　たいしたこっちゃないわ！　わたしだって、あなたなんかとお話ししやしませんよ、リーザがいなけりゃね！　あの子がふびんなんですよ！　あの子が話してみてほしいって言うんですものね！」

「また、そんな出たらめを……。嘘《うそ》に決ってますよ、白状なさい……」

「嘘ですって？　じゃ、ごらんなさい、お馬鹿さんね！」

おっかさんは跳びあがって、ドアの取っ手を引っつかんだ。ドアがぱっとあいて、ミシェーリはリーザがそこに立っているのを見た。彼女は敷居ぎわに立って、両手をもみしだきながら、すすり泣いていた。彼女の美しい顔はすっかり涙に濡《ぬ》れていた。

ミシェーリは駆け寄った……。

「なんだ、聞いてたのか。じゃ、おっかさんに言ってくれ！　自分の気持ちをわかってもらうんだ！」

「ママは……ママはほんとのことを言ったのよ」とリーザはわっと泣きだした。「こんな暮しは我慢ならないのよ……。苦しくてたまらないのよ……」

「ふむ……。そうだったのか！　おかしいな……。でも、どうして直接僕に言わないんだい」

「わたし……わたし……あなたが怒るんですもの……」

「でも自分だって、ぶらぶらしてることにしょっちゅう反対してたじゃないか！　僕を愛するのは僕の信念が好ましいからだとか、まわりの人の暮しぶりが嫌でたまらないだとか言ってたじゃないか！　結婚するまでは、こういうくだらない生活を軽蔑《けいべつ》し憎んでたじゃないか！　いったいどうしてそう変っちまったんだい」

「あのころは心配だったのよ、わたしと結婚してくれるかどうかってことが……。ねえ、ミシェーリ！　きょうマーリヤ・ペトローヴナのジュール・フィクス（招待日）に行きましょうよ……」。そしてリーザはミシェーリの胸へ顔を埋《うず》めた。

「ほら、ごらんなさい！　わかったでしょ」とおっかさんは言って、意気揚々と書斎から引きあげて行った。

「ああ、おまえは馬鹿だよ！」とミシェーリが呻《うめ》いた。

「だれが馬鹿なのよ」リーザがききかえした。

「まちがいをしたやつがさ！……」


（『破片』一八八三年四月三十日号）

# わたしのナナ

それはわたしがまだ名もない文学者で、いまではちくちくする口ひげも、まだあるかないかの縞模様《しまもよう》だったころのことだった。

気持ちのいい春の夕べだった。わたしはみんなでダンスをした別荘の「小ホール」から、気が違ったようになって戻って来た。若々しいわたしの肉体は、たとえて言えば、なにもかもがめちゃめちゃになっていた。自暴自棄になった心は煮えたぎり、見さかいなくなった恋に湧《わ》きたっていた。焼けるような、激しい、魂をがっきとつかまれたような恋は、ひと口に言って初恋だった。わたしが惚《ほ》れこんだのは、背のすらりと高いお嬢さんで、年は二十三くらい、愚かしくはあるけれど、頰にかわいいえくぼがある美人だった。そのえくぼにも、幅広《はばひろ》の麦わら帽子の下から美しい両の肩へふさふさと垂れさがったブロンドの髪にも、惚れこんでしまったのだ……。ああ、ひと口に言えば——小ホールから戻ると、自分の寝床に倒れこみ、がっくりして呻《うめ》きをあげた。一時間後、机にむかって、全身をわななかせながら、一帖《じょう》の紙を書きつぶして、こういう手紙を書いた——。

「ワレーリヤ・アンドレーエヴナ！　わたしはあなたとは知りあったばかりで、ほとんど知りあいとも言われないくらいですが、それでもそのことは、自分の立てた目標実現の前途に横たわる障害とはなりえません。大げさな言いかたは避けて、率直に申しますす——わたしはあなたを愛しています！　そうです、わたしはあなたを愛しています、命よりも強く！　これは誇張でもなんでもありません。わたしは実直で、けんめいに働いている人間です（自分が献身的だということの説明が長々とつづく）……。わたしにとって自分の命はそれほど貴重ではありません。きょうでなければ、あす、あすでなければ、一年後に……どっちみち同じことではありませんか。机の上、わたしの胸から五、六十センチのところには、ピストル（六連発銃）が乗っています。わたしはあなたの手のなかにあります。もしもあなたが、あなたを熱愛している人間の命が貴重だとお思いなら、お返事をください。お返事をお待ちしています。あなたのパラーシャはわたしを知っています。彼女をとおしてお返事をくださってもけっこうです。あなたの昨日《きのう》のヴィザヴィ（なんの某《なにがし》）川のつく名まえ……。

追伸　ご同情ください！」

封をしてしまうと、わたしは自分の前の机の上にピストルを置いた――自殺のためというよりは「空想」をひろげるために――そうして別荘地のなかのポストを探しに出かけた。ポストは見つかって、手紙は投函《とうかん》された。のちにパラーシャが話してくれたところでは、この手紙のことでこういうことがあったという。翌朝、十一時ごろ郵便配達が来てから、パラーシャはわたしの手紙を銀の盆に乗せて、女主人の寝室へ持って行った。ワレーリヤ・アンドレーエヴナは、ふわふわの絹の布団《ふとん》を掛けて寝ていたが、けだるそうに伸びをしていた。ようやく目をさまして、一服タバコを吸いつけたところだった。窓から顔にうるさく射《さ》す光が、両の眼を不機嫌そうに細めていた。そうしてわたしの手紙を見ると、顔をひどくしかめた。

「だれからなの」と彼女はたずねた。「読んでちょうだい、パラーシャ！　こういう手紙を読むのは嫌なのよ。くだらないものばっかりだからね……」

パラーシャは封を切って、読みにかかった。わたしの文章を読みすすめるほどに、女主人の眼は丸く、大きくなって行った。ピストルのところまで来たときに、ワレーリヤ・アンドレーエヴナは口をあんぐりあけて、こわごわパラーシャを見つめた。

「それはどういうことなの」と彼女は当惑しながらたずねた。

パラーシャはもう一度読みあげた。ワレーリヤ・アンドレーエヴナは眼をぱちくりさせた。

「いったいだれなの。それは？　まあ、なんだってそんなふうに書いたんだろう」と彼女は涙声になって言った。「だれなの、その人」

パラーシャはわたしのことを思い出して、説明して聞かせた。

「ああ！　でもどうしてその人がこんな手紙を。ねえ、こんなことしていいものかしらね。わたしにどうすることができて。どうすることもできないじゃないの、パラーシャ。その人はお金持ちなの、ねえ」

パラーシャは、わたしが自分の配当金をほとんどみな摑《つか》ませてあったので、ちょっと思案して、きっとお金持ちでしょうと言った。

「でもわたしは駄目だわ！　きょうは、ほら、アレクセイ・マトヴェーイチが来ることになってるし、あしたは男爵《だんしゃく》が……。木曜日にはロンブが来るし……。いったいいつその人と会えるのでしょう。昼でもいいのかしらね」

「グリゴーリー・グリゴーリイチがきょう昼間に来られる約束になってますわ……」

「ほら、ごらん！　どうしてわたしにできるって言うの。じゃあね、そのかたに言ってちょうだい……。せめて……。せめてきょう、お茶でもあがりにいらっしゃいって……。それ以上、わたしにはしてあげられないわ……」

ワレーリヤ・アンドレーエヴナは泣きださんばかりだったという。生まれて初めて彼女は、ピストルとは何かを知ったのだ、それもわたしの文章から知ったのだった！ その晩わたしは彼女のところに行って茶を呼ばれた。ちょっと苦しかったが、四杯も飲んだ……。運よく雨が降りだしたので、ワレーリヤのところにはアレクセイ・マトヴェーイチも来なかった。けっきょく、わたしは、歓声をあげたのだった。

（『破片』一八八三年五月二十一日号）

# フィラデルフィア自然研究者大会　学術報告

初めにダーウィンの思い出に捧《ささ》げる研究報告「人類の起源について」が読みあげられた。会議場にはイヤフォーンが設置されていたので、この報告書は普通の声で読みあげられた。尊敬すべき報告者は、自分はダーウィンに全面的に賛成だと言明した。あらゆる点で責任があるのは猿どもだ。もしも猿というものがいなければ人間もいなかったろうし、人間がいなければ犯罪者もいなかったろうから。大会は満場一致でこう決議した――猿どもにわれわれの不満を表明し、あらゆる情報を検事殿に報告する(！)。反対意見のうち最も多かったのは次の点だった。

一　フランス代表は、大会の意見に全面的に賛成しながら、しかし、得意満面の豚や鳴き声を立てるクロコジール鰐《わに》のような狂暴なタイプの動物が猿から派生したことを納得《なっとく》する方法が見つからない。その点を提起しながら、尊敬すべき対論者は、大会の出席者の前に、得意満面の豚や鳴き声を立てるクロコジール鰐の像を展開してみせた。大会は討議不能におちいって、こう決定した――この問題は、次の大会まで結論を持ち越し、この決定の前にイヤフォーンの受話器が何らかの理由で聞こえなくなった、と。

二　ドイツ代表は――彼はまた新聞『ルーシ』（ロシアの古称）の外国通信員だったが、むしろ人類は猿や鸚鵡《おうむ》から、またその両者から派生したと考えるべきだと主張した。全人類は、彼の意見によれば、外国人の模倣によって滅亡するのだという。（イヤフォーンの受話器から賛成のざわめきが聞こえてくる）

三　ベルギー代表は、大会の決定に全面的賛成ではなかった。というのは、彼の意見では、あらゆる人種が猿から派生したというわけではないからだ。たとえば、ロシア人は鵲《かささぎ》から、ユダヤ人は狐《きつね》から、イギリス人は冷凍魚から派生したものだ。この代表は、ロシア人の起源は鵲である、とかなり独創的に証明してみせた。ブーシとマクシェーエフの横領事件裁判の印象の消えやらぬ大会にとっては、この最後の証明に賛成するのはそれほど難しいことではなかった……。（『タイムズ』）

（『破片』一八八三年四月三十日号）

# 年に一度

窓が三つしかない公爵《こうしやく》令嬢の小さな家は、晴れやかなよそおいをしている。まるで若返ったかのようだ。あたりは念入りに掃き清められ、門は開け放たれ、鎧戸《よろいど》は取りはずされている。洗いたての窓ガラスがおずおずと春の日ざしと戯《たわむ》れている。正面玄関には門番のマールク——よぼよぼの老人が、虫食いだらけのお仕着せを着て立っている。震える手つきで朝いっぱいかかって剃《そ》った彼の剃りあとの濃い顎《あご》、磨きあげられた長靴、紋章入りのボタンも、やっぱり陽《ひ》に照りはえている。マールクが自分の小部屋から這《は》い出して来ただけのことはあったのだ。きょうは公爵令嬢の名の日の祝いで、訪問客のために戸をあけたり、客の名前を大声で呼んだりしなければならない。玄関の間《ま》には、いつものようにコーヒー滓《かす》や、精進日のスープの匂《にお》いではなくて、卵《たまご》石鹸《せつけん》の匂いを思わせるような何かの香水の匂いがしている。どの部屋も小ざっぱりと片づけられていた。カーテンがかけられ、絵模様のモスリンははずされ、すりへった、ざらざらした床《ゆか》には蠟《ろう》がぬられている。子猫どもを引きつれた意地悪《いじわる》猫のジューリカとひな鶏《どり》たちは、晩まで台所に閉じこめられている。

窓三つの小さな家の主人の公爵令嬢その人は、腰の曲った皺《しわ》くちゃ婆《ばあ》さんで、大きな肘掛椅子《ひじかけいす》に腰かけて、ひっきりなしに白モスリンの服のひだをなおしている。たった一つ、ぺちゃんこの胸にとめられた薔薇《ばら》の花だけが、この世でまだ若さのなごりのあることを物語っている！　公爵令嬢は名の日の祝い客を心待ちしている。トラムプ男爵親子、ハラハーゼ公爵、侍従ブルラーストフ、いとこのビトコーフ将軍、その他おおぜい……二十人ばかりの人びとが彼女を訪ねて来なければならないはずだ！　やって来て、客間を世間話でいっぱいにすることだろう。ハラハーゼ公爵は何かを歌い、ビトコーフ将軍は二時間も彼女の薔薇を欲しがるにちがいない……。彼女のほうはといえば、こういう紳士がたをどうあしらえばいいかを知っている！　気品と威厳と教養とが、立居《たちい》ふるまいのすべてに滲《にじ》み出ることだろう……。そうしているうちに、商人のフトゥールキンやペレウールコフがやって来るだろう。こうした連中のためには、玄関の間《ま》に記帳簿とペンが用意されている。人それぞれに分《ぶん》を知れ。記帳をして引きさがればいいのだ……。

十二時。公爵令嬢は衣裳《いしょう》と薔薇の花をなおしている。彼女は耳をすましている――だれかベルを鳴らしてはいないか。音たかく馬車が通りすぎて、止《と》まった。五分間がすぎる。

「うちではなかった」と公爵令嬢は考える。

たしかに、おたくではありませんよ、公爵令嬢！　毎年《まいとし》この繰りかえし、無慈悲な繰りかえしだ！　二時になると、公爵令嬢は去年と同じように寝室へ行き、アンモニア水を嗅《か》いで泣く。

「だあれも来てくれない！　だあれも！」

公爵令嬢のかたわらを、年とったマールクがあたふたする。彼もやっぱり悲しいのだ。――なんと人間は堕落したことだろう！　むかしは蠅《はえ》のように客間へ押し寄せたのに、いまは……。

「だあれも来てくれない！」と公爵令嬢は泣く。「男爵も、ハラハーゼ公爵も、ジョルジュ・ブヴィツキーも……。みんなに見すてられてしまったわ！　もしもわたしがいなかったら、あの人たちはいったいどうなってたことだろう！　あの人たちの幸福だって、出世だって、なにもかもわたしのおかげなのに――わたしひとりの。わたしがいなければ、だれひとりどうにもならなかったのに」

「そうでございますとも！」とマールクが相槌《あいづち》を打つ。

「わたしはお礼が言ってもらいたいのじゃないのよ……そんなものはいらないわ！　わたしの欲しいのは気持ちなのよ！　ああ、なんと腹が立つこと！　甥《おい》っ子のジャンまでが来ない。どうしてあの子が来ないんだろう。いったいわたしがあれにどんな悪いことをしたっていうの。すっかり手形を落としてやったし、あの子の妹のターニャだっていいとこへ片づけてやった。あのジャンったら、わたしにどんなに高くついてることか！　わたしは弟の、あの子の父親との約束をちゃんと果たしたわ……。おまえも知ってのとおり……」

「奥さまは、あのかたがたの、いわば親がわりですものね」

「それなのに……これがそのお返しだから！　ああ、人間というものは！」

三時になると、去年と同じように、公爵令嬢にはヒステリーの発作が起こる。気も動転したマールクは、モールのついた帽子をかぶり、長いこと御者に馬車代をかけあって、甥《おい》のジャンのところへ出かけて行く。さいわい、ジャン公爵の住んでいる家具つきの貸間は、そんなに遠くはない……。マールクは寝台に寝っ転がっている公爵を目にする。ジャンはたった今、ゆうべのどんちゃん騒ぎから戻ってきたところだ。やつれきった馬面《うまづら》は赤黒くなって、額《ひたい》には汗がにじんでいる。頭はがんがんするし、胃の腑《ふ》は暴動を起こしている。ひと寝入りしたいところだが、眠れない、胸がむかむかする。ものうげな両の眼は、汚物と石鹼水とであふれそうになった洗面台に注がれている。

マールクは汚《きたな》い部屋へはいって、うとましげに肩をすくめながら、おずおずと寝台へ歩み寄る。

「いけませんなあ、イワン・ミハールイチ！」と彼は、咎《とが》めるように頭を左右に振りながら言う。「いけませんなあ！」

「なにがいけないってんだ」

「どうしてあなたさまはきょう、おばさまの名の日のお祝いにおいでにならないので。これがいいことでございましょうか」

「悪魔にでも食われろだ！」とジャンは、石鹼水から眼をはなさずに言う。

「これがおばさまのお気にさわらぬことでしょうか。え？　ああ、イワン・ミハールイチ、公爵さま！　あなたさまには人情というものがまるでおありにならないのでございますね！　ええ、どうしてあのかたを悲しませなさるので」

「おれは訪問なんてことはしないんだ……。そうあの人に言ってくれ……。そんなしきたりはとっくの昔にすたれちまったんだ……。おれたちに出歩くひまはないんだ。

自分が出歩きゃいいんだよ、なんにもすることがなけりゃ。おれのことは放っといてもらいたい。さあ、とっとと消えうせろ！　眠いんだから……」

「眠いんだから、ですって……。そのお顔をこちらへ向けられないじゃございませんか！　わたくしの眼を見るのが恥かしいのでございましょう」

「えい……黙れ……。なんというろくでなしだ！　かさっかきめが！」

長い沈黙。

「どうか旦那《だんな》さま、お越しになって、お祝いを申しあげてくださいまし！」とマールクはやさしく言う。「あのおかたさまはお泣きなすって、寝床の上で身もだえなすっておいでです……。どうかお情けでございます、ごあいさつなさってくださいまし……。お越しくださいまし、旦那さま！」

「行くもんか。用もなけりゃ、暇もない……。いったいあんなオールド・ミスのところで何をするってんだい」

「お越しくださいまし、公爵さま！　喜ばせてあげてくださいまし、旦那さま！　後《ご》生《しょう》でございます！　あなたさまの、こう申しては何でございますが、恩知らずと不人情とを、ひどく悲しんでいらっしゃいます！」

マールクは袖《そで》で眼をこする。

「後生でございます！」

「ふむ……。コニャックはあるかな」とジャンが言う。

「ございますとも、旦那さま、公爵さま！」

「そうか！……ふん……」

公爵は片眼をぱちぱちさせる。

「じゃあ、百ルーブルはあるかな」

「それはとても駄目でございます！　ご自分でもよくご存じじゃございませんか、公爵さま、貯《たくわ》えはわたくしどもにはもう昔のようにはございません……。わたくしどもをご親戚《しんせき》のかたがたが零落《れいらく》させておしまいになりました、イワン・ミハールイチ。わたくしどもにお金のありました時分には、わんさとおいでなさいましたが、いまでは……。なにもかも神の御心《みこころ》でございますが！」

「去年は訪問して……いくら受けとったけな。二百ルーブルだった。ところが今は百もないってのか。冗談も休み休みぬかせ。まぬけ野郎！　ばあさんのところを掘りくりかえしゃ、見つかるさ……。だがな、もう帰りやがれ、眠いんだ」

「お慈悲でございます、公爵さま！　お年を召して、弱っていらっしゃいます……。魂がどうにかこうにかお体にすがっているだけなのでございます。あのおかたを憐《あわ》れんであげてくださいまし、イワン・ミハールイチ、公爵さま！」

　ジャンは頑として聞きいれない。マールクはなんとか値切ろうとしはじめる。四時をすぎるころには、ジャンもしぶしぶ折れて、燕尾服《えんびふく》を着て公爵令嬢のところへ馬車で出かける……。

「マ・タント（おばさん）」と彼は彼女の手を両手で握りしめながら言う。

　そうして、ソファに腰をおろすと、去年と変らぬ話をしはじめる。

「マリー・クルイスキナがね、マ・タント、ニースから手紙を受けとりましたよ……。いとしい夫がね！　いったい、どんな夫でしょう。えらく馴《な》れ馴れしい調子で決闘のことを書いてきたんですよ、なんとかいう歌い女《め》のことで……名前は忘れましたがね……あるイギリス人とやったんです……」

「まあ、ほんとうかい」

　公爵令嬢は眼をぱちくりさせながら、両手を打ちあわせ、さも恐ろしそうに驚きの口ぶりでくりかえす。

「まあ、ほんとうかい」

「そうなんですよ……。決闘騒ぎを起こしては歌い女たちを追いまわしてるが、こっちじゃ細君がね……やつのおかげで痩《や》せ細ってる……。ああいう連中のことはわからないな、マ・タント」

幸せな公爵令嬢はジャンのそばに席を移し、話は尽きない……。コニャック入りの茶が出される。

そして幸福な公爵令嬢がジャンの話に耳を傾けながら、笑ったり、ぞっとしたり、感動したりしているあいだに、老僕のマールクは自分の長持《ながもち》を引っかきまわして紙幣をかき集めている。ジャン公爵は大負けに負けてくれた。たったの五十ルーブル払えばいいのだ。けれども、この五十ルーブルのためには、いくつもの長持をかきまわさねばならないのだった！


（『とんぼ』一八八三年六月十九日号）

# 鶯《うぐいす》の顔見せ興行　音楽批評

われわれは小川のほとりに席を取った。まえのほうには赤茶けた粘土の岸が急な崖《がけ》となって落ちこみ、うしろには広い林が黒ずんでいた。われわれは、萌《も》え出た柔《やわらか》い草の上に腹ばいになって、両の拳《こぶし》で頭を支え、足は伸ばし放題にしてぶらぶらさせていた。春さきのコートは脱いでいたが、預け賃に二十コペイカ銀貨を払わなかったのは、さいわい、クロークなどなかったからだ。林や空や野原は、はるか彼方《かなた》までも月光を浴びて、ずっと遠くに赤いともしびがひとつ静かにまたたいていた。大気は穏《おだや》かで、透きとおり、かぐわしかった……。あらゆるものが顔見せ興行の主人公に幸いしていた。あとはただ、われわれの忍耐力にあまえずに、できるだけ早く始めさえすればよかった。ところが彼はいっこう始めようとはしなかった……。われわれはその出を待ちながらプログラムどおり、他の演奏家たちに耳をかたむけていた。

夕べは郭公《かっこう》の歌で幕をあけた。彼女はどこか林の奥のほうでものうげに鳴きはじめ、十ぺんばかりも鳴くと、ぱたりと鳴きやんだ。するとたちまちわれわれの頭上を、ピーという鋭い鳴き声を立てて長元坊《ちょうげんぼう》が二羽飛び過ぎて行った。それから名うての歌い手で真面目《まじめ》な勉強家の高麗鶯《こうらいうぐいす》がコントラルトで歌い出した。われわれはその歌をうっとりと聞いていたが、もしも深山烏《みやまがらす》の群れが塒《ねぐら》をさして飛んで来なければ、もっと長いあいだ耳を傾けていたことだろう……。遠くに黒い雲があらわれたかと思うと、こちらへ押し寄せて来て、カアカア鳴きながら林へ降りて行った。この黒雲は長いこと鳴きやまなかった。

深山烏が鳴いているときに、葦《あし》のなかの官舎住まいの蛙《かえる》がガアガア鳴きだして、たっぷり三十分間、コンサート会場はさまざまな響きでいっぱいになったが、やがてその響きは一つに溶《と》けあった。どこかで寝ぼけた鶫《つぐみ》が鳴きはじめた。鷭《ばん》と葭切《よしきり》がそれに伴奏した。そのあと幕間《まくあい》があって、ひっそりとしたが、それはときどき、聴衆のすぐ近くの草むらの蟋蟀《こおろぎ》の歌で破られた。幕間にわれわれの忍耐力が頂点に達した。——顔見せ興行の主人公にたいして不平をこぼしはじめたのだ。大地に夜のとばりがおりて来て、月が林の真上の中天《ちゅうてん》にかかったころ、彼の出番がやって来た。彼はまず若い楓《かえで》の林に姿を現すと、橉木《りんぼく》の茂みに飛びうつり、ひとしきり尻《し》っぽを振って、じっと動かなくなった。いまは灰色の背広を着ているが……、だいたい彼は聴衆にはおかまいなく、雀《すずめ》の百姓服で出て来るのが常だ。(恥だよ、お若いの！　君のための聴衆じゃない、聴衆あっての君なのだからね！)三分ほど彼は口をつぐんで身じろぎもせずにかがんでいた……。ところが木々の梢《こずえ》がそよぎはじめ、そよ風が吹いて、いっそう声高く鳴きだすと、このオーケストラを伴奏にして彼は最初のさえずりを始めた。そして歌い出した。その歌を描写するのは無駄だろう、ただ、歌い手がくちばしを軽く持ちあげてさえずりはじめ、撥《は》ねるような音や断続する音を林に撒《ま》きちらしたとき、オーケストラが興奮のあまり息を呑《の》んで沈黙したと言えば足りるだろう……。声には力もあれば安らぎもあった……。けれども、わたしは詩人たちからパンを奪うことはすまい、彼らの筆にまかせておけばいいのだ。彼が歌っているあいだ、あたりには、じっと耳をすましている静寂が支配していた。たった一度、歌い手の歌声をかき消そうとして梟《ふくろう》が急に思い立って歌いはじめたとき、腹立たしげに木々が不平を鳴らし、風がしッと押しとどめただけだった……。

空が白《しら》みかけて星あかりが消え、歌い手の声が次第に弱くかすかになったとき、林のはずれに地主の伯爵《はくしゃく》家のコックが姿を見せた。前かがみになって、左手で帽子を押さえながら、足おとを忍んでやって来た。樹皮の編籠《あみかご》を右手にかかえている。そうして木々のあわいを見えかくれしていたが、やがて茂みのなかへ見えなくなった。歌い手はまだしばらく歌っていたが、はたと鳴きやんだ。われわれは帰り支度をした。

「やあこいつ、悪党め！」という誰かの声が聞こえたと思うと、まもなくコックが現れた。伯爵家のコックはこちらにやって来て、楽しげに笑いながら拳《こぶし》を突き出して見せた。その拳からは、つかまったばかりの顔見せ興行の主人公の頭と尻っぽがとび出していた。かわいそうな歌い手！　こんな出演料はまっぴらだろう！

「どうして捕まえたりしたんだね」と、われわれはコックをなじった。

「飼うんですよ！」

朝を迎えて水鶏《くいな》があわれっぽく叩《たた》きはじめ、歌い手を失った林がざわめきだした。コックは薔薇《ばら》の恋人を籠《かご》へ入れると嬉《うれ》しそうに村のほうへ駆けて行った。われわれも思い思いに散って行った。

（『破片』一八八三年五月二十一日号）

# 二、三のこと

## 一　グレーヴィチ氏（作家）と溺死者《できししゃ》

六月十日、金曜日、「エルミタージュ」園の大衆の眼のまえで、才能ある社会政治評論家のイワン・イワーノヴィチ・イワノーフが自殺した。池で溺《おぼ》れたのだ……。汝《なんじ》の遺骸《いがい》に安らぎあれ、誠実で、高潔な、人生の盛りに命を落とした働き者よ！（死者はまだ三十まえだった）

金曜日のまだ午前中に、故人は胡瓜《きゅうり》の漬け汁を飲み、おどけた漫文をものし、正午には仲間のグループで楽しく昼食をすませ、夕方七時には娼婦《しょうふ》たちと園内を散歩して、八時に……自殺したのだ！　イワン・イワーノヴィチは愉快な人間、生活を楽しむ屈託のない人間として知られていた……。

彼は死のことなど考えたこともなく、死ぬほど大酒を飲んでいてさえ「まだまだ」生きると一度ならず自慢していた。だから緑ガ池から彼の遺体が引きあげられたとき、彼を知る者の誰もがびっくり仰天したのも無理はない！

「こいつはなんだか怪しいぞ！」という声が園じゅうに広がった。「なんだか犯罪の匂《にお》いがしないか！　故人には借金もなけりゃ、女房もいない、姑《しゅうとめ》なんてものもいない……生きることを愛してたんだ！　こんな男が投身自殺するなんて！」

犯罪に巻きこまれたのではないかという考えは、声色使《こわいろづか》いのエゴーロフ氏が、悲劇的な死の十五分まえに故人がグレーヴィチ（作家）氏とボートを漕《こ》いでいるのを見た、と言ったときに、疑惑にその場所をゆずった。グレーヴィチ氏を捜すことになって、作家は括弧のなかへ逃げたことがわかった。

セールプホフ市で拘束されたグレーヴィチ（作家）氏は、初めのうち、自分はなんにも知らない、と言い張っていたが、自白すれば罪は軽くなると告げられると泣き出して、包みかくさず白状した。予備捜査で彼は次のように証言した。

「イワノーフと知りあいになったのは最近のことです。交際しはじめたのは、ジャーナリストを尊敬していたからです」（調書には「尊敬し」という言葉に傍線が引いてある）。「彼とは姻戚《いんせき》関係はありませんし、仕事の関係もありません。事件当夜は、茶と黒ビールをご馳走しました、文学を尊敬してたものですから」(「尊敬し」に、また も傍線が引かれ、そのかたわらに議事録ふうの小さな字で「なんというしつこさだ!!」という書きこみがある)。「茶のあと、イワン・イワーノヴィチは、いまごろボートを漕ぐのも悪くないな、と言いました。わたしは賛成して、いっしょにボートに乗ったんです」

「『なにか話をしてくれませんか!』とイワン・イワーノヴィチが、池のまんなかあたりまで来たときに言うのです」

「わたしはすぐに承知して、型どおりの話をはじめました。——『もしもお望みなら……』と言って……。二こと三こと話しはじめると、イワン・イワーノヴィチは腹をかかえて、笑いころげ、『エルミタージュ』の広葉樹林(?)が尊敬すべき社会政治評論家の高笑い(?)に揺らぎました……。わたし(作家)が二つ目の小ばなしを終えると、イワン・イワーノヴィチは大声をあげて笑い、その笑いがあたりに響きました……。それは豪快な笑いでした。そんなふうに笑えるのは、ひとりホメロス(?)あるのみです。それは響きわたり、遠くまで伝わりました……ボートはぐらりと傾いて、銀色のさざ波がロシアの高潔な人物の眼を見えなくしたのです……そして……いやもう駄目です! わたしは涙でむせびました!!」

この供述はエゴーロフ氏の供述とは、いささか異っている。尊敬すべき声色使《こわいろづか》いは、イワノーフはまったく大声で笑ったりはしなかったと供述している。逆に、彼がグレーヴィチ（作家）氏の話を聞いていたとき、彼の顔はひどく悲しげで不満げだったという。エゴーロフ氏は岸にいて、二つ目の小ばなしの終りにはイワノーフが頭をかかえてこう叫んだのを見聞きしている――「なんてこの世は何もかも古くさくて、退屈なんだ！　なんと気がめいるんだろう！」。そう叫んで、そして――水にどぶん！

裁判では今、二つの供述のどちらがより信頼できるかが争われている。グレーヴィチ（作家）氏は保釈中だ。

イワノーフの死は、「エルミタージュ」園での最初の死亡事故ではなく、今こそなんの罪もない大衆をこういう事故から守るべきときである……。とはいえ、わたしは冗談を言っているのですがね。

## 二　じゃがいもとテノール歌手

食料品が時にどんなふうに有害かは、『医学的ほらふき』にのっている次のような文章によって明らかだ。

「最近わたしは、澱粉質《でんぷんしつ》の豊富な物質の有害性をあらためて信じるようになった」とБ《ベー》医師が書いている。「わたしの診療所に歌手のシェローモフがやって来て、喉《のど》が苦しくて引きつけを起こしていると訴えた。検視鏡をとおして喉を見ると、ちょうど声帯のところに鶏卵大のじゃがいもがあった。じゃがいもは、もう水を吸ってふくらみ、芽が出ていた。たずねてみると、不幸なテノール歌手の答えるには、じゃがいもは五年まえから引っかかっていて、すでに五回も実が成った」という。（ココ、歌手ノ言葉ドオリ！）

「五年間にじゃがいもを五袋も喉から収穫しました！」と彼は苦笑して言った。

手術をしてはどうかとわたしが言うと、その男は、じゃがいもは少しも歌う妨《さまた》げにはなっていないと言って、きっぱりと断わった。そこで、わたしは何か歌ってみてくれと頼んだ。彼は愛想よく頼みに応じてオペラの「カリオストロ」から何かを歌ってくれた。たしかに、その声はまだなかなか聞かせるものだった。

「あなたの声がいくらか若いジャッカルの声に似てるのは、なんでもないでしょうねえ？」とわたしがたずねた。

「なんでもないと思います……」と歌手は答えた。（『医学的ほらふき』第二十二号）

（『目ざまし時計』一八八三年第二十四号、検閲許可六月二十四日）

## 『ロシア外来語三千語集』のうち

アドミラーリスキー・チャス（提督時間）――早い昼食時間。十八世紀前半に午前十一時には海軍省の執務が終わって昼休みとなったことから）――海軍中将、少将に心からの敬意を表してこう名づけられた時間。

アクチョール（俳優）――教会の定める精進《しょうじん》を忠実に守る真のキリスト教徒。

ベースチヤ（こすっからい奴《やつ》）――才能ゆたかな人間。

ワーテル・クロズエト（水洗便所）――ある五等官の言いぐさでは、瞑想《めいそう》の書斎。

ゴノラール（原稿料）――めったに五を超えない数字の行数計算から得られる産物。

インスチトゥート・ウリヤードニコフ（警察大学）――あなたがたの娘さんを犠牲にするのは勧めがたい単科大学。年間をつうじて募集中。鶏、鴨《かも》、その他の家禽《かきん》類を採用。

カナーリヤ（ぺてん師、悪党）――寛容な区警察署長を時として親愛の情をこめて呼ぶ罵《のの》り言葉。

コレーシスキー・レギストラートル（省記録官――最下位の十四等官）――広大な世界における鯉《こい》科の小魚《こざかな》。

クロツァープ（にわとり泥坊――袖《そで》の下を取る小役人）――ラテン語の「クロ」（面倒をみる）と「サロール」（よだれの出そうなもの）から。ひとにぎりの住民の面倒をみる保護者。

クールス（学校の課程）――簡単に故障するバロメーター。

オブジェ（物体、対象）――「彼」の扶養によって生きている誰かの「彼女」。

スブエクト（主体――人、奴《やつ》）――罵り言葉。

トラ・リヤ・リヤ（擬声語――トラ・ラ・ラ）――別荘生活の女言葉で、男のズボンのこと。

チェラヴェーク・ベス・セレジョンキ（脾臓《ひぞう》のない男）*――たぶんサンドウィッチ諸島（ハワイ諸島）の王さまかスペイン大公かの、世をあざむく仮の名。だがそれが誰であろうと、彼はこの上なくいんぎんにピリオドを打つ。

*チェーホフの若いころの匿名《とくめい》の一つ。

（『破片』一八八三年七月二十三日号）

## 親切な酒場の主人　零落《れいらく》者の嘆き

「――君よ、くれたまえ、冷たい前菜を……。そして……ウォトカも……」

（墓碑銘）


わたしは今すわりこんで、気がふさぎ、考えにふけっている。

むかし、先祖伝来のわたしの地主屋敷には、鶏、鵞鳥《がちょう》、七面鳥――あのまぬけで浅はかなくせに途方もないほど美味な鳥などがしこたまいた。わたしの養馬場には、「ああ、おまえたち、わが駒《こま》よ、駒よ……」がおびただしく、うんざりするほど殖《ふ》えつづけ、水車小屋は仕事の途切れることがなく、炭坑は石炭を限りなく産出し、百姓女たちは苺《いちご》をふんだんに摘《つ》んでいた。広大な土地には、植物群と動物群がうようよしていて、食べたいだけ食べられ、動物学・植物学を研究したければ心行くまでどうぞ、という具合だった……。要するに、飲む打つ買うの仕放題だったのだ……。

ところが今はどうだろう、天と地の違いだ！

一年まえの聖イリヤー祭に、わたしはわが家のテラスにすわりこんで気がふさいでいた。わたしの前には、一ルーブルもする茶を入れた急須《きゅうす》があった……。ところが心のうちは波立って、大声で泣き叫びたいような気持ちだった……。

気がふさいでいたので、以前わが家の農奴だった、酒場の主人エフィーム・ツツイコフがそばへ寄って来るのにも気がつかないほどだった。彼は近寄って来ると、いんぎんにテーブルのかたわらに立った。

「旦那《だんな》さま、屋根を塗るように言いつけなすっちゃどうです！」と彼はウォトカの瓶《びん》をテーブルの上に置きながら言った。「屋根は鉄だで、ペンキを塗らねえと錆《さび》ついちまう。錆というやつア、ご存じのとおり、食いますでね……。穴があいちまいますで！」

「だがエフィームシカ、塗る金《かね》がどこにあるってんだい」とわたしは答えた。「おまえだって知ってるじゃないか……」

「お借りなせえまし！　さもないと、穴があいちまいますで……。それからもう一つ、旦那さま、庭番をお雇いになっちゃいかがです……。木を盗まれっちまいますでね！」

「ああ、それだって先立つものは金だ！」

「ご用立ていたしますでね……。返してくださりゃ、同じこってす。初めてのこっちゃありませんし、お取りなせえまし……」

ツツイコフは五百ルーブル気前よく置いて、手形を受けとると帰って行った。彼の去ったあと、わたしは両の拳《こぶし》で頭を支え、民衆特有の性質のことで思いにふけった……。新聞『ルーシ』にでも一文《いちぶん》書きたいくらいだった……。

「あいつはおれに好意を持ってて親切にしてくれる……。どうしてだろう。むかしおれが……あいつを鞭《むち》でぶったことがあるからだろうか……。怨《うら》みなんぞこれっぽっちも持ってないいんだからな！　見習うがいいんだ、外国人どもは！」

一週間たって、屋敷内の納屋《なや》が焼けてしまった。まっさきに火事場へ駆けつけたのはツツイコフだった。

彼はすすんで納屋を取りこわしたり、まさかのときにわが家にかぶせるために自分の防水布を引っ張って来たりした。彼は自分の財産でも守るように、震えて、まっ赤になって、びしょ濡《ぬ》れになっていた。

「これじゃ建てなおさなきゃなりませんな」と彼は火事のあとでわたしに言った。

「あっしのところにゃちっぽけな森がありますで、材木を寄こします……。それから、旦那、池をさらっちゃいかがです……。きのうも鮒《ふな》を取ってて、水草に引っかけて網が台なしでさあ……。三百ルーブルはかかりますがね……。お取りなせえ！　初めてってわけじゃアなし、お取りなせえまし……」

こういった調子だ……。池をさらうのも、家《うち》じゅうの屋根を塗るのも、馬小屋を直すのも――みんなツツイコフの金である。

一週間前にその彼がやって来て、戸口に立って、つつましく拳のなかに咳《せき》をした。

「これでお屋敷も見ちげえるようになっただ」と彼が言う。「伯爵《はくしゃく》か公爵がお住まいになったっていいくらいでさあ……。池もさらったし、冬麦も蒔《ま》いたし、馬も馬小屋に入れたし……」

「みんなおまえのおかげだ、エフィームシカ！」とわたしは、感動のあまり泣きそうになって言った。

わたしは立ちあがって、これ以上ないほどの態度で百姓を抱いた……。

「事情がよくなったら、すっかり返すからな、エフィームシカ……。利子をつけてね。もう一度おまえを抱かせておくれ！」

「みんなきれいになって、片づいただ……。神さまのおかげでさ！　さて、一つだけ残ってますだよ。狐《きつね》をここから燻《いぶ》し出すってことが……」

「どんな狐だね、エフィームシカ」

「知れたことでさ、どんな狐かってこたア……」

そしてしばらく黙ってから言い足した。

「執達吏がそこへ来てますだよ……。酒瓶《しゅびん》を片づけるんですな……。ひょっとして執達吏に見つからねえともかぎらねえ……。あっしの領地じゃ飲んだくれるだけが仕事だと思いかねねえからね……。旦那は村に宿を取るか、それとも町のほうへおいでなさるか」

わたしは今へたりこんで、考えこんでいるところだ。


(『破片』一八八三年八月六日号)

# 簡約人体解剖学

ある神学校生徒が試験でこうたずねられた。――「人間とは何ですか」。彼はこう答えた。――「動物です……」。そして、ちょっと思案してからつけ加えた。「でも、賢明この上ない」と……。教養ある試験官たちは、答えの後半にだけ賛成して、前半には落第点をつけた。


解剖学の材料としての人間は、次のものから成り立っている。

骨格、あるいは准医師《じゅんいし》や女学監の言いぐさでは「こっきゃく」。死の姿をしている。皮膚に蔽《おお》われていれば、「死ぬほど驚く」が、皮膚がなければ、「それほどでもない」

頭部は誰もが持っているが、それは必ずしも必要なものではない。一部の人の意見によれば、考えるためのものだが、他の人の意見では、帽子をかぶるためにある。そういう意見は、それほど危険思想でもない……。ときによっては、脳の物質を保持する。ある警察分署長が、あるとき、急死者の解剖に立ち会って、脳を見ると「こりゃいったい何だね」と医師にたずねた。「これで物ごとを考えるのですよ」と医師は答えた。署長は薄笑いした……。

顔は心の鏡であるが、弁護士にないだけだ。多くの同義語がある——面《つら》、容貌《ようぼう》（聖職者には、尊顔、尊面）、しゃっつら、醜面、顔つき、面構《つらがま》え、人相、形相《ぎょうそう》その他。

額。その機能——物乞《ものご》いするときには床《ゆか》に打ちつけ、それが充《み》たされないときには壁に打ちつける。非常にしばしば銭金《ぜにかね》に反応する。

眼。頭の警視監。監視し、記憶にとどめる。長官が出かけた都市には眼がないも同然だ。昼間はより悲しく泣く。こんにち、悲しくないときに泣くのは、感動したときくらいだ。

鼻。鼻風邪《はなかぜ》や嗅覚《きゆうかく》のためにある。政治にはかかわりがない。たまにはタバコ税増税のためにかかわり、それゆえ有益な器官に加えられもする。しばしば赤くなることがあるが、だからといって不逞《ふてい》な考えからそうなるわけではない——少なくとも専門家はそう見ている。

舌。キケロによれば、ホスティス・ホミヌム・エト・アミクス・ディアボリ・フェミナルムクエ（人びとの敵で、悪魔と女性の友）。上官への密告が文書でなされるようになってからは、定員からはずされた。女性と蛇にあっては、快い時間つぶしの道具となる。最良のものは煮こんだ舌。

後頭部。滞納金のたまった場合の百姓たちだけに必要なもの。興奮した手のための極めて誘惑的な器官。

耳。ドアの隙間《すきま》、開いている窓、背の高い草、薄い塀などがお気に入り。

手。社会戯評をものしたり、ヴァイオリンを弾《ひ》いたり、捕《と》えたり、掴《つか》んだり、連行したり、席につかせたり、殴《なぐ》ったりする……。幼児には養育の道具となり、それ以上の年齢の者には、左と右を区別するための道具となる。

心臓。愛国的、その他の多くの感情の貯蔵庫。女性にとっては、はたご屋。つまり心室は軍人たちによって、心房は民間人たちによって、最上部は夫によって占められている。ハートのエースの形をしている。

腰。『モードの光』の女性読者、女性モデル、女性裁縫師、少尉補《しょういほ》＝理想主義者たちのアキレス腱《けん》。若い花婿《はなむこ》候補やコルセット販売人の大好きな女体の部分。愛人たちの話しあいのための第二の攻略個所。第一のそれは、言わずと知れた唇。

太鼓腹。先天的なものではなくて、後天的な器官。七等官の位から成長しはじめる。

太鼓腹の持ち主でない五等官は四等官ではない。*（地口《じぐち》だって?! は、は！）七等官以下の官吏では単に腹と言い、商人では腹に一物《いちもつ》と言うが、商人の妻では腸《はらわた》と言う。みぞおち。学問では研究されない器官。門番の意見では、胸より下にあるが、曹長《そうちょう》の意見では、腹より上にある。

足。造物主が白樺《しらかば》の鞭《むち》のために考案した臀部《でんぶ》から生《は》えている。最もよく利用するのは、郵便配達、債務者、ルポライター、メッセンジャーだ。

かかと。浮気をした亭主、うっかり口をすべらせた俗物、戦場から逃亡した戦士たちの魂の滞在地。

*ロシア語では、

五等官は、スターツキー・ソヴェートニク（国事参事官）、

四等官は、ジェイストヴィーチェリヌイ・スターツキー・ソヴェートニク（正《せい》国事参事官）

と言う。正副のという場合の「正」と訳したジェイストヴィーチェリヌイは、ロシア語では、「実際の、本物の」という意味もあるので、四等官が真の国事参事官で、五等官は真の国事参事官ではない、という意味になる。最高級の一等官から最下級の十四等官まであって、四等官以上が将官つまり閣下。複雑な称号なので、わが国では普通、仮に

一等官、二等官……と等級で訳している。チェーホフは、四等官と五等官を並べたときの、「真の」四等官、「只《ただ》の、あるいは偽《にせ》の」四等官、つまり五等官という言いかたをおかしがっている。

（『破片』一八八三年八月二十日号）

# 農奴あがり

「わしらの川は蛇《へび》のようにくねっていたよ、ジグザグにね……。野原を撓《しな》りながら、うねりながら走ってたな、まるで折れまがったようにね……。よく山に登って見おろすと、掌《てのひら》のようにすっかり見えたよ。昼間は鏡のようで、夜は水銀のように流れてる。岸辺には葦《あし》が茂って、流れを見守ってるんだ……。美しい景色だ！　ここには葦、あちらには柳の林、また猫柳ってぐあいさ……」

こんなふうにニキーフォル・フィリモーヌイチは、ビヤホールのテーブルにむかって腰かけ、ビールを飲みながら描写して行った。夢中になって、熱っぽくしゃべっていた……。話のなかで何かかくべつ詩的なくだりを強調するたびに、皺《しわ》を寄せる髯《ひげ》を剃《そ》った顔と、日焼けした首とがぴくぴく震えて、ひきつれた。聞いているのは美しい十六になる給仕女のターニャだった。彼女はカウンターの上に胸をつけて両の拳《こぶし》で頭を支え、びっくりしたように、青白い顔をして、目《ま》ばたきもせずにうっとりと一語一語に聞きいっていた。

ニキーフォル・フィリモーヌイチは、毎晩のようにビヤホールに出かけては、ターニャを相手にしゃべった。彼女には身寄りがなく、青白い、生き生きした眼つきの顔いっぱいにあふれた物静かなやさしさが彼は大好きだった。そして彼は、愛する者に自分の過去のあらゆる秘密を捧《ささ》げるのだった。いつも、まず最初から——というのは、自然描写から語りはじめる。自然描写から狩の話へ、狩から亡《な》くなった旦那《だんな》のスヴィンツォーフ公爵《こうしゃく》の人柄へと移って行く。

「すばらしいかただったんだ！」と彼は公爵のことをこう語った。「財産や地所の広さだけじゃない、人柄が立派だったなあ。ドンファンだったしよ！」

「ドンファンって何のこと」

「それはね、女にたいしてとてもドンファンだったということさ。君のきょうだいを愛したんだ。財産を残らず、女のためにすっちまったのさ。そうだとも……。わしらがモスクワで暮らしてたときには、ホテルの二階のほとんど全部をわしらが借り切ってたんだ。ペテルブルグでわしらは男爵夫人フォン＝トゥシフとすっかり関係があってさ、子どもまで出来なすってな。この男爵夫人がある晩、全財産をカルタですっちまってよ、自分で自分に手をかけようとなさったときにゃ、公爵さまが死ぬのをお止《と》めになった。きれいなかたで、まだ若かった……。一年ばかり公爵さまとつきあいなさって、死んじまった……。女はみんなあのかたを好きになってね、ターネチカ！　ほんとに好きになってさ！　あのかたがいなけりゃ生きてられなかったんだ！」

「美男子だったの？」

「美男子なものか……。年取ってて、醜男《ぶおとこ》なんだよ……。あのかたはおまえさんだって、ターネチカ、気に入りなすったろうよ……。痩《や》せぎすの青白い女が好みでね。なにも恥かしがることはないさ。なにを恥かしがるんだね。わしはいつでも嘘《うそ》ばっかりついてきたがね、こいつばかりは嘘じゃないよ……」

それからニキーフォル・フィリモーヌイチは馬車や馬や服装のことを描写しはじめる……。こんなことも実にくわしく知っていた。それから酒の名をあげはじめる……。

「一本二十五ルーブルもするような酒がいろいろあるんだ。ひとくち飲んでごらん、腹わたに沁《し》みわたって、死んだっていいような気になるからさ……」

ターニャがとりわけ喜んだのは、静かな月夜の描写だった……。夏には野外の木かげや花に囲まれてのどんちゃん騒ぎ、冬には暖い膝掛《ひざか》けを掛けての橇《そり》あそび——稲妻のように橇を飛ばす。

「橇は飛んでる、ところが月も駆けてるように見えるんだからな……。楽しいぞう！」

こんな調子でニキーフォル・フィリモーヌイチは長々と物語る、小僧が入口のランタンを消して、表の看板をビヤホールのなかへ取りこむころになって、ようやく話を結ぶ。

ある冬の晩にニキーフォル・フィリモーヌイチは酔っぱらって、垣の根かたに寝ころがっていて風邪を引いた。そうして病院へ担《かつ》ぎこまれた。ひと月たって退院してみると、ビヤホールにはもう例の聞き手はいなかった。行きがた知れずだった。

一年半ほどたって、ニキーフォル・フィリモーヌイチはモスクワのトヴェルスカーヤ通りを歩きながら、着ふるした夏外套《なつがいとう》の買い手を見つけようとしていた。ところが恋しいターニャに出くわしたのだ。おしろいを塗って、めかしこんで、やけに庇《ひさし》を曲げた帽子をかぶって、どこかのシルクハットの紳士と腕を組んで歩きながら、なにやら大声で笑っていた……。老人はその姿を見て、彼女だと気づくと、黙って見送りながらゆっくり帽子を取った。彼の顔には感動が走り、眼には涙がきらめいた。

「なあ、幸せにな……」と彼はつぶやいた。「美しい女だ」

そして、帽子をかぶると、ひっそりと笑いはじめた。

（『破片』一八八三年九月十日号）

# 幌《ほろ》馬《ば》車《しゃ》で

五等官ブルインジン家の娘たち――キチーとジーナが折りたたみ式幌つき馬車でネフスキー大通りを乗りまわしていた。いとこのマルフーシャもいっしょだった。彼女は十六歳の小柄な、田舎地主の娘で、家柄のいい親戚《しんせき》の客となって、「観光」のために、四、五日まえにピーチェル（ペテルブルグ）へやって来たのだ。彼女と並んで掛けているのは、ドロンケリ男爵《だんしゃく》で、青い外套《がいとう》に青い帽子をかぶった、こざっぱりした男だった。女きょうだいたちは馬車に揺られながら、いとこを横眼でちらちらと見ていた。いとこは彼女たちをおかしがらせたり、恥かしがらせたりした。この無邪気な娘は、生まれてまだ一度も幌馬車に乗ったことがなく、首都のざわめきを聞いたこともなかったので、物珍らしげに馬車の革張りを見たり、従僕のモールのついた帽子を眺めたり、鉄道馬車に行き合うたびに叫び声をあげたりしていた……。また、いちいちたずねることが、いっそう無邪気で滑稽《こっけい》だった……。「おたくのポルフィーリーはいくら給料を取ってるの」と、そのあいまにも、彼女は従僕のほうを顎《あご》でしゃくってたずねた。

「月に四十ルーブルくらいでしょ……」

「ほん、とう、なの?! うちのセリョージャ兄さんは、小学校の先生だけど、たったの三十ルーブルよ! ペテルブルグじゃ人件費はそんなに高いの」

「そんなことききかないでよ、マルフーシャ」とジーナが言う。「それにそんなにきょろきょろしないでね。みっともないわ。まあ、ごらんなさいな——横眼で見るのよ、でないとみっともないからね——なんておかしな将校でしょう! は、は! まるで酢《す》でも飲んだみたいだわ! ねえ、男爵、あなたもアムフィラードワさんのご機嫌《きげん》を取るときには、あんなふうなのよ」

「あなたがたには、メダム(みなさん)、おかしくて楽しいでしょうけど、わたしは良心の苛責《かしやく》を感じているのですよ」と男爵が言った。「きょうはわれわれ同僚のあいだでツルゲーネフの追悼会が行なわれているのですが、あなたがたのおかげで出席できませんでした。具合わるいですよ、ね……。茶番《ちゃばん》にしたって、やっぱり行って……、思想にたいする……共感を現すべきですからね。メダム、あなたがたはツルゲーネフはお好きですか」

「ええ、そりゃもう……もちろんですわ！ だってツルゲーネフですものね……」

「なんですって……。だれにきいてもみんなが好きだって言うけれど、わたしには……わからないなあ！ 脳みそが足りないのか、それとも手のつけられない懐疑派なのか、ツルゲーネフによって言われたあのたわごとがみな滑稽でなければ誇張のようにしか思われないのですよ！ たしかにいい作家にはちがいありませんがね……。文章は淀《よど》みがないし、文体はところどころ生き生きしてるし、ユーモアもある、けれど……ちっともめざましいところがない……。ロシアのへぼ作家なら誰でも書きそうなことを書いてるだけだ……。グリゴーリエヴィチやクラエフスキーと選ぶところがない……。きのうわたしはわざわざ図書館から『猟人手記』を借り出して、隅から隅まで読んでみましたがね、格別なところはこれっぽっちもなかったな……。なんの自覚も、言論の自由についての主張も……。なんの思想も見つかりませんでしたよ！ なにしろ猟のことがさっぱり書いてない。もっとも書きっぷりは達者ですがね！」

「それどころか、とっても上手《じょうず》ですわ！ ほんとにすばらしい作家ですよ！ それに恋愛の書きっぷりはどうでしょう！」とキチーがため息をついた。「だれよりも上手《じょうず》ですよ！」

「そりゃ恋愛の書きっぷりは上手ですがね、もっとうまい作家はいますよ。たとえば、ジャン・リシュパンなんかね。なんというすばらしさ！　彼の『ねばっこい女』をお読みになりました？　まったく格が違いますよ！　読めば、みんないかにもありそうなことだと感じますよ！　ところがツルゲーネフは……いったい何を書きました。いつも思想ばっかり……ところがロシアにどんな思想がありますか。みんな外国の土壌から生まれたものばっかりだ！　なんにも独創的なものがない、なんにも生得《しょうとく》のものがない！」

「でもあの自然描写はどうでしょう！」

「わたしは自然描写を読むのが好きじゃありません。だらだら、だらだらしてて……。『陽《ひ》が沈んだ……。鳥たちが歌いはじめた……。森がざわめいている……』。こういう美文はいつも飛ばすことにしてるんですよ。ツルゲーネフはいい作家にはちがいない、それは否定しませんがね、世間で云々《うんぬん》するほど、奇蹟《きせき》を生みだす能力があるとは思いませんね。世間では、自覚をうながす切っかけになったとか、ロシアの民衆に政治的良心を蘇《よみがえ》らせたとか言いますがね……。ちっともそんなことは認められないな……。理解できませんね……」

「じゃああなたは、あの人の『オブローモフ』をお読みになりました？」とジーナがたずねる。「あそこで彼は農奴制に反対してますよ！」

「それはそうです……。けれどもわたしだってやっぱり農奴制には反対ですよ！　それならわたしのことも世間であれこれ言ってくれますか」

「言ってくださらない、あの人に黙るようにって！　後生《ごしょう》ですから！」とマルフーシャがジーナにささやいた。

ジーナはぎょっとして、無邪気で、おどおどした娘の顔を見つめた。田舎娘の眼は、幌馬車のなかを人の顔から顔へと不安げに駆けめぐって、よくない感情に輝き、自分の憎悪《ぞうお》と軽蔑《けいべつ》を浴びせる相手を探してでもいるようだった。彼女の唇《くちびる》は怒りに震えていた。

「失礼だわ、マルフーシャ！」とジーナがささやいた。「涙なんか浮かべて」

「世間ではまた、あの作家がわが国社会の発達に大きな影響を与えたように言ってますがね」と男爵がつづけた。「どうしてそんなことが言えますか。わたしのような罪ぶかい人間には、そんな影響なんか認められませんよ。すくなくとも、わたしには、あの人はこれっぽっちも影響を与えちゃいませんよ」

幌馬車は、ブルインジン家の車寄せの近くに止まった。

（『破片』一八八三年九月二十四日号）

# 後見人

わたしは勇気をふるってシムイガロフ将軍の書斎にはいった。将軍は机のかたわらにすわって、ひとり占い「カプリーズ・ド・ダーム（婦人の気まぐれ）」をしていた。

「なにか用かね、君」と彼は肘掛椅子《ひじかけいす》のほうを顎《あご》でしゃくって、やさしくたずねた。

「わたしは閣下、用があってまいりました」。わたしは腰をおろすときに、なんのためかフロックコートのボタンをかけながら答えた。「仕事の用事ではなくて、私的なことでまいったのです。じつは、閣下の姪御《めいご》さんのワルワーラ・マクシーモヴナをいただきたいと思ってお訪ねいたしました」

将軍はゆっくりと顔をこちらへ向けて、注意ぶかくわたしを見つめ、カルタを床《ゆか》へ落とした。そうして長いあいだ唇《くちびる》を動かしていたが、こう言った。

「君は……なにかね……。君は頭が変になったのかね。頭が変になったってわけかね。

君は……よくまあそんなことが言えるもんだね」と赤黒い顔になりながら腹立たしげに言った。「よくまあ、ずうずうしく言えるもんだ。小僧っ子、青二才のくせして?! よくもそんな冗談が言えたもんだね……君イ……」

　そして、どんと片足を踏み鳴らすと、シムイガロフは大声でどなったので、窓ガラスまでがびりびり震えたくらいだった。

「立つんだ!! 君は忘れたのか、いったい誰と話しているのかを! どうか出てって、二度と現れないでもらいたい! 出て行くんだ! 消えっちまえ!」

「でもわたしは結婚したいのです、閣下!」

「よそで結婚するんだね、わしのところでなくって! わしの姪には君はまだ早すぎる! 君は彼女にふさわしくない! 財産から言っても社会的地位から言っても、君にはわしにむかってそんな……申し出なんかする資格はありはせん! 君の立場からすれば厚かましすぎる! こんどだけは勘弁してやるが、小僧っ子め、二度と邪魔立《じゃまだ》てせんでもらおう!」

「ふむ……。閣下はこれまでこういうふうに五人もの候補者を追いはらって……。でも、六人目は、そうは行きませんよ。こっちには、閣下がいやがる理由はお見とおしなんですから。つまりですね、閣下……。わたしは閣下に、正直、まちがいのないお約束をいたします、ワーリャさんと結婚しても、一文《いちもん》たりとも請求しませんよ、閣下がワーリャさんの後見人になってから使いこまれたあのお金はね。誓って申しあげます！」

「もう一ぺん言ってみろ、いまぬかしたことを！」と将軍は、怒った鵞鳥《がちょう》のように小走りに駆け寄って来て、なにやら不自然な、うるおいのない声で言った。「もう一ぺん言ってみろ！　もう一ぺん、ろくでなしめ！」

わたしはくりかえして言った。将軍は赤黒い顔になって走りまわった。

「これでもまだ足りないってんだな！」と駆けまわりながら、彼は両手を高く上げて、がみがみ言いはじめた。「まだ足りないってのか、わしの部下たちは、わが家に恐しい、忘れがたい侮辱を持ちこむだけでは、まだ足りないってんだな！　いやはや、わしもなんと落ちぶれたもんだ！　わしは……気分が悪くてかなわん！」

「でも、きっとお約束いたします、閣下！　請求したりしないだけじゃありません、閣下の性格が弱いばっかりにワーリャさんのお金を使いこんだことを、ひと言だってほのめかしもしません！　ワーリャさんにも黙ってるようにと申します！　約束いたします！　なにを閣下は怒っていられるんですか、引き出しがこわれますよ！　裁判沙汰《ざた》になんかするもんですか！」

「たかが小僧っ子のくせに、青二才のくせに……乞食《こじき》同然のくせに……面とむかってよくもまあ、そんなことがぬけぬけと言えたもんだ！　出てってくれたまえ、若造め、そうしてわしが今日のことを決して忘れないと覚えとくんだな！　君はわしに恐しい侮辱を加えた！　だがまあ……赦《ゆる》してやろう！　君はいつもの軽率さから、頭の悪さから、こんな厚かましいことを言ったのだろう……。ああ、わしの机に指をふれないでくれ、ちくしょうめ！　カルタにさわらないでくれ！　出てってくれ、忙しいんだから！」

「なにもさわっちゃいませんよ！　なにをおっしゃってるんですか。お約束しますよ、将軍！　お約束します、ほのめかしたりもしませんから！　ワーリャさんにも閣下に請求することを止《や》めさせます！　これ以上何が必要なんです。変ったかたですね、まったく……。閣下は、ワーリャさんの父上が遺《のこ》された一万ルーブルの金を使いこまれた……。さあ、どうなんです。一万ルーブルなんてたいした金じゃありませんよ……。大目《おおめ》に見てあげます……」

「わしはなんにも使いこんだりしちゃおらん……そうだとも！　たった今、君に証拠を見せてやる！　たった今この場で……。証拠を見せてやる！」

将軍は震える両手で机の引出しを引いて、なにやら書類の束《たば》を取り出すと、海老《えび》の

ように まっ赤になって、ぱらぱらとめくりはじめた。長いあいだ、のろのろと、当てもなしにめくっていた。気の毒に、ひどく気をたかぶらせて、あわてていた。ところが運よく、書斎に従僕がはいって来て、昼食の用意が出来たと告げた。

「よろしい……。食事がすんだら証拠を見せてやるから！」とつぶやきながら、書類の束をしまった。「きっぱりとけりをつけて……根も葉もない噂《うわさ》を吹っとばしてやるぞ……。だがまあ、食事をとって……それからにしよう！　いやはや……青二才め、ただ飯食いめが！　くちびるの乳もかわいてないくせして……昼飯に行きたまえ！　食事をすませて……君に……」

わたしたちは食事に出かけた。一品《ひと》目と二品《ふた》目を食べるあいだ、将軍はぷりぷりして、しかめ面《つら》をしていた。かっかしながらスープに塩を入れ、遠雷のようにうなり、椅子の上で大きな音を立てて体を動かした。

「どうして今日はそんなに乱暴になさるの」とワーリャが彼に注意した。「そんなときのおじさま、きらいよ……ほんとに……」

「よくも、きらいだなんて言えたもんだな！」と将軍は食ってかかった。

三《み》品目と最後の品のころには、シムイガロフは深いため息をついて、眼をしばたたきはじめた。顔には、気落ちした、打ちのめされたような表情が浮かんだ……。ひどく不幸な、侮辱された人のように見えてきた！　額《ひたい》の上と鼻の上には、大粒の汗が浮かんで来た。食後、将軍はわたしを書斎に招いた。

「なあ、君！」と彼はわたしの顔は見ずに、両手でわたしのフロックコートの裾《すそ》をひっぱりながら切りだした。「ワーリャを取りたまえ、承知するから……。君は立派な、善良な人間だ……。わしは了承するよ……。君を祝福してやろう……あの子と君とをな……いい子たちだ。食事のまえにここで君をののしったり……怒ったりしたことを赦してくれたまえ……。愛してるからこそ……父親のようにな……。ただな、そのう……使いこんだのは、一万ルーブルじゃなくて、そのう……一万六千なんじゃよ……。おばのナターリヤがあの子に残した分も、使っちまって……すっちまったんだ……。さあ、お祝いしよう……シャンパンを抜こうじゃないか……。赦してくれるかね」

そうして将軍は、灰色の、いまにも泣きだしそうな、同時に歓《よろこ》びにみちた眼をこちらへじっと向けた。わたしは残りの六千ルーブルにも目をつぶり、ワーリャと結ばれた。

いい物語は、つねに婚礼でめでたく終る！

（『破片』一八八三年十月二十二日号）

# 女性法律顧問

ヨーロッパの或《あ》る国の法務大臣の令嬢は、父親があらゆる法律案を作成するにあたってしばしば手助けをしながら、父にこう言い言いしてきたが、そのときどきの彼女の年齢。

十八歳――禁止するのよ、パパ、わが国の法律で、やくざな花婿《はなむこ》候補が娘たちにつきまとうのを！　若者たちがそうしたくなったら、そのとき彼らに言ってやるべきだわ！　それから、ついでだけど、男たちが三十五歳になるまでは嫁を取るのを禁止するべきよ。わが国では早婚はダンスの最上の相手を横取りしてしまうんだもの！

二十歳――ねえ、パパ、三十歳にならない男性も結婚できるようにしたほうがいいかもね。そうよ、そう譲歩するべきだわ！　ぜひともそうしましょうよ……。

二十二歳――ああ、そうだわ、ちょうどいいわ……。内務大臣にお会いになったら、頼んでくださらない、県知事が独身男性から年に三十ないし四十フランの罰金を取り立てるように、って。
二十五歳——パパ、パパには驚いてしまうわ！　パパの行政手腕はどこへ行ってしまったのかしらね。パパは、まるで気がついてないんだから、まわりでどんなことが起こってるかってことに！　できるだけ早く、独身男性に毎年千五百フランずつ罰金を支払わせるようにするべきだわ！
二十八歳——パパは、ただ馬鹿《ばか》なだけよ……。ねえ、こんなふうに事がすすめられる？　パパの法律には、やくざな花婿候補にたいする条文がまるきりないじゃないの！　一人あたり年間少なくとも一万フランずつの罰金を科するように決めてちょうだい！　罰金だけじゃなくって、二カ月くらいの禁錮刑《きんこけい》に、特権と特典廃止を加えれば、パパは、わが国の売れ残りの娘たちを一人も見ないですむようになると思うけどな！
三十歳——十万フランよ！　いっそのこと二十万フランだわ！　急いでちょうだい！　いいえ、禁錮一年！　鞭打《むちう》ち三十よ！　だれもパパの言うことを聞かなかったら、軍隊を呼んで聞かせりゃいいんだわ！　早くしてよ……野蛮人!!
三十五歳——銃殺刑だわ！　どうかお願い、パパ！　ほんとに見ていないの、わたしが……あがいて、なんとか窮地を脱しようとしてるのを。死刑だわ……。いいえ、終身禁錮だわ！　そのほうがもっと効き目があるでしょうからね！

四十歳——お父さま……ねえ……パパ……。財務大臣のところへ行って、結婚しようと思ってる独身男性の年間給与の支給総額がいくらになるのか、たずねてみてちょうだいよ……。ねえ行ってきてよ、パパ！　お願いだから！　ついでに、若い男性が三十五から四十にならない前の娘と結婚することを禁止してちょうだい……。ねえ、お父さんったら！

（『破片』一八八三年十月二十九日号）

# 客間で

ますますたそがれてきた……。暖炉からの光が床《ゆか》と、二つ星の将軍の肖像画のかかった片方の壁とをかすかに照らしている。燃えている薪《まき》のはぜる音が静寂を破り、ときたま二重窓をとおして新雪を踏む足音や馬車の音が客間に伝わってくる。

暖炉の前の、レースのかかった空色のソファベッドに、恋仲の男女が掛けている。彼のほうは、手入れの行きとどいたすばらしい頬ひげ、ギリシアふうの端正な鼻をした背の高いスマートな男で、足を組んで、のうのうとすわり、ものうげに高価なハバナのいい匂《にお》いのする葉巻をくゆらしている。彼女のほうは、亜麻色《あまいろ》の捲《ま》き毛の髪と、くりくりした、抜け目のなさそうな眼つきの、小柄ですてきな女で、彼と並んで腰かけ、男の肩に頭を寄せかけて、夢見るように火を見つめている。ふたりの顔には、やわらかい陶酔《とうすい》の色があふれていた。動きには、甘い疲れが満ちている……。

「愛してるわ、ワシーリー・ルキーチ！」と女がささやく。「とっても愛してるわ！　ほんとに美男子ねえ！　あなたがパーヴェル・イワーヌイチのところに行くと、男爵《だんしゃく》夫人が見とれるのも無理はないわ、ワシーリー・ルキーチ！」

「ふむ……それがなんです！　ナースチャ、あなたがパーヴェル・ペトローヴィチにお茶の支度をしているとき、教授がどんな眼つきで見てたことか！　教授はあなたに首ったけですよ――それは火を見るよりも明らかです……」

「そんな冗談はよしてちょうだい！」

「だって、こんなかわいい人を愛さずにいられますか。あなたは美しい！　いや、美しいどころか、優雅でさえある！　ねえ、これがどうして愛さずにいられますか」

ワシーリー・ルキーチはすばらしい女を引き寄せて、口づけを浴びせはじめる。暖炉のなかでぱちぱち音がしたが、新しい薪が燃えだしたのだろう。通りからは歌声が聞こえてきた。

「世界じゅう探したって、あなたよりすてきな人はいない！　愛しています、虎《とら》からライオンのように……」

ワシーリー・ルキーチは若い美人を固く抱きしめた……。だがそのとき、玄関の間《ま》に咳《せき》が聞こえて、何秒かののちに金縁《きんぶち》眼鏡の小柄な老人が客間へはいって来た。ワシーリー・ルキーチは跳びあがって、すばやく、大あわてで葉巻をポケットへ突っこんだ。若い娘のほうも跳びあがって、暖炉のほうへ身をかがめ、火箸《ひばし》で掘りかえしはじめた……。ふたりのうろたえぶりを見ると、老人は腹立たしげに咳払いして眉《まゆ》をひそめた。

「寝取られた夫ではないのか」と、読者はたずねるかもしれない。

老人は客間をひとまわりして、手袋を脱いだ。

「煙でいっぱいじゃないか！」と老人が言う。「また、ワシーリー、わしの葉巻を吸ったんだな」

「いいえ決して、パーヴェル・イワーヌイチ！　わたくしでは……わたくしではございませんです……」

「こんど見つけたら、お払い箱だぞ……。さあ、あっちへ行け、燕尾服《えんびふく》の支度をして、靴をみがくんだ……。それからナースチャ、おまえは」と老人が娘にむかって言った。「ろうそくをともして、サモワールを持って来るんだ……」

「承知しました！」とナースチャが言った。

そしてワシーリーといっしょに客間から出て行った。

（『破片』一八八三年十一月二十六日号）

# 一八八四年と人類との契約書

六十コペイカの収入印紙

一八八四年一月一日、われわれ、以下に署名する（甲）人類と、（乙）新しい年一八八四年とは、次の契約を結ぶこととする。

一　甲は乙を、シャンパン、年始の礼、スキャンダル、調書をもって送迎すること。
二　甲は、地上のすべてのカレンダーに乙の名を記入すること。
三　甲は乙に、多大の期待をかけること。
四　乙は、この期待に応《こた》えること。

五　乙は、十二カ月以上の月数を持たないこと。
六　乙は、その日を名の日としたいと希望する男子カシヤーンに二月二十九日を与えること。
七　乙は、これらのいずれかの条項を実行できない場合には、紙幣一万ルーブルの違約金を、一ルーブルにたいして十コペイカ銀貨換算で支払うこと。
八　甲乙とも、この契約書を神聖かつ確実に保管すること。正本《しょうほん》を人類が、副本を新しい年一八八四年が保持すること。
右、確認のために署名捺印《なついん》する。

新しい年一八八四年　印
人類　印

右契約書は、わたくし、臨時公証人たる脾臓《ひぞう》のない男*のもとに提出された。辺鄙《へんぴ》な場所にあるわたくしの事務所には職員がいないうえ、新しい年一八八四年はスヴォーリンの県秘書のカレンダーを現住所とし、人類は月の下を現住所としているので、右契約書の実行を、個人的な知人にして法的権利を有するわたくしに委任した。
市税十八ルーブル十四コペイカ、「コルヌヴェーユの鐘」観劇料三ルーブル五十コペイカ、マルケーヴィチと演劇文学委員会との紛争における負傷者のための義援金一ルーブル十二コペイカは徴収ずみ。

公証人　脾臓のない男　印

（『破片』一八八四年一月十四日号）

＊チェーホフの若いころの匿名の一つ。

# 若い人

盛大にインクのしみのついたテーブルの前に、プラヴドリューボフが掛けている。その向かいに、分別《ふんべつ》のなさそうな顔つきの若い男ウプリャーモフが立っている。

プラヴドリューボフ　（眼に涙を浮かべて）お若い人よ！　わし自身にも子どもがいるし……感情もある……。わしにはわかっているよ……だからこそ、わしもこんなに辛《つら》いのだよ。誠実な人間としてあなたに言うがね、白《しら》を切れば自分の損になるだけだ。かくさずに言いたまえ、どこへ行こうとしたんだね。

ウプリャーモフ　ユ……ユーモア雑誌の編集部です。

プラヴドリューボフ　ふむ……。とすると、そんなものを書くんだね。（咎《とが》めるように頭を振る）恥を知りたまえ！　そんな若い身空《みそら》で、そんなに身を持ちくずすなんて……。手に持ってるものは何だね。
ウプリャーモフ　原稿です。
プラヴドリューボフ　こちらへ寄こしなさい！（手に取って見る）なるほど……拝見しよう……。こいつはいったい何なんだね。
ウプリャーモフ　巻頭カットのテーマです。
プラヴドリューボフ　（かっとなりかけるが、すぐに気を静めて、執達吏のような冷淡な顔つきになる）これは何をかいたものかね。
ウプリャーモフ　これは、そのう、人間を描いたものです。片方の足はロシアに、もう一方の足はオーストリアにかけて立っています。手品をやっているところです。『みなさん！』と彼は言います。『一ルーブルが、右のポケットから左のポケットへ移るあいだに、六十五コペイカに変ります！』。もう一枚がこの絵と対《つい》になっています。ほら、これです、手足のあるルーブル紙幣です。これは絶えず下落《げらく》して行きます、ドイツ人がそのあとを追いかけて、鋏《はさみ》でまわりを切り落とすのです……。おわかりですか。それからこれは酒場です……。これがわが国の新聞社で、これが印刷機です……。で、これは白樺《しらかば》の森の植林者です。ここには粥《かゆ》をねだっている子どもたちもいます……。粥には、ご存じのとおり、いろんな種類がありますね……。ここには下男がかかれています。
プラヴドリューボフ　で、この鼠取《ねずみと》りにはいっているのは誰かね。
ウプリャーモフ　三等官ロシツキーです。鉤《かぎ》にかかっているのは国庫の脂《あぶら》です……。
プラヴドリューボフ　（「脂」という言葉に舌なめずりする）三等官か……。（人情にかられて赤くなる）そんな若い分際《ぶんざい》で、そんなに身を持ちくずすなんて……。だがね、君、三等官といや軍隊では陸軍中将にあたるんだよ。そんなこともわからんのかね。なんという物わかりの悪さだ、なんという冒瀆《ぼうとく》だ！（ため息をつく）はてさて、君をどうするべきか。どうするか。（考えこむが、すぐに個人的感情が義務感に打ちかって、獲物《えもの》は手からすべり落ちる）わしは見ちゃいられんよ、こんなみじめな、不幸な若者は！　わしゃいやになった、あんまり憐《あわ》れで！　さあもう行きたまえ！　わしゃ軽蔑《けいべつ》するだけで、君にたいする罰としておくことにしよう！
ウプリャーモフ　（てんで反省するけはいもなく、どっちつかずのほほえみを浮かべて、編集部へと出かけて行く）

（『破片』一八八四年二月四日号）

# 女の復讐《ふくしゅう》

だれかが呼鈴《よびりん》の紐《ひも》を強く引いた。ナジェージダ・ペトローヴナ――この話の舞台となる家の主婦が、ソファから跳《は》ねおきると、急いでドアをあけに行った。

「夫にちがいない……」と彼女は考えた。

だが、戸をあけてみると夫ではなかった。彼女の前に立っていたのは、高価な熊《くま》の毛皮外套《がいとう》を着て、金縁《きんぶち》眼鏡をかけた、背の高い美男子だった。額《ひたい》に皺《しわ》を寄せ、眠たげな眼は神のしろしめす世界を冷やかに、ものうげに眺めていた。

「なんのご用でしょうか」とナジェージダ・ペトローヴナはたずねた。

「わたしは医者ですが、奥さん。こちらに呼ばれましたので……えー……チェロビーチエフさんでしたな……。こちらはチェロビーチエフさんのお宅ですな」

「チェロビーチエフでございます、でも……あらまあ、先生、お赦《ゆる》しくださいまし。

主人が歯の炎症で熱を出しまして。先生にお手紙をさしあげたのですが、なかなかおいでくださらないので、すっかりしびれを切らして歯医者さんに急いで出かけましたわ」

「ふむ……。歯医者に行けるくらいなら、わたしを呼ばなくったって……」

医者は顔をしかめた……。一分ほどが沈黙のうちに過ぎた。

「申しわけありません、先生、お手数をとらせて、むだ足をおかけして……。おいでくださるとわかってましたら、きっと、主人も歯医者へあわてて出かけることもなかったでしょうに……。どうかお赦しくださいまし……」

なおも一分ほどが沈黙のうちに過ぎた。ナジェージダ・ペトローヴナはうなじを掻《か》いた。

「この人は何を待ってるのかしら」と彼女は横眼でドアを見ながら思った。

「奥さん、わたしを放免《ほうめん》してください！」と医者がつぶやいた。「どうか引きとめないでください。時は金《かね》なりと言いますからな……」

「と申しますと……。わたくし、なにも……。お引きとめしてやしませんが……」

「ですが、奥さん、わたしは自分の労働の報酬《ほうしゅう》を受けとらないうちは帰れませんよ！」

「労働の？　まあ、そうでしたわね……」とナジェージダ・ペトローヴナはまっ赤になってつぶやいた。「ごもっともですわ……。往診料をさしあげなければ、そのとおりですわ……。わざわざいらっしゃってくださったんですものね……。ですけど、先生……まことにお恥かしいことですが……主人が出がけに、ありったけのお金を持ってってしまいまして……。いまひとつもないのです……」

「ふーむ……。変だな。どうすりゃいいかな。ご主人の帰りを待ってるわけにもいかないし！　ひとつ探してみてくれませんか、見つかるかもしれないし……。じっさい、いくらでもないのですからね……」

「でもほんとに、主人がありったけ持って出てしまったのです……。お恥かしい話ですけど……。わたくしにしたって一ルーブルやそこらでこんな……馬鹿《ばか》らしい思いをしたくはないのですが……」

「どうもあなたがた、世間では、医者の労働にたいして妙な考えをお持ちのようですな……ほんとに、妙な……。まるでわれわれが人間ではないような、われわれの労働が労働でないような……。わたしはここに足を運んで、時間を費して、労働をしたのに……」

「そのことはわたくしもようくわかっていますわ、でも、認めてくださいまし、家のなかに一コペイカもないときだって、ありうるってことを！」

「ああ、わたしにとってそんな場合がどんな関係があるでしょう！　奥さん、あなたは、ほんとに……無邪気で、筋のとおらぬかたですね……。払うべきものを払わない……それは恥《はず》べきことでさえある……。あなたがたを治安判事に引きわたしたりできないのをいいことに……じっさい、無礼きわまる話だ……。変だ、という以上ですよ！」

医者は口ごもった。人間というものが恥かしくさえなったのだ……。ナジェージダ・ペトローヴナはまっ赤になった。やりきれなくなったのだ。

「ようございます！」と彼女はきつい口調で言った。「しばらくお待ちくださいまし……。近所の店へ使いをやりますから、きっと用立ててくれるでしょう……。それでお払いいたします」

ナジェージダ・ペトローヴナは客間へ引っこんで、腰をおろして店の主人へ一筆したためた。医者は外套をぬいで客間へ通り、肘掛椅子《ひじかけいす》に腰掛けてくつろいだ。返事を待つあいだ、ふたりは腰掛けたまま黙りこくっていた。五分もすると返事が届いた。ナジェージダ・ペトローヴナは手紙のなかから一ルーブル札を取り出して医者に渡した。医者の眼がかっと赤くなった。

「奥さん、あなたは、からかってらっしゃるんですか」と彼は一ルーブル札をテーブルの上に置きながら言った。「わたしの召使いなら一ルーブルですむでしょうがね、わたしは……いただけませんな、失礼ですが！」

「ではおいくらさしあげたらいいでしょう」

「ふつうわたしは十ルーブルいただくのですが……。きょうのところは、なんでしたら、五ルーブルでけっこうです」

「けれど、わたくしからは、五ルーブルお望みになっても無理ですわ……。そんなお金はございませんもの」

「店へ使いをやってください。一ルーブルよこしたのなら、五ルーブル用立てないはずはないでしょうしね。同じこっちゃありませんか。お願いですから、奥さん、わたしを引きとめないでください。ひまがないのですから」

「まあお聞きになってください、先生……。あなたは紳士的なかたではないのですね……。あつかましいとは申しませんけれど！　いいえ、あなたは無作法ですよ、不人情ですよ！　おわかりですか。あなたは……下劣《げれつ》ですよ！」

ナジェージダ・ペトローヴナはくるりと窓のほうを向いて、唇《くちびる》をかんだ。眼に大粒の涙があふれた。

「ろくでなし！　人でなし！」と彼女は思った。「人非人《にんぴにん》！　よくもよくも……こんなことが！　わたしの恐ろしい、いまいましい状態がわからないんだわ！　いまに、見てるがいい……こんちくしょう！」

しばらく考えてから、彼女はくるりと顔を医者のほうへ向けた。こんどは苦悩と祈りの表情が浮かんでいた。

「先生！」と彼女は、すがるような小声で言った。「先生！　もしもあなたに人情がおありでしたら、もしもあなたがわかろうとしてくださるのでしたら……こんなにお金のことでわたくしを苦しめたりはなさらないでしょう……それでなくてもわたくしには、山ほどの苦しみ、山ほどの悩みがあるのです」

ナジェージダ・ペトローヴナは、両のこめかみを押さえて、ぜんまいでも巻くように強く押しつけた。髪の毛が房になって両肩にかかった……。

「無知な夫のために苦しんで……このひどい、苦しい境遇を我慢してるってのに、そのうえ教育のあるかたにまで責められるなんて。ああ！　やりきれない！」

「しかし奥さん、わかってください、われわれ階級の特殊な状態が……」

だが医者は言葉を中断しなければならなかった。ナジェージダ・ペトローヴナは、ぐらっとよろけて、彼の受けとめた手のなかへ気を失って倒れこんだ。彼女の頭は相手の肩にもたれかかった。

「こっちへ、暖炉のほうへ、先生……」。一分ほどして彼女はささやいた。「もっと近く……。わたくし何もかもお話ししますわ……何もかも……」

一時間後、医者はチェロビーチエフ家の住いを出た。彼はいまいましくもあれば、恥かしくもあり、愉快でもあった……。

「ちくしょうめ!……」と彼は、待たせてあった橇《そり》に乗りこみながら思った。「けっして大金《たいきん》を持ち歩くものじゃないな! どんな目に遭《あ》わんともかぎらん!」

(『ロシア諷刺《ふうし》新聞』一八八四年二月二日号)

# おお、女よ、女!!……

セルゲイ・クジミーチ・ポチターエフ――地方新聞『くたびれ儲《もう》け』の編集者は、へとへと、くたくたになって編集部からわが家へ戻ると、ソファに倒れこんだ。

「ありがたいこった！　やっと家《うち》にたどりついた……。思う存分休めるぞ……。わが家で、女房のもとで……。うちのマーシャは、おれのことをわかってくれて、心から同情してくれるたった一人の人間だ……」

「どうして今日《きょう》はそんなに青い顔をしてるの」と女房のマーリヤ・デニーソヴナがたずねた。

「そうなんだ、気分が悪いんだよ……。こうしておまえのところへ戻って、やれやれだ。思う存分休むとしよう」

「でも何かあったの」

「いやなことだらけだがね、きょうのはとりわけそうなんだ。ペトローフが、これ以上新聞用紙は現金払いでなけりゃ渡せないと言う。秘書は酔っぱらってる……。だがそんなことは取るに足らんよ、なんとかなるさ……。ところが困ったことが起こってね、マーネチカ……。きょう編集室で自分の書いた社説を校正してたんだよ。そのとき、いきなりドアがあいて、古い友人で仲間のプロチュハーンツェフ公爵《こうしゃく》がはいって来たんだ。ほら例の、素人《しろうと》芝居でいつも二枚目をやって、女優のズリャーキナに一回のキス代に自分の白い馬をくれてやった男さ。『どんな風の吹きまわしで来やがったんだ、と僕は思ったね。なにか目的があってのことだろうが……。ズリャーキナの宣伝を頼みに来たんだな、ってね』……。話をしたよ……。あれこれと、いろいろとね……。ところが宣伝を頼みに来たんじゃないことがわかったんだ。自作の詩をのせてくれって言うんだ……。

『いろいろ感じるんだ、って言うんだよ、胸のうちに燃えさかる炎を……炎と燃えさかる火をね。で、作者の喜びを味わおうと思ってね、と……』

公爵はポケットから薔薇色《ばらいろ》の、それも香水を振りかけた紙きれを取り出して、寄こした……。詩です、って言うんだよ……。

『わたしは、って言うんだ、この詩はいささか主観的だが、しかしやはり……ネクラーソフだって主観的だからね、って……』

そうした最も主観的な詩を選んで読んでみたがね……。いや、我慢ならんほどの駄作だ！　ああいうのを読むと、眼がかゆくなって、臼《うす》を呑《の》んだようにみぞおちのあたりが圧迫されるよ……。詩はズリャーキナに捧《ささ》げたものなんだ。あんな詩を捧げられたら、僕ならさっそく治安判事に訴えてやるね！　一つの詩のなかに五回も『まっしぐら』って書いてあるんだ！　それにあの韻《いん》の踏みかた！　『いざ、すずらん摘まん』だとさ！　『うわの空、空なみだ！』ってんだからね。

『いや、って言ってやったよ、あなたは親友ですけれど、こういった詩をおのせするわけにはまいりません……』

『どうしてです』

『どうしてって……。編集部とは関係のない事情によって、です……。新聞の綱領に合わないので……』

僕はまっ赤になって、眼を掻《か》いて、頭ががんがんする、って出たらめを言ってね……。だって、こんなものは詩とは言えないなんて言えやしないからね！　僕の困ったのに気がつくと、公爵は七面鳥のようにふくれてね。

『あなたは、って言うんだよ、ズリャーキナに含むところがあるんだ、だからわたしの詩をのせたがらないんだ。わかったよ……。わ、か、っ、た、よ、君！』

　公爵は不公正だと非難して、僕のことを俗物だ、権力主義者だと呼んで、まだ何やかや……たっぷり二時間、説教してね。あげくの果てに、僕にたいして陰謀を企《たくら》むからそう思え、って……。さよならも言わずに出てってしまったよ……。こういうわけさ、ママ！　十二月四日の聖ワルワーラの日がズリャーキナの名の日でさ、なにがなんでも詩を新聞にのせなけりゃならない……。死んだって、のせる、ってんだ！　あんなもの、のせるわけにいくもんか、ロシアじゅうに新聞の恥をさらすようなものだからな。ところが、のせないわけにもいかない。――プロチュハーンツェフが陰謀を企んだら、罪もないのに首だからね。どうすりゃこの馬鹿《ばか》げた穴から逃れられるか、知恵を貸してくれないか！」

「いったいどんな詩なの。なにについての詩なの」とマーリヤ・デニーソヴナがたずねた。

「べつに……。馬鹿馬鹿しいことなんだ……。よけりゃ、読んでみるか。書き出しはこうなんだ。

　夢みる葉巻の煙をとおして

わが夢に君のおもかげが浮かぶ
恋の打撃をたずさえて
炎の微笑を口もとに……

そのあと、がらりと変ってね。

許してくれよ、純白のわが天使
日々の友、やさしい理想よ
恋を忘れてまっしぐら
死地に飛びこむこのわれは……。ああ、恐ろしきかな！

とかなんとかね……。馬鹿馬鹿しいったらありゃしない」
「どうして。なかなかかわいい詩だわ！」とマーリヤ・デニーソヴナは両手を打ちあわせた。「ほんとにかわいいわ！　どうして詩じゃないの。あなたは、ただ言いがかりをつけてるだけよ、セルゲイ！『夢みる葉巻の煙をとおして……炎の微笑を口もとに……』。つまり、あなたはなんにもわからないのね！　わからないのね、セルゲイ！」

「わからないのはそっちのほうだよ、僕じゃなくって！」

「ちがうわ、とんでもないわ……。散文はわたしわからないけど、詩ならほんとにわかるのよ！　公爵は上手に作ってるわ！　すばらしいじゃないの！　あなたは公爵を憎んでて、だからのせようとしないのね！」

編集者はため息をついて、はじめ指でテーブルをコツコツたたいていたが、やがて額《ひたい》をたたきはじめた……。

「くろうと連中はねえ！」と彼はあざけるように笑いながらつぶやいた。

そうして、シルクハットを取ると、苦しげに頭を振って、外へ出て行った……。

「辱《はずかし》められた感情に安住の地を求めて世界中を歩こう……。おお、女よ、女!!　もっとも、女というのはみんな同じだよ！」と彼は、レストラン「ロンドン」へ歩いて行きながら考えた。

彼は酒が飲みたくてたまらなかった……。


（『毎日ニュース』一八八四年二月十五日号）

# 赦《ゆる》し

赦罪の日にわたしは、キリスト教の習わしと自分の善良さとによって、すべてのものを赦すことにしている……。

得意満面の豚をわたしは、この動物が……身中に旋毛虫《せんもうちゅう》を寄生させていることによって赦す。

総じてわたしは、生きとし生けるものを、圧迫し、抑圧し、窒息させるものを赦す……たとえば、窮屈な靴、コルセット、靴下どめの類《たぐい》。

薬剤師たちを、彼らが赤インクを製造することによって赦す。

袖《そで》の下を、これを役人たちが取ることによって赦す。

笞刑《ちけい》と古語を、それらが若者たちを養い、老人たちに喜びを与えることによって、その逆でないことによって赦す。

新聞『声』を、それが閉鎖されたことによって赦す。

五等官を、彼らが健啖家《けんたんか》であることによって。

百姓たちを、彼らが美食家でないことによって。

兌換《だかん》ルーブル紙幣をわたしは赦す……。ついでながら——ある主教監督局秘書が、手に入れたばかりのルーブル紙幣を片手に持って輔祭《ほさい》に言ったことがある——「ひとつ君、輔祭神父、わしといっしょに来てくれんか！　わしには自分の性質がつかめんのだよ！　たとえばまあ、このルーブル札を取ってみよう……。これは何なんだね。なにしろ価値が下落して、卑《いや》しめられ、辱《はずか》しめられ、まっ黒に汚《よご》され、あらゆるいい評判を失っているが、それでもわしはこいつが好きなんだ！　こういう欠点だらけにもかかわらずこいつが好きで、赦している……。なあ兄弟、わしの善良な性分《しょうぶん》はどうにもならんなあ！」。わたしもまた、このとおりだ……。

わたし自身を、自分が貴族でなく、また父祖の領地を抵当に入れたことのないことによって赦す。

文学者たちを、彼らがいまだに、またこれまで存在していることによって赦す。

週刊新聞『光』の編集人オクレイツを、彼の新聞が要求されているほど軟弱でないことによって赦す。

スヴォーリンを、惑星《わくせい》を、彗星《すいせい》を、クラス担任女教師を、彼女を赦し、そうして最後に、わたしが際限なく赦すことを妨《さまた》げるピリオドを赦す。

（『破片』一八八四年二月十八日号）

# 取材記者の夢

「ぜひとも本日のフランス居留民の仮装舞踏会に出席されたし。ほかに適当な人物が見つからず。できるかぎりくわしい記事を書かれんことを。まんいち都合がつかなければ、すぐにお知らせを乞《こ》う。——代役を探す必要上。切符同封。あなたの……。

（編集長の署名）」

「追伸。福引あり。賞品は、フランス共和国大統領賞の花瓶《かびん》。幸運を祈る」

手紙を読むと、取材記者のピョートル・セミョーヌイチは、ソファに横になって巻たばこをふかし、満足げに胸と腹をなでた（彼は夕食を終えたばかりだった）。

「幸運を祈る、か」と彼は編集長の口ぶりをまねて言った。「だが誰が福引券を買う金を出すんだい。費用は払わないだろうしね。ちくしょうめ！　ゴーゴリのプリューシキン顔まけのけちん坊だからな。外国の編集局の例に習えばいいんだ……。あちらじゃ、人間が大切にされてるんだ。考えてもみろよ、スタンレイ君、リヴィングストンを探しだしてくれますか。よろしい。じゃ千ポンドお持ちなさい！　ってわけだ。ジョン・ブル君、『ジャネット』を探訪してくれるかね。承知しました。一万お持ちなさい。フランス居留民の舞踏会の記事を取りに行ってくれますか。いいですよ。五万……持って行きたまえ……。外国じゃこんなぐあいなんだ！　それをあいつはたった一枚切符をよこすだけで、あとで一行五コペイカ払えばすむと思ってるんだ……。ちくしょうめ！……」

ピョートル・セミョーヌイチは、眼を閉じて思いにふけった。大小さまざまの考えが頭のなかにうごめきはじめた。だが、まもなくこれらの思いは残らず、なんだか気持ちのいい薔薇色《ばらいろ》の霧に包まれた。あらゆる隙間《すきま》や穴や窓から、半透明の柔かいゼリーがゆっくりとあらゆる方向へ這《は》いこんで来た……。天井が下《お》りて来た……。小人《こびと》たちやら、鴨《かも》の頭をした小さな馬たちやらが駆けめぐり、なにかの大きくて柔かい翼《つばさ》が羽ばたき、川が流れはじめた……。馬鹿でかい活字を持った小柄な植字工がそばを通って、ほほ笑んだ……。あらゆるものが彼のほほ笑みのなかに沈んで、そして……。

ピョートル・セミョーヌイチは夢を見はじめた。

彼は燕尾服《えんびふく》を着て、白い手袋をはめ、おもてへ出た。車寄せには、編集部の飾り文字のついた箱馬車がもう待ち受けている。御者台からお仕着せを着た従僕が跳びおりて、馬車に乗るのを助け、まるで貴族の令嬢ででもあるかのように掛けさせる。何分かたつと、箱馬車は貴族会館の玄関先きに止まる。額《ひたい》にしわを寄せて外套《がいとう》を渡し、豪華に飾りつけられた輝くばかりに明るい階段をもったいぶって登って行く。熱帯植物、ニースから取り寄せた花々、数千ルーブルもする衣裳《いしょう》。

「記者殿だ……」というささやきが数千人の群衆を駆けぬける。「あのかただよ……」勲章をつけた小柄な老人が憂《うれ》わしげな表情で駆け寄ってくる。

「どうかお許しください！」と彼はピョートル・セミョーヌイチに言う。「ああ、どうかお許しを！」

するとと広間全体が老人について繰りかえす。

「ああ、どうかお許しください！」

「ああ、もうたくさん！　気づまりですから、じっさい……」と取材記者は言う。

すると突然、なんとも驚いたことに、フランス語がぽんぽん口をついて出てくる。それまでは「メルシ」ひと言しか言えなかったのに、いまは——なんということだろう！

ピョートル・セミョーヌイチが花を受け取って、百ルーブル札を投げ出すと、ちょうどそのとき、編集長から電報が届けられる。——「フランス共和国大統領の贈り物を引き当て、その印象をお書きねがう。千語までお支払いする。費用を惜しまぬように」。彼は福引場へ行って、引きはじめる。一枚……二枚……十枚……。百枚引き、とうとう千枚引いて、セーヴル焼の花瓶を引き当てる。両手で花瓶を抱《かか》えて、奥へと急ぐ。

ゆたかな亜麻色《あまいろ》の髪と青い眼の貴婦人が迎えてくれる。みごとな衣裳は、あらゆる批評を越えている。彼女のうしろには人が詰めかけている。

「どなたでしょうか」と取材記者がたずねる。

「フランスの高貴なご婦人です。花を持ってニースからいらっしゃったのです」

ピョートル・セミョーヌイチは彼女に近づいて、自己紹介する。一分後には、相手の腕を取って、あちこち歩いてまわる……。このフランス婦人をつうじて、さまざまなことを、非常に多くのことを聞き出さねばならない……。なんとも魅力的な女性だ！

「彼女は僕のものだ！」と彼は思う。「ところで、僕の部屋のどこにこの花瓶を飾ったものだろう」と、あかずフランス婦人に見とれながら思いめぐらす。彼の部屋は狭苦しいのに、花瓶はたえず大きくなって、とうとう部屋に納まりきれないくらいになる。彼は泣かんばかりだ。

「ああー……ではあなたは、わたしよりも花瓶のほうが大事なのですね」と、いきなり、これという理由もなしに、フランス婦人が言って、拳《こぶし》で花瓶を、どん。

高価な花瓶は音をたてて割れ、粉みじんになってしまう。フランス婦人は、は、は、はと高笑いして、霧のなかへ、雲のなかへと駆けこむ。新聞記者がそろって、大声あげて笑う……。ピョートル・セミョーヌイチはかっとなり、いきり立って連中を追いかける。するとやにわにボリショイ劇場にいることに気づいて、六階の桟敷席《さじきせき》からまっさかさまに落下する。

ピョートル・セミョーヌイチは眼を開けて、自分がソファのそばの床《ゆか》の上にいるのに気づく。打ち身で背中と肘《ひじ》がずきずき痛む。

「ありがたい、フランス女なんかいやしない」と考えながら眼をこする。「花瓶は、つまり、無事ってわけだ。おれは結婚しないでよかった、でないと、子どもたちがいたずらして花瓶を割っちまうだろうからな」

眼をよくこすって見ると、花瓶も消えうせている。

「みんな夢だったんだ」と考える。「それはそうと、もう夜中の十二時すぎだ……。舞踏会はとっくに始まってる。行かなきゃ……。もう少し横になって、それから——

出かけるぞ！」

もうちょっと横になって、伸びをすると……眠りこんで——フランス居留民の舞踏会へ行けるはずはなかった。

「で、どうだったね」と翌日、編集長がたずねる。「舞踏会に行ったかね。おもしろかったかい」

「まああってとこで……。かくべつ変ったこともありませんね……」と彼は退屈そうな顔つきをして言った。「ぱっとしませんね。退屈でね。二百行分の記事にしましたがね。わが社会をちょっと腐《くさ》しておきましたよ、楽しくないな、って」。言いおわると、彼はくるりと窓のほうを向いて、編集長のことをこう思った。

「こんちくしょうめが!!」

（『目ざまし時計』一八八四年第七号、検閲許可二月十八日）

## 苦情帳

それは――その苦情帳は、ある鉄道駅の、特にそのために設けられた事務机のなかにある。事務机の鍵《かぎ》は「駅詰めの憲兵が保管している」が、実際にはどんな鍵も必要なかった。事務机の鍵はいつも開《あ》いていたから。まあ、その帳面をあけて読んでみたまえ。

「みなさん！　ペンの試し書き?!」

その下に、長い鼻に角《つの》の生《は》えた奇妙な顔がかいてある。顔の下にはこう書かれている。

「おまえは絵だ、おれは似顔絵だ、おまえは畜生だが、おれはそうじゃない。おれは、おまえのまずい面《つら》だ」

「この駅へ来る途中、窓から外の景色を見ていると帽子を飛ばされた。И《イ》・ヤルモンキン」

「書いたのは誰だか知らんが、おれという馬鹿《ばか》が読んでいる」

「苦情所長官コロヴローエフは記念碑を残した」

「おれの女房にたいする車掌クーチキンの乱暴を長官に訴える。女房は少しも騒がず、それどころか、きわめて冷静であるようにつとめた。おまけに憲兵クリャートヴィンも同様、乱暴におれの肩をつかんだ。おれはアンドレイ・イワーノヴィチ・イシチェーエフの領地に住んでいる者だ。同氏はおれの行状《ぎようじよう》をよくご存じだ。事務員サモルーチシェフ」

「社会主義者ニカーンドロフ！」

「言語道断な行動のなまなましい印象のもとで……（抹消）。当駅通過のさい、僕は次の……（抹消）に心の底から憤慨させられた。僕の目の前で、わが国の鉄道制度をまざまざと見せつけられる次のような言語道断な事件が起こった……。（以下、署名を除いて全文抹消）クールスク中学校七年生アレクセイ・ズージエフ」

「発車を待つあいだに駅長の人相をつくづくと眺めて、極度の不満を覚えた。そのことをその筋にお知らせする。屈託《くつたく》のない別荘族」

「だれがこれを書いたのか、おれは知ってるぞ。M《エム》・Д《デー》だ」

「諸君！　デーリツォフのいかさま師！」

「憲兵夫人、きのう駅食堂の主人コースチカと川向うを遠乗りす。幸福を祈る。悲しむなかれ、憲兵殿！」

「当駅通過のさい空腹を覚えて何か食べたいと思ったが、精進料理が見あたらない。輔祭《ほさい》ドゥホーフ」

「出されたものをおとなしく食え」……。

「革のシガレット・ケースを見つけられたかたは、どうか会計係アンドレイ・エゴールイチへお届けくだされたし」

「大酒飲みかのように言っておれを首にしたから、貴様たちみんなをペテン師で泥坊だと言いふらしてやる。電信係コジモデミヤンスキー」

「善行《ぜんこう》で身を飾りたまえ」

「カーチニカ、僕は気が狂わんばかりにあなたを愛しています！」

「苦情帳には、余計なことを書かないでください。第七代駅長イワノーフ、代筆」

「七代目だろうと何だろうと、てめえは抜け作だよ」


（『破片』一八八四年三月十日号）

# 読書　老練な男の話

あるとき、わが長官イワン・ペトローヴィチ・セミパラートフの部屋に土地の劇場主ガラミードフがすわりこんで、長官相手に当地の女優たちの芝居や美人ぶりについてしゃべっていた。

「だがわしはその意見には賛同できませんな」とイワン・ペトローヴィチが、支払命令書に署名しながら言った。「ソフィヤ・ユーリエヴナは、力づよい、独創的な才能じゃアあるがね！　なんとも可憐《かれん》で、優雅で……魅力的だね……」

イワン・ペトローヴィチはもっとつづけたかったたが、思いがこみあげてひと言も言えず、いかにも嬉《うれ》しげに甘ったるく微笑したので、彼を見ていた劇場主も口のなかがなんだか甘くなったくらいだった。

「わしがあの子を気に入ってるのは……えー……若々しい胸の高鳴り、ときめきだよ、独白をやるときのね……。燃えんばかりだ、燃えんばかりだ！　あのひとに伝えてくださらんか、あの瞬間、わしはどんなことでもしてやりたい気になる……ってね！」

「閣下、ヘルソン市警察署の照会状への返事にご署名ください……」

　セミパラートフは微笑を浮かべた顔をあげ、眼の前に官吏のメルジャーエフが立っているのに気がついた。メルジャーエフはすぐ前に立って、眼を見張り、署名を求める書類を差し出していた。セミパラートフは顔をしかめた。話が佳境にはいったところで腰を折られたからだ。

「そんなものはあとでもかまわんじゃないか」と長官は言った。「話の最中なのが、わからんのか！　おっそろしく無学な、気のきかんやつらだな！　なあ、ガラミードフさん……あなたは、わが国にはゴーゴリ・タイプはもういないとおっしゃるが……。このとおり！　これがどうしてそのタイプじゃないと言えますかね！　だらしがないし、肘《ひじ》には穴があいてるし、やぶにらみの上に……髪をとかしつけたこともない……。まあこの字を見てください！　ろくにわかりゃせん！　まちがいだらけ、馬鹿《ばか》げた書きかた……靴屋そっくりだ！　まあ見てごらんなさい！」

「ふうむ……」とガラミードフは書類を見て口ごもった。「たしかにね……。メルジャーエフさん、あなたはあんまり読書をなさらんようですな」

「こんなこっちゃ、君、いかんなあ！」と長官がつづけた。「君らのことが、わしゃ恥かしいよ！　ちっとは本でも読んだらどうだね……」

「読書は大いに有意義ですよ！」とガラミードフが言って、わけもなしにため息をついた。「大いにね！　本を読むと、ものの見方ががらりと変るのがわかりますね。本というものは、どこでも手にはいるし。たとえばわたしのところでもね……。喜んでお貸ししますよ。もしなんでしたら、あしたにでも持って来ましょう」

「お礼を言いたまえ、君！」

メルジャーエフは気まずそうにお辞儀をして、唇《くちびる》をひくひくさせてから出て行った。

あくる日われわれの役所へ、ガラミードフがひと包みの本をかかえてやって来た。この瞬間から事件が始まったのだ。わが子孫たちは決してこのセミパラートフの軽率なふるまいを赦《ゆる》さないことだろう！　若い者ならいざ知らず、老練な四等官の決してするようなふるまいではないのだ！　劇場主がやって来ると、さっそくメルジャーエフが長官室へ呼ばれた。

「さあ、読みたまえ、君！」とセミパラートフは一冊の本を渡しながら言った。「注意ぶかく読むんだぞ」

メルジャーエフは両手を震わせながら受け取ると、長官室を出て行ったが、まっ青になっていた。やぶにらみの眼はきょときょと動きまわり、どうやら周囲の者に救いを求めているふうだった。われわれは本を取りあげて、仔細《しさい》に調べた。

　本は『モンテ・クリスト伯爵《はくしゃく》』だった。

「大将の意向にそむくわけにもいかないなあ！」と年取った帳簿係のプローホル・セミョーヌイチ・ブドゥイルダがため息まじりに言った。「なんとかやってみるんだね、頑張って……。ちょっとずつ読めばいいんだ、そうすりゃ、そのうちあっちが忘れっちまうから、そうすりゃやめられるさ。びくびくするこたアない……肝腎《かんじん》なことは——深入りせんこった……。たとえ読んだって、こんな面倒なことには、深入りせんこった」

　メルジャーエフは本を紙にくるんで、書類にかかろうと腰をおろした。ところがまるで書けない。手はぶるぶる震え、眼はきょときょとと落ちつかないのだ。一方の眼は天井を、もう一方の眼はインク壺《つぼ》を見ている。あくる日、彼は泣きはらした眼で出勤して来た。

「もう四度も読みかけたんだが」と彼は言った。「さっぱりわからない……。どっかの外国人たちが……」

　五日して長官のセミパラートフが机のそばを通りながら、メルジャーエフの前に立ちどまってたずねた。

「どうだね。読んだかね」

「読みました、閣下」

「なにが書いてあったかね、君。さあ、話してくれたまえ！」

メルジャーエフは頭を上にあげて、唇をひくひくさせた。

「忘れました、閣下……」と彼は一分ほどして言った。

「というと、読まなかったんだね、それとも、えー……ろくな読みかたをしなかったってわけかな！　眼をただ滑らせただけかな！　そんなんじゃァ駄目だ！　もう一度読みかえすんだね！　諸君、君たちみんなにお奨《すす》めする。本を読みたまえ！　みんなが本を読みたまえ。わしの部屋の窓の上に本があるから、持ってって読みたまえ。パラモーノフ、行って本を取って来たまえ！　ポドホーツェフ、君も行って来るんだ！　スミルノーフ、君もだ！　諸君、残らずだ！　そうしたまえ！」

みんなが行って、一冊ずつ取って来た。たったひとりブドゥイルダ老人だけが、抗議する勇気を持ちあわせていた。彼は両手をひろげて頭を振って言った。

「どうかわたくしはご勘弁ねがいます。閣下……。いっそのこと退職したほうがましなくらいで……。わたくしには、あんな批評や小説を読んだらどんなことになるかがようくわかっております。わが家では、いちばん年かさの孫めが本など読んだばっかりに実の母親をののしったり、精進期にも牛乳をがぶ飲みしたりする始末で。どうかご勘弁を！」

「君はなんにもわかっちゃおらんのだ」と、いつもはこの老人の不作法をとがめないセミパラートフが言った。

だが間違っていたのは長官のほうだった。老人は万事を見とおしていたのである。一週間もすると、われわれは読書の成果を見ることになった。『永遠のユダヤ人』第二巻を読んだポドホーツェフは老人に「ジェズイット教徒」とあだ名をつけた。スミルノーフは酒気を帯びて出勤するようになった。だがメルジャーエフほどしたたかに打ちのめされた者もいなかった。彼はげっそりと痩《や》せて、酒に溺《おぼ》れはじめた。

「プローホル・セミョーヌイチ！」と彼はブドゥイルダ老人に頼みこんだ。「一生のお願いです！　どうかあなたから閣下に、勘弁してくださるようにお願いしてもらえませんか……。わたしにはとっても読めません。昼も夜も読んで、眠りもならず食事も喉《のど》を通らない……。女房も、声に出して読むので、くたくたです。それなのに、ほんとうです、皆目《かいもく》わからないのです！　どうかお願いですから！」

ブドゥイルダは何度か勇気を出してセミパラートフに取りついだが、相手は片手を振るばかりで、劇場主のガラミードフといっしょに役所を歩きまわって、みんなの無学を叱《しか》りつけていた。こうしてふた月たつと、この事件は恐るべき結末を迎えた。

ある日メルジャーエフは、出勤して来るなり机に向かうかわりに役所のまんなかにひざまずいて、泣きの涙で訴えた。

「どうかお赦しください、正教信者のみなさん、わたしは贋札《にせさつ》を造っています！」

それから長官室へはいって、その前にひざまずくなり言った。

「お赦しください、閣下。きのうわたしは赤ん坊を井戸のなかへ抛《ほう》りこみました！」

そうして床《ゆか》へ額《ひたい》を打ちつけて、おいおい泣き出すしまつだった。

「いったいこれはどういうことだ?!」とセミパラートフは驚いた。

「こういうわけでございます、閣下」とブドゥイルダが眼に涙を浮かべて前へ進み出ながら言った。「この男は気がふれたのです！心の常軌《じょうき》を逸したので！これは閣下のガラミードフがしでかしたことでございます！神さまは何もかもご存じです、閣下。もしもわたくしの言葉がお気に入らなければ、どうか首にしてくださいますように。この年になってこんなことを見るくらいなら、飢え死にしたほうがましなくらいで！」

セミパラートフは青くなって、部屋を隅から隅へと歩いた。

「ガラミードフをここへ通すな！」と彼はうつろな声で言った。「諸君、安心したまえ。いまようやく、わしは自分の過《あやま》ちに気がついた。ありがとう、ご老人！」

そしてこのとき以来、わが役所では何ごとも起こらなかった。メルジャーエフは健康を取りもどしたが、完全にではなかった。いまだに本を見ると震えあがって、顔をそむけるしまつなのだ。

（『破片』一八八四年三月二十四日号）

# ヴォードヴィル

食事はすんだ。女中には、できるだけ静かに、食器の音や足音を立てないで片づけるように言いつけられた……。子どもたちは急いで森へつれて行かれた……。というのは、この別荘の主人オーシプ・フョードルイチ・クロチコーフ——痩《や》せこけて、肺病やみの、落ちくぼんだ眼、とがった鼻の男が、ポケットからノートを取りだして、照れくさそうに咳《せき》ばらいしながら、自作のヴォードヴィルを朗読しはじめたからだ。ヴォードヴィルの筋は複雑ではなくて、上品で、短いものだった。それはこういう筋だ。官吏のヤスノセールツェフが舞台へ駆けこんで来て細君に、たった今ここへ役所の長官の四等官クレシチョーフが見えるからと言う。長官は、ヤスノセールツェフの娘リーザが気に入っている。それからヤスノセールツェフのモノローグが長々とつづく。——勅任官の舅《しゅうと》になったら、どんなに嬉《うれ》しいか！「なにしろ勲章だらけ……赤いモールだらけで……その人と並んで掛けても――かまわないんだからなあ！　まるでこっちまで、宇宙の変転のなかで落ちこぼれではないような気がするよ！」。こんなふうに空想にふけっているうちに、未来の舅は急に、焼いた鵞鳥《がちょう》の匂《にお》いが家《うち》じゅうにこもっていることに気がつく。家のなかにそんな匂いがしていては、大事な客を迎えるのには具合がわるい。ヤスノセールツェフは細君に小言《こごと》を言いはじめる。細君は、「どうせわたしはあなたの気に入りませんよ」と言うなり、わっと泣きだす。未来の舅は頭をかかえて、泣きやむようにと言う、眼を泣きはらして長官を迎えたりできないから、と。「馬鹿《ばか》！　涙を拭《ふ》くんだ……痩せっぽち。無学なろくでなしめ！」。細君はヒステリーを起こす。娘はこんな気の短い両親とは暮らしては行けないと言って、家出しようと着かえはじめる。話が進むにつれて、ますますこじれてくる。幕切れは、大事な客が来てみると、舞台の上で医者が夫の頭に湿布を当てているし、警察署長が、社会の安寧《あんねい》秩序を乱したかどで調書を作っているしまつ。たわいのない話だ。だがここにはまだ、リーザの求婚者の法学士でグランスキーという青年も一役買っているが、この男はやたらに原則をふりかざす「新しい」人間で、どうやら、この劇での善玉らしい。

クロチコーフは朗読しながら、横目でうかがっていた――みんなが笑っているだろうかと。嬉しいことに、客たちはたえず拳《こぶし》で口を押さえ、顔を見あわせていた。

「で？　どうだった」とクロチコーフは、読みおわると聴衆に向かって眼をあげた。

「どうだね」

それに答えて、客たちのうちの年長者で、白髪《はくはつ》の、月そっくりに頭の禿《は》げたミトロファン・ニコラーイチ・ザマズーリンが立ちあがり、眼に涙をうかべて、クロチコーフを抱きしめた。

「ありがとう、君……」と彼は言った。「楽しかったよ……。あんまりうまく書けてるので、涙が出るほど感動したよ……。もう一度抱かせてくれたまえ……」

「すてきだな！　すばらしいね！」とポルムラーコフがぱっと立ちあがった。「天才だ、まぎれもない天才だ！　どうだい、君。勤めなんか捨てっちまって、書くほうにまわっては！　書いて書いて、書きまくるんだ！　これだけの才能をむざむざ捨て去るってことはないよ！」

祝福や、感動や、抱擁がはじまった……。ロシアのシャンパンが買いにやられた。クロチコーフはぼんやりとして、赤くなり、感激のあまりテーブルのまわりをうろうろした。

「僕は自分にこういう才能があるのを、ずっと前から感じてたんだよ！」と彼は呟《せ》きこんで、両手を振りまわしながら言った。「ほとんど子どものころからね……。筆は立つし、機智《きち》もある、と思うよ……。舞台もよく知ってるしね、素人《しろうと》芝居で十年ばかりも頑張ってきたからさ……。これ以上何がいるってんだい。この方面でちょっと努力して、修業しさえすればいいんだ……。そうすりゃ、ほかの連中にどこが劣ってるだろう」

「じっさい、もうちょっとの修業だな！」とザマズーリンが言った。「君の言うとおりだ……。ただ、なんだね、君……。失敬だが、ほんとのことを言うとね……。真実は何よりも大切だ……。君の芝居に四等官のクレシチョーフというのが出てくるだろう……。あれは、君、よくないね……。ああいうのは、実際はどうってこともないんだがね、でもなんだか、ねえ、具合が悪いなあ……勅任官だとか、なんだとかってね……。あれは止《よ》しとくんだね、君！　また親父《おやじ》が腹を立てて、君があの人に当てつけたんだと思いかねないぞ……。年を取ると怒りっぽくなるからね……。それにおれたちは、あの人に感謝こそすれ……よすんだな！」

「それはそうだなあ」とクロチコーフは不安になってきた。「変えたほうがいいな……。あちこちに『部長どの』という言葉をはさむとするか……。でなけりゃ、いっそのこと、官等なしにしておくか……ただクレシチョーフとしとくかな……」

「それから、もう一つあるんだ」とポルムラーコフが言いだした。「もっとも、これは、取るに足りないことなんだがね、やっぱりまずいなあ……。目ざわりだよ……。この芝居のなかで、グランスキーという、あの恋人が、リーザに言うだろう、両親が賛成してくれなけりゃ、親の意志に逆らってでもやりとおす、と言ってさ。そのことは、そりゃ何でもないかもしれないがね……、ひょっとすると、両親がほんとに下劣《げれつ》な暴君かもしれないけれど、いまの時代に、ああいう表現を使うのはね……。ひょっとすると、どんな罰をくうかしれないぞ！」

「そう、いささか過激だな」とザマズーリンが同意した。「あそこは何とかぼかしとくんだな……。それに長官の舅になるのは愉快だという感想もよしとくんだな。そりゃ愉快にはちがいないがね、君はからかってるものな……。こういうことは、君、からかっちゃよくないよ。親父も貧乏な女性と結婚したんだが、それじゃ、卑《いや》しいふるまいをしたってわけかい。君の考えによると、そうなるじゃないか。あの人が腹を立てないだろうか。たとえば、劇場に行って、この芝居を見るとしたら……。いい気持ちがするだろうか。だってね、君とサラレーエフとが扶助金を願い出たときに、あの人は君の肩を持ってくれたじゃないか！『彼は、って言ってくれたじゃないか、病人だから、サラレーエフよりも余計に金が要るだろう』って……。そうだろう？」

「だって、君、白状しろよ、このくだりは、あの人を当てこすってるんじゃないか！」とブリャーギンが片目をつぶって目くばせした。

「考えてもみなかったな！」とクロチコーフが言った。「誓ってもいいよ、だれのことも当てこすったりしちゃいないよ！」

「おい、おい……やめてくれよ、頼むからさ！　そりゃ、あの人は、たしかに、女性を追いかけるのが好きだがね……。君の目のつけどころはいいよ……。ただ、そのう……。警察署長なんてのは消しちまうんだな……。余計だよ……。それにあのグランスキーなんてのも、なくすんだね……。どんな仕事をしてるのか知らないが、なんとかいう主人公が、なんだかかんだとぬかすのもね……それを君がとがめるのならまだしも、逆にいっしょになって言いたてるんだからな……。ひょっとして、あれはいい人間かも知れないがね……わかるもんか！　どうとでも考えられるものね……」

「ところで、あのヤスノセールツェフというのは、だれのことだかわかるかい。あれはうちのエニャーキンだよ……クロチコーフはあいつのことを当てこすってるんだ……。九等官で、細君と年じゅう喧嘩《けんか》してて、娘ときたら……。やつに決まってるさ……。いや、お礼を言うよ、君！　あんなやつ、卑劣な男は、こうしてやればいいんだ！　天狗《てんぐ》にならないようにさ！」

「たとえばその、エニャーキンにしてもだね……」とザマズーリンがため息をついた。「やくざな人間で、悪党だとしてもだね、とにかく彼はいつも君を招待してくれてるんだからな。君のところのナスチューシャの洗礼親じゃないか……。よくないよ、オーシプ！　省くんだね！　僕に言わせりゃ……消してしまうほうが無難だね！　こんなことに手をつけるなんて……ほんとに……。たちまち噂《うわさ》の種になるからな。だれが、どうして……なぜなんだ……ってね……。あとで楽しくないことになりかねないからさ！」

「そいつは確かだね……」とポルムラーコフが相槌《あいづち》を打った。「道楽もいいがね、その道楽から、十年たっても取りかえしのつかないようなことが起こらんともかぎらんからな……。馬鹿なまねは止《よ》すんだ、オーシプ……。こいつは君の柄《がら》じゃないよ……。ゴーゴリやクルイローフのまねをするなんて……。ああいう連中は、じっさい、学問があったんだからね。ところが君はどういう教育を受けたっていうんだね。虫っけらみたいな人間じゃないか、目につくかつかないような！　君なんか、どんな蠅《はえ》にだってやっつけられてしまうから……。止《や》めとくんだな、君！　もしも親父に知れたら、それこそ事だぞ……やめるんだ！」

「破っちまえよ！」とブリャーギンがささやいた。「僕らは誰にも話しやしないからさ……。たとえたずねられても、君が何か読んでくれたが、さっぱりわからなかったと言っとくからね」

「なんのために、しゃべったりする必要があるんだい。しゃべる必要なんかないんだ」とザマズーリンが言った。「もしもきかれたら、そう、そのときは……、嘘《うそ》はつけないな……。だれだってわが身がかわいいからな……。君はさんざん嫌な気分にさせといて、尻拭《しりぬぐ》いはこっちにさせようってのかい！　僕にはそういうのが一番いやなんだよな！　君は病人だから、責任は取らされやしないだろうがね、こっちはひどい目に遭《あ》うからな……いやだね、まったく！」

「ちょっと静かに、みんな！……。だれか来るぞ……。早くかくしちまえよ、クロチコーフ！」

青くなったクロチコーフはあわててノートをしまいこみ、うしろ頭をかいて、考えこんだ。

「そうだな、そのとおりだな」と彼はため息をついた。「噂の種になるし……いろいろ取りざたされるからね……ひょっとすると、僕のヴォードヴィルには、われわれには見えなくとも、別の人間なら気づくようなものが潜んでるかも知れないからな……。破いてしまおう……。君たち、なあ、頼むから、どうか、そのう……だれにも言わないでくれたまえ……」

ロシアのシャンパンが運ばれて来た……。客たちはそれを飲んで、引きあげて行った……。

（『破片』一八八四年六月三十日号）

## 駆けだし作家の心得　記念号の贈りもの――「郵便箱」に代えて

生まれたばかりのどの赤ん坊にも、せっせと産湯《うぶゆ》をつかわせ、最初のさまざまな印象から人心地のついたころあいを見はからって、こう言いきかせながらこっぴどくぶちのめさなければならない――「書くんじゃないぞ！　書くんじゃないぞ！　作家になんかなるんじゃないぞ！」。だがそんな体罰を物ともせず、その赤ん坊が作家の片鱗《りん》を示そうものなら、仕方がない、かわいがってやるか。それでも利目《ききめ》がなかったら、そんな赤ん坊には見切りをつけて、「いやもうお手あげだ」と言ってやるだけだ。作家熱なんてものは手のつけようのない病気なのだから。

物を書く人間のたどる道には、荊《いばら》と棘《とげ》と釘《くぎ》がばらまかれている。およそまともな頭の持ち主なら、どうしたって作家稼業《かぎょう》から身を避けようとするだろう。もしも、どれほど作家になるなと言われても、避けがたい宿命によって物書きの道に踏み迷う者がいれば、そういう不幸な人間がおのれの運命をいくらかでも軽減するために、つぎのような心得を守るほうがいいだろう。

一　素人《しろうと》作家、日曜作家のほうが職業作家よりましだということを覚えておくべきだろう。詩を書く車掌は、車掌でない詩人よりもましな生活をしているものだ。

二　文壇で失敗するほうが、成功するよりも千倍もいいということも、肝《きも》に銘《めい》じておかなければならない。失敗しても幻滅を味わい、「郵便箱」で酷評されるくらいが落ちだが、成功すれば、原稿料受けとりのうんざりするようなお百度参りや、いつ金になるかわからぬような空手形や、「あとの馬鹿《ばか》さわぎ」や、新たな試練などが待ちうけている。

三　「芸術のための芸術」作品は、卑《いや》しい金属のための芸術よりも有益だ。物書きは家を買わず、一等車に乗らず、ルーレット遊びをせず、ちょうざめのスープを飲まない。彼らは霞《かすみ》を食って生きて行く。家具つきの貸間に住み、どこへ行くにもテクシーだ。

四　詩人の継《つぎ》のあたった服こそは勲章で、文学的名声は、『外来語三万語辞典』に「リテラートル」（文学者）という語の由来*を書きおとしているような国でこそ考えられよう。

五　物を書こうとすることは、肩書き、宗教、年齢、性別、教育程度、家庭状況にかかわりなく誰にでも許されている。狂人だろうと、アマチュア演劇家だろうと、いっさいの権利の喪失者《そうしつしゃ》だろうと書くことを禁じられてはいない。とはいえパルナスへ登ろうとするには、練達の士で、文章の心得のある者のほうが望ましい。

六　また彼らはなるべく士官学校生徒でなく中学生でないほうがいい。

七　およそ物を書こうとするほどの人なら、ごく普通の知能のほかに、独自の経験を持っていなければならないことは言うまでもない。最高の原稿料を受けとれるのは、世の辛酸《しんさん》をなめた人間で、最低のそれは、清純無垢《むく》な人間である。前の場合に当てはまるのは、三度も妻をめとり、自殺未遂をし、博奕《ばくち》ですっからかんになり、決闘をしたり、首がまわらなくなって夜逃げをしたりした者だ。後《あと》の場合は、借金のない者、幸福な花むこ、酒飲みでない男、うぶな娘などである。

八　もとより作家になるのはきわめて簡単だ。割れ鍋《なべ》で綴《と》じ蓋《ぶた》の見つからぬような人間はいないし、たわごとでそれにふさわしい読者のいないようなものもなかろう。だから、ちっとも怖《お》じけづくには及ばない……。ともかく紙きれを前にひろげて、むんずとペンを握りしめ、頭に浮かんだ考えを突つきまわして、一気呵成《かせい》に書きさえすればいい。書きたいことを書くのだ——李《すもも》だろうと、天候だろうと、ゴヴォローヴォのクワスだろうと、太平洋だろうと、時計の針だろうと、去年《こぞ》の雪だろうと、なんだってかまわない……。書きあげたら原稿をひっつかみ、血管に神聖なときめきを覚えながら、編集部へ一目散《いちもくさん》。玄関口でオーヴァシューズをぬいで、たずねる――「編集長さんはこちらでしょうか」。それから聖堂へおずおずとはいって、希望に胸をふくらませ、自作をさし出す……。そのあと一週間は、わが家のソファにふんぞりかえって、天井に唾《つば》をとばし、あれこれ空想しながらみずからを慰め、一週間たったら編集部へ出頭して原稿を返してもらう。あとは、つぎからつぎへとあらゆる編集部へのお百度参りだ……。編集部をあらかた訪ねおわっても、どこでも採用されないとなれば、あとは仕方がない、自費出版だ。読者はきっといるだろう。

九　活字になって読まれる作家になるのはすこぶるむずかしい。そのためには、きちんと読み書きができなくてはならず、芥子《けし》つぶほどのものだろうと才能がなくてはならない。文句なしの才能がなければ前途は多難だ。

十　実直であれ。盗作をするな、原稿を二重売りするな、自分は詩人のクーロチキンだと言ったり、クーロチキンは自分だと言ったりしてはならない、外国種を創作だと詐《いつわ》ってはならない、その他。総じて十戒を忘れぬこと。

十一　出版界にも礼節というものがある。ここでも実生活同様、人の痛いところを突いたり、自分のでないハンカチで鼻をかんだり、他人の皿に五本の指を突っこんだりすることはおすすめできない。

十二　もしも物が書きたければ、こういうふうにしたまえ。まずテーマを選ぶ。なにを書くかは君の完全な裁量にまかされている。なにひとつ気がねをするには及ばず、一存《いちぞん》でかまわない。とはいえ、二度目にアメリカを発見したり、またもや火薬を発明したりしないこと、とりわけ古びたテーマは避けるに越したことはない。

十三　テーマが決まったら、錆《さ》びてないペンを握って、なぐり書きでない、わかりやすい文字で、紙の裏面は残して表だけに、書きたいことを書く。裏面に手をつけないことは、製紙業者の儲《もう》けをふやすためというよりは、高度の配慮からも望ましい。

十四　空想は何ものにも捕われず、ただし書く手は抑制気味にする。手に原稿枚数を追わせてはならない。書きちらさずに、簡潔に、のべつ幕なしでなく書けば書くほど、採用される率は高く大きくなる。総じて簡潔は仕事を損うものではない。消しゴムを引き伸ばしたからといって、ふつうの消しゴムよりもよく消せるわけではない。

十五　書きあげたら署名すること。有名になりたくなければ、また撲《なぐ》りとばされたくなければ、ペンネームを使う。ただし忘れてならないことは、読者の眼はくらましても、本名とアドレスは編集部に通知しておかなければならない。編集長が年賀状を送りたいときに迷惑するだろうから。
十六　原稿料は発表時に受けとること。前借りは避けたい。前借り——それは、未来を食うことだ。
十七　原稿料を受けとったら、それで好き勝手なことをしたまえ。汽船を買い入れようが、沼地を干拓しようが、写真をとろうが、フィンランドの鐘を注文しようが、女房のペチコートを三倍にふやそうが……要するに、なんでもしたい放題だ。編集部は原稿料の支払いとともに、完全な行動の自由を与えてくれる。もっとも、筆者が、原稿料をどこへ、どんなふうに使ったかの勘定書きを届けたいと望むなら、編集部も拒絶したりはしまい。
十八　締めくくりとして、この「心得」の冒頭の何行かをくりかえし読みかえすこと。

＊ラテン語では、もともと単なる「国語の教師」の意。

（『目ざまし時計』一八八五年第十二号、検閲許可三月二十日）

# わたしの「彼女」

彼女は、わたしの両親や上役連中が断言しているように、わたしよりも年上だ。それがほんとうかどうかはともかく、わたしの覚えているかぎり、これまで一度も、彼女の尻《しり》に敷かれずには、こわがらずにはいられなかった。彼女は昼も夜もわたしから眼をはなさない。わたしのほうでも彼女から逃げ出そうとするようなそぶりも見せない。――つまり、絆《きずな》は固くて強いのだ……。とは言え、若い女性の読者よ、それほど羨《うらやま》しがるには及ばない！……。この感動的な絆は、わたしに不幸よりほかには何ものももたらさなかったからだ。第一に、わたしの「彼女」は昼も夜もつきまとって、仕事をさせてくれない。読んだり書いたり、散歩したり自然を楽しんだりする余裕を与えてくれないのだ……。いまこれを書いている最中にも、わたしの肘《ひじ》をつついては、昔のクレオパトラが昔のアントニウスを誘ったように、ひっきりなしにわたしを臥所《ふしど》へ誘うのだ。第二に、彼女はフランスの高等娼婦《しょうふ》のように、わたしを破産させる。彼女の望むことのために、わたしはあらゆることを犠牲にしてきた——出世も、名誉も、安楽も……。彼女のおかげでぼろ服で過ごし、安下宿で暮らし、みじめな食事で我慢し、インクを薄めて書く。すべてを、すべてを彼女は食いつくすのだ、ああ、底なしの胃ぶくろよ！　わたしは彼女を憎悪《ぞうお》し軽蔑《けいべつ》する……。とっくの昔に別れてしまわなければならなかったのだが、いまだに別れられないのは、モスクワの弁護士連中が四千ルーブルも手数料をふんだくるからではない……。ふたりのあいだには今のところ子どもはいない……。彼女の名をお知りになりたいですか。よろしい……。詩的な名で、リーリヤ、レーリヤ、ネルリといった名を連想させますよ……。その名は——「レーニ」（ものぐさ）というのです。

（『目ざまし時計』一八八五年第二十二号、検閲許可六月六日）

# 一般教養　歯科学の最新の結論

「歯科ということでは僕はついてないなあ、オーシプ・フランツイチ！」と、色あせた外套《がいとう》、つぎはぎだらけの長靴姿の、まるでむしられたようなみすぼらしい灰色口ひげを生やした、小柄で痩《や》せっぽちの男がため息をつきながら、おろしたての高価な外套を着こんだ、ハバナの葉巻をくわえた同僚、脂《あぶら》ぎって、でっぷりしたドイツ人を、卑屈な眼つきで見る。「まったくついてないなあ！　どうしてこうなのか、さっぱりわからん！　この節は歯医者が歯の数よりも多いからか……それとも僕にはほんとうの才能が欠けてるからか、とんとわからん！　運命の女神にも困ったものだ。早い話が君だ。いっしょに郡立学校を出て、いっしょにユダヤ人ベルカ・シワーヘルのところでこき使われたのに、なんという相違だろう！　君は家を二軒と別荘まで持ってて、幌馬車《ほろばしゃ》を乗りまわしてるってのになあ、僕はごらんのとおりの裸同然、虫けら同然、文《もん》なし同然だ。まったく、どうしてこうなんだろう」

ドイツ人オーシプ・フランツイチは、郡立学校を出ただけの、山鳥のような愚か者だが、満腹と脂肪と持ち家とが、彼に山のような自信をつけている。偉そうな口をきいたり、理屈をこねたり、格言を引いたりすることを、彼は当然の権利だと心得ている。

「どんな不幸も自業自得《じごうじとく》さ」と、彼は同僚が愚痴をこぼすと、さも権威ありげにため息をついた。「悪いのは自分自身だ、ピョートル・イリイチ！　腹を立てちゃいかんぞ。だが、これまでも言って来たし、これからも言うつもりだがね、われわれ専門家を滅ぼすのは一般教養の欠如だよ。われわれは自分の専門領域に首まで漬《つ》かりきって、そのさきに何があるかをこれっぽっちも考えようとしない。いけないいなあ、兄弟！　ああ、まったくいけないよ！　君は歯を抜くことを覚えたからといって、それでもって社会の役に立つことができると思ってるのだろう？　それが第一いかん。君、そんな狭い、片寄った料簡《りょうけん》では成功はおぼつかないね……いやいや、決して。一般教養を持たなきゃアね！」

「で、その一般教養というのは何なんだね」とピョートル・イリイチがおずおずとたずねる。

ドイツ人は何と答えればいいかわからなかったので、出まかせをしゃべったが、まもなくすると、ワインを飲んで興奮し、ロシア人の同僚に、自分が「一般教養」として考えていることを理解させた。彼はずばりとは言いあらわせず、他のことにかこつけて、遠まわしに説明した。

「われわれの仲間に何より大切なことは、気持ちのいい雰囲気《ふんいき》だね」と彼は話して行った。「大衆はただ雰囲気だけで判断するからね。もしも君のところの玄関が薄汚《うすぎたな》かったり、部屋がせせこましかったり、家具がみすぼらしかったりすると、それだけでもう君は貧乏だということになって、つまりは、患者がやって来なくなる。そうじゃないかね。患者が来なけりゃ、だれだってそこへ行く気はしないやね。流行《はや》ってる医者のところへ行こうとするのが人情さ！　ところが、ビロード張りの家具を備えつけたり、あちこちに電気ベルを引いたりしとけば、腕のたしかな医者だということになって、大いに流行ること請け合いだ。しゃれた家を造って、でんとした家具を置くくらい、お安いご用だ。この節の家具屋は不景気で青息吐息だからさ。掛けでいくらだって買える、十万だってね、とりわけ勘定書の下に『ドクトル何々』とサインしてやればね。それから身なりも整えなけりゃ。世間の考えではね、ぼろ服でみじめったらしい暮らしをしてれば、一ルーブルも払やたくさんだと思うが、金ぶち眼鏡に太い金鎖をぶらさげて、あたりをビロードだらけにしてりゃ、一ルーブルさし出すことなんかできなくなって、五ルーブルなり十ルーブルなり弾《はず》むようになるんだ。そうじゃないかね」

「たしかにそのとおりだ……」とピョートル・イリイチはうなずいた。「じつを言うとね、僕も初め上辺《うわべ》を飾ろうとしてみたんだ。なんでも揃《そろ》えてね――ビロードのテーブル掛け、待合室には雑誌、鏡のそばにはベートーヴェンまで掛けてね、だが……さっぱりわからん！　頭が馬鹿《ばか》のようになっちまった。ぜいたくなわが家を歩いてると、なぜか恥かしくなるんだよ！　自分の住《すま》いでないような、何もかも盗んで来たような気がして、なんとしても駄目なんだ！……ビロードの肘掛椅子《ひじかけいす》に腰掛けてることなんかできない、駄目なんだよ！　おまけにうちの女房が……ふつうのかみさんなんだがね、どうしてもわからんのだ、上辺を飾るってことが。キャベツ汁やら鵞鳥《がちょう》の匂《にお》いやらを家《うち》じゅうにぷんぷんさせたり、大燭台《しょくだい》を軽石で磨いたり、患者のいる前で待合室の床《ゆか》を洗ったりするんだからな……まったくひどいもんだ！　ほんとのことだがね、こういう家具をきれいさっぱり競売にかけたときには、生きかえったような気がしたもんだよ」

「つまり、ちゃんとした生活に順応しなかったってわけだな。そうだろう？　馴れなきゃ駄目だよ！　さてと、雰囲気のほかにも、まだ看板が要る。ちっぽけな人間ならいっそう、看板はでっかくだ。そうじゃないかね。看板はでかいものに限る、町の外からでも眼につくくらいのをね。ペテルブルグなりモスクワなりへ列車が近づくと、まず眼にはいるのは鐘楼よりも歯医者の看板だ。あっちのね、君、歯医者はわれわれとは比べものにならん。看板には金色やら銀色やらの丸いものをいっぱいかいておく。そうすりゃ世間じゃ、君がメダルをいやになるほど持ってると思って、ぐんと尊敬する！　そのほかに必要なのは何てたって広告だ。一張羅《いっちょうら》のズボンを売ってでも、広告だけは打つんだ。毎日毎日、あらゆる新聞にね。もしもありふれた広告じゃ足りないと思ったら、計略をめぐらす。——逆さまの広告を出したり、『歯のある』絵やら『歯のない』絵やらをのせたり、そんじょそこらの歯医者といっしょくたにされちゃかなわんと書いたり、洋行帰りと吹いたり、貧乏人や学生は無料診断と宣伝したりするんだな……。また駅やらビュッフェやらにどさっと広告を出す……。やり方はいくらだってあるさ！」

「たしかにそうだな！」とピョートル・イリイチはため息をついた。

「たいていの者が口をそろえて言うね、大衆なんてどう扱おうと同じだ……。ところが大違いさ……同じなものか！　大衆の扱い方を心得ていなくちゃ駄目の皮さ……。

この節の大衆は、教育があると言ったって、やっぱり野蛮で判断力が欠けてるものだ。自分でも何を望んでるかわからないんだから、大衆に適応するのはやたらとむずかしい。たとえ君がどんなに偉いドクトルだとしてもだよ、大衆の性格に自分を合わせて行くことができなければ、彼らはむしろ君のとこよりも、藪《やぶ》医者のとこへ行ってしまう……。僕のところへね、たとえばだよ、ある奥さんが歯痛でやって来るとする。はたして計略なしにこの奥さんを診察していいものだろうか。断じていけない！　僕はすぐさま、さも学者らしく眉《まゆ》をひそめて、黙って肘掛椅子を指《さ》してみせる。学者には余計な口をきく暇なんかないんだと言うわけだ。ところで、うちの肘掛椅子がまた、ちょっと仕掛けがしてあってね、つまり螺旋《らせん》が仕組んであるんだ！　螺旋をまわすと、奥さんの体が上がったり下がったりする。それから虫歯をいじくりはじめる。歯はなんでもない、抜いちまえばすむんだが、こっちは、長いこと、休み休みいじくりまわす……十ぺんくらいも口に鏡をさしこむ、なぜかと言えば、奥さんなんてものは、病気に長いことかかずらわってもらうのが大好きなんだ。奥さんが悲鳴をあげたら、こう言って聞かせる――『奥さん！　わたしの仕事はあなたの苦痛を和らげてさしあげることですから、どうかわたしを信頼しきってください』とまあ、こんなふうに、いかい、もったいぶって、大げさに言うんだ……。奥さんの前のテーブルには、顎《あご》の骨、頭蓋骨《ずがいこつ》、いろんな骨、さまざまな器具、髑髏《どくろ》のしるしのついた吸い玉——何もかも恐ろしげな、神秘的なものばっかりが所せましと置いてある。僕自身、まるで異端審問官のような真っ黒な上っ張りといったいでたちだ。おまけに肘掛椅子のそばには、麻酔用の笑気ガス吸入装置が据えてある。こんな装置は決して使いやしないんだがね、それでもやっぱり恐ろしいさ！　抜歯するのに僕はとてつもなくでっかい抜歯器を使う。概して器具が大きければ大きいほど、恐ろしければ恐ろしいほど効果は抜群だ。僕は手早く、あっという間《ま》に抜くがね」

「僕だって抜歯はまずくはないよ、オーシプ・フランツイチ、だがどうもいかんなあ！　トラクション（牽引《けんいん》）をして、ねえ、歯を引っぱりはじめるや、どこからかこんな考えが湧《わ》いてくるんだ——もしも抜きそこなったり折ったりしたら、ってね。そう思うと手がぶるぶる震えて来るんだよ。それがいつものことなんだ！」

「歯が折れたって、てんで君の責任じゃないさ」

「そりゃそうだが、やっぱりね。自信がなけりゃ、まずいよね！　自分を疑ったり、自信が持てなかったりすることほどよくないことはないからね。そういえば、こんなことがあったよ。抜歯器を使って歯を引っぱる……引っぱってると突然、そうなんだ、あんまり長く引っぱりすぎるような気がして来たんだ。もう抜けていいころなのに、相変らず引っぱってる。恐ろしさのあまり、僕は石のようになった！　一度やめて、それからやり直さなくちゃならないのに、ぐいぐい引っ張った……頭が茫《ぼう》となっちまってね！　患者はこっちの表情を見ていて、やり損なってるな、まごついてるなと見てとると、跳びあがって、痛くもあり腹立たしくもあって、いきなり小椅子でなぐりかかって来たんだ！　一度などは、やっぱり何が何だかわからなくなって、悪い歯でなくていい歯を抜いちまってね」

「なんでもないさ、だれだってやることだよ。いい歯を抜いてるうちに、悪い歯にたどりつくもんだ。だが君の言うのは間違ってないよ、自信がなくては駄目だってことはね。学問にたずさわる人間は、学問のあるように振るまわなくっちゃならない。大衆は、われわれが大学に行かなかったなんてことは知りっこないんだからね。連中にとっては、みんなドクトルなんだ。大家のボートキンもドクトル、僕もドクトル、君もドクトルなんだ。だからドクトルらしく振るまうんだね。いくらかでも学者らしく見せかけて人の眼をあざむくためには、『歯の内部について』なんていうパンフレットを出版するんだ。自分で書けなけりゃ、学生にやらせりゃいいんだ。十ルーブルもはずめば、序文をでっちあげたり、フランスの著者からの抜萃《ばっすい》を作ったりもしてくれるさ。僕はもうパンフレットを三冊も出してるよ。そのほかには、と、歯みがき粉を考案するんだね。マークのついた小箱を注文して、そのなかに、なんでもかまわんから詰めこんで、ブリキで封をして、『定価二ルーブル、偽物《にせもの》にご用心』とやっとくんだ。ついでに歯みがき用エリキシール・エキスを考案するんだな。匂いと刺激をつけるのに何かを混ぜさえすれば、それで立派なエリキシールだよ。端数のつかない定価じゃなくて、たとえば、エリキシール一号七十七コペイカ、二号八十二コペイカ……なんていうふうにしとくんだ。よけい神秘的だからな。歯ブラシも自分のマーク入りのを一本一ルーブルで売るようにする。僕のブラシを見たかね」

ピョートル・イリイチはいらいらと頸《くび》すじを掻《か》いて、興奮のようすでドイツ人のまわりを歩きはじめた……。

「いやはや！」と彼は身ぶり手ぶりで話し出した。「まったくそのとおりだ！　だが僕にはできないな、僕にはとうてい！　それをインチキだともペテンだとも思わないがね、僕にはできないな、手にあまるんだ！　もう百ぺんもやってみたがね、てんで駄目なんだ。君はそんなふうに衣食足りて、家まで持ってるが、僕は小椅子で撲《なぐ》られてるんだ！　そうだとも、ほんとに、一般教養が欠けてちゃ駄目だね！　君の言うとおりだ、オーシプ・フランツイチ！　とうてい駄目だとも！」

（『ペテルブルグ新聞』一八八五年九月三十日号）

# 統計

ある哲学者の言うのには——もしも郵便配達たちが、どんなに多くの馬鹿《ばか》げた、俗っぽい、愚にもつかぬことを郵便かばんで運ばなければならないかを知ったとしたら、たちまち逃げだすか、きっと給料の割増しを要求するかに決まってる、と。このことはまぎれもない真実だ。ある郵便配達が、息せき切って、一散《いっさん》に六階まで駆けあがったのは、たった一行——「かわいい人！　くちづけする！　あなたのミーシカ！」と伝えるため、あるいはまた、「オーデコロン・パンタローヌイチ・ポドブリューシキン」という一枚の名刺を運ぶためだった。別の気の毒な配達が十五分もドアの呼びりんを鳴らしつづけ、寒さにふるえ、へとへとになったのは、エピーシキン大尉《たいい》のところでのどんちゃん騒ぎのわいせつな描写を宛《あ》てさきへ届けるためだった。もうひとりの配達が農家を全力で駆けめぐって屋敷番を探しまわったのは、「つかまるな、さもないと張りとばすぞ」とすごんでいたり、「かわいい子どもたちへ口づけする、アニユートチカへは誕生日のお祝いを！」と頼んでいたりする手紙を渡すためだった。だが配達たちを見かけたら、彼らがカントかスピノザその人の手紙を運んでいると考えるかもしれない。

ある閑人《ひまじん》のシペーキンという男は、カルタで人の札《ふだ》を盗み見て、「ヨーロッパの新しい情勢」を探ることが趣味だったが、学問への貴重な貢献となる或《あ》る種の統計表を作成した。これを材料として多年にわたり観察したところ、一般に私信の内容は季節に応じて変動することが見てとれる。春には恋文や医療関係の手紙の数が多く、夏には経済関係の手紙や教訓的＝夫婦間の手紙が多く、秋には結婚の手紙と賭博《とばく》の手紙が、そして冬には公文書やゴシップの手紙が多い。もしも一年間の手紙の総数を取って、その百分比を調べてみると、つぎのようになる。

七二パーセントが、手もとに紙と切手があるというだけで書かれた愚にもつかない手紙。これらの手紙は、舞踏会や自然について書かれ、ひとりごとをくどくどとくりかえし、無駄ぐちをたたいて、「どうしてあなたは結婚なんかしたの」とたずね、退屈をかこち、歌をうたい、アンナ・セルゲーエヴナが身ごもったと知らせ、「みんなに！　みんなに！」よろしくと言い、このごろさっぱりやって来ないと叱《しか》りつける、などなどだ。

五パーセントが恋文で、そのうちの一パーセントが結婚申しこみだ。

四パーセントがお祝いの手紙。

五パーセントが次の給料日までの借金の申しこみ。

三パーセントが女手で、女の匂《にお》いのするひどくしつこい手紙。そのなかには、「若い男」を紹介するというのもあれば、劇場の切符や新刊書などを手に入れてほしいとせがむのもある。けっきょく、手紙は不得要領《ふとく》に、ぞんざいに書かれていることの言いわけとなっている。

二パーセントは編集部あての詩まじりの手紙。

一パーセントは「賢い」手紙で、イワン・クジミーチが、ブルガリア問題あるいは情報公開の害についての自説を述べたてたセミョーン・セミョーノヴィチあての手紙。

一パーセントは、法律の名において亭主が「同居するために妻に戻ってくるよう求める手紙」。

二パーセントが仕立屋あての、新しいズボンを縫ってくれという注文とこれまでの借金を待ってほしいという手紙。

一パーセントが貸金《かしきん》の督促状《とくそくじょう》。

三パーセントが実務的な手紙、残りの一パーセントが、涙と、懇願と、不平まじりの恐るべき手紙。――「たった今パパが死んだ」、もしくは「コーリャが自殺した、すぐに来て！」その他。

（『破片』一八八六年十月十八日号）

# 申しこみ　娘たちのための話

　ワレンチン・ペトローヴィチ・ペレジェールキンという好《この》もしい風采《ふうさい》の若者が、燕尾服《えんびふく》を着こんで、ひどく先のとがったエナメルの短靴をはき、シルクハットで身じたくして、興奮をなんとか抑えながら、公爵令嬢《こうしやく》ヴェーラ・ザピースキナを訪ねて行った……。

　ああ、なんとも残念だ、あなたがたが公爵令嬢ヴェーラをご存じないことは！　ほんとうにかわいらしい、うっとりするほどの女性で、空のように青い眼、波うつ絹糸《きぬいと》のような髪をしている。

　海の波は断崖《だんがい》に当れば砕けもしようが、彼女の波うつ髪に当れば、かえって、どんな巌《いわお》でも粉々《こなごな》になって飛びちること請け合いだ……。ちいさな、みごとな体型のバストが、あれほど息づいている彼女のほほえみに抗して、やさしさに抗して、立ちつづけるには木石《ぼくせき》ででもなければならない。ああ、彼女がしゃべったり、笑ったり、まばゆいくらいの真白な歯並みを見せたりするとき、この上ない幸福を感じないとしたら、どうして木石でないはずがあるだろう！

ペレジェールキンは部屋に通された……。

彼は公爵令嬢の向かいにすわって、興奮に疲労さえおぼえながら切りだした。

「お嬢さん、わたしの話を聞いていただけるでしょうか」

「ええ、もちろん！」

「お嬢さん……許してください、なにからお話しすればいいか、わかりません……。あなたとすれば、あんまり思いがけないことでしょうし……。藪《やぶ》から棒で……。きっとお怒りになるでしょうね……」

汗を拭《ぬぐ》うために、彼がポケットに手を入れてハンカチを取りだすあいだ、公爵令嬢はやさしくほほえんで、いぶかしげに彼を見つめていた。

「お嬢さん！」と彼はつづけた。「あなたにお目にかかってからというもの、わたしの心には……どうしようもない望みが湧《わ》いてきたのです……。この望みは昼も夜もわたしを落ちつかせてくれませんし……、それに、もしこれがかなえられないようでしたら、わたしは……わたしはこの上なく不幸です」

公爵令嬢は思いにふけるように眼を伏せた。ペレジェールキンはちょっと口をつぐんで、つづけた。

「あなたはもちろん、驚かれるでしょうね……あなたは地上の何ものよりも気高《けだか》いかたです、でも……わたしにとってあなたこそ最もふさわしい……」

沈黙がおとずれた。

「ましてや」と、ペレジェールキンは、ふうっとため息をついた。「わたしの領地はおたくと境を接しているのですからね……わたしは裕福でもありますし……」

「でも……なんのことでしょう」と公爵令嬢が声をひそめてたずねた。

「なんのことか、ですって。お嬢さん！」とペレジェールキンは立ちあがりながら、熱っぽく語りはじめた。「お願いです、おことわりにならないでください……。おことわりになって、わたしの計画をめちゃめちゃになさらないでください。どうかあなた、わたしに申しこみさせてください！」

ワレンチン・ペトローヴィチはすばやく腰をおろすと、公爵令嬢のほうへ身をかがめて、ささやくように言った。

「これ以上ないくらい有利な申しこみですよ！……。わたしたちは年に獣脂《じゅうし》が一万トンもそれ以上も売れるようになるのですよ！　隣りあわせのわれわれの土地に、獣脂工場を共同出資で建てようじゃありませんか!」

公爵令嬢はちょっと思案してから言った。

「喜んで……」

メロドラマにふさわしい結末を予期していた女性読者のみなさんは、これで満足なさったことだろう。

(『こおろぎ』一八八六年十月二十三日号)

# 変人

夜中の十二時すぎ。マーリヤ・ペトローヴナ・コーシキナというオールド・ミスの助産師の戸口に、シルクハットをかぶって、頭巾《ずきん》つきの外套《がいとう》を着た背の高い紳士が来て立った。秋の夜《よる》の暗がりで顔も手もよくは見えないが、咳《せき》ばらいをして呼鈴《よびりん》の紐《ひも》を引く態度だけでも堅実、貫禄《かんろく》、いや威厳さえもが感じられた。三度目のベルでようやくドアがあいて、マーリヤ・ペトローヴナ本人が姿を現した。白いスカートの上に男物のオーヴァーを羽織《はお》っている。両手で持っている、緑の火屋《ほや》のかかった小型のランプが、眠そうな、そばかすだらけの顔や、筋ばった首や、ナイトキャップからはみ出している薄い赤毛を緑色に染めている。

「助産師さんにお目にかかれるでしょうか」と紳士がたずねた。

「助産師はわたくしですが。で、ご用は？」

紳士は玄関にはいり、マーリヤ・ペトローヴナは眼の前に、すらりと背の高い男を見る。もう若くはないが、美しい、苦《にが》みばしった顔立ちで、房々した頬ひげをはやしていた。

「わたしは八等官のキリヤコーフと申しますが」と彼は言う。「妻のところへ来ていただきたいとお願いにまいりました。ただ、どうか、できるだけ早く」

「よろしゅうございますとも……」と助産師は承知した。「すぐ着かえてまいりますので、広間でちょっとお待ちくださいませ」

キリヤコーフはオーヴァーをぬいで、広間へはいる。ランプの緑色の光が、白いつぎだらけのカヴァーをかけた安ものの家具やら、粗末な花やら、木蔦《きづた》のからんだ側柱などにわずかに当っている……。ゼラニュームや石炭酸の匂《にお》いがする。柱時計がおずおずと、まるでよその男がいることに当惑したように時を刻んでいる。

「お待たせいたしました！」とマーリヤ・ペトローヴナが言いながら、五分ほどして広間へはいって来たが、もう着かえて、顔も洗い、生き生きとした感じだった。「さ、まいりましょう！」

「ええ、急がなければ……」とキリヤコーフが言う。「ところで、ほかでもありませんが、謝礼はいかほどでしょうか」

「わたくし、じつのところ、わかりませんわ……」とマーリヤ・ペトローヴナはとまどってほほえむ。「お気持ちで結構でございます……」

「いや、わたしはそういうやりかたは好みではないのです」とキリヤコーフは言いながら、冷やかに、じっと助産師を見る。「契約のほうが金勘定よりも大事です。契約以上のことを、わたしもあなたもする必要はありません。誤解を避けるために、あらかじめ決めておくほうが賢明でしょうね」

「でも、ほんとに、わかりませんわ……。決まった額というものはないのですから」

「わたし自身働いている身ですから、ほかの人の労働も尊重する習慣がついていますのでね、不公平なことはいやなのですよ。かりにわたしが少なく払ったり、あなたが必要以上に要求なさるようなことも、わたしにとっては同じように不愉快なことですからね。ですから金額をはっきり言ってくださるように、何度もお願いしているのです」

「だって額はまちまちなんですもの！」

「ふむ！……わたしにはなぜかわかりませんが、ためらっていらっしゃるようなので、わたしのほうから金額を申しあげるしかありませんね。では二ルーブルとしましょう！」

「まああなた、とんでもない！」とマーリヤ・ペトローヴナは言いながら、顔を赤らめて、あとずさった。「気まりが悪いくらいですわ……。二ルーブルぽっちいただくくらいなら、かえってただのほうがましなくらいですわ。五ルーブルということにいたし……」

「二ルーブルです。それ以上びた一文《いちもん》さしあげられません。なにも余計なことはしていただかなくってもけっこうですが、余計にお払いするつもりもありませんな」

「それはご随意ですけれど、二ルーブルでは伺《うかが》えませんわ……」

「でも法律上、あなたは拒絶なさる権利がないでしょう」

「よろしゅうございます、ただでまいります」

「ただはいやですね。どんな労働でも報酬はちゃんとなければならぬものですからね。わたし自身、働いていてわかるのですが……」

「でも二ルーブルでは、伺えませんわ」とマーリヤ・ペトローヴナはおだやかに言い張る。「失礼ながら、ただということで……」

「それでしたら、余計な心配をおかけしたことを心からお詫《わ》びいたします……。まことに申しわけありません」

「あなたってかたは、まあ、ほんとに……」と助産師は言いながら、キリヤコーフを玄関へ送り出す。「もしも、よろしければ、わたくし三ルーブルでお伺いいたしますけれど」

キリヤコーフは顔をしかめ、たっぷり一、二分考えながら、じっと床《ゆか》を見つめていたが、やがてきっぱりと、「いや！」と言って外へ出て行く。びっくりして、気まりの悪くなった助産師は、彼の出て行ったあとのドアをしめて、寝室へ引き取った。

「男ぶりもいいし、見かけもきちんとしているのに、なんて変った人なのかしら。なんてことでしょう……」と彼女は思いながら横になる。

だが三十分もたたないうちに、また鈴《りん》が鳴る。起きあがってみると、玄関にキリヤコーフの姿があった。

「でたらめもいいとこだ！」と彼は言う。「薬屋も、巡査も、屋敷番も、だれ一人として助産師の居どころを知らない、そんなわけで、あなたの条件を呑《の》まないわけにはいかなくなりました。三ルーブル出しましょう、でも……まえもってお断りしておきますが、わたしは女中を雇うときでも、だいたい誰かの力をお借りするときでも、あらかじめ取り決めておくのですが、支払いのさいには割増しだとか心づけだとか何だとかはいっさいお断りしています。人間だれしも分相応《ぶんそうおう》のものを受けとらねばなりませんからね」

マーリヤ・ペトローヴナはキリヤコーフの話を長くは聞いていなかったが、早くもこの男にうんざりして、高低《たかひく》のない、調子のいい話しぶりが心に重荷となってのしかかって嫌気《いやけ》がさしていた。彼女は着かえて、いっしょに表へ出た。大気はひっそりとしていたが、ひんやりとして、いまにも降って来そうで、街燈《がいとう》さえもろくに見えなかった。足の下でぬかるみがすすり泣く。助産師は眼をこらしたが、辻馬車《つじばしゃ》は見当らなかった……。

「きっと、そう遠くはないのでしょうね」と彼女はたずねる。

「遠くはありません」とキリヤコーフは無愛想《ぶあいそう》に答える。

横丁を一つ通り越し、二つ目も過ぎ、三つ目も越える……。キリヤコーフはさっさと歩いて行くが、その歩きぶりにさえ、重みと貫禄がうかがえる。

「なんてひどいお天気でしょうね！」と助産師が話しかける。

だが彼はどっしりと押しだまり、オーヴァシューズを汚《よご》さないように平らな石を選んで歩こうとしているのが見てとれた。ようやく長いあいだ歩いたあげく、助産師は玄関へはいる。そこから見えるのは、大きな、きちんと片づいた広間だった。どの部屋にも、産婦の寝ている寝室にさえ人かげはなかった……。どんなお産でも押しかけることになる親戚《しんせき》とか婆《ばあ》さんとかの姿さえも、ここには見当らなかった。愚かしげで、驚いたような顔つきの料理女が、たった一人、気でもふれたように跳びまわっていた。大きな呻《うめ》き声が聞こえる。

三時間ほどが過ぎた。マーリヤ・ペトローヴナは産婦の枕《まくら》もとにすわって、なにごとかささやいている。ふたりの女性は早くも親しくなって、理解しあい、おしゃべりしたり、ため息をついたりしている……。

「奥さんはお話しなさってはいけませんわ！」と助産師は心配するが、そう言いながらもあれこれ質問を浴びせる。

だが、やがてドアがあいて、当のキリヤコーフがひっそりと、重々しく寝室へはいってくる。そして椅子《いす》に腰かけ、頬ひげを撫《な》でつける。沈黙がおとずれる……。マーリヤ・ペトローヴナは、男前だが落ちつきはらった無表情な彼の顔をちらちらと見、相手が口をきくのを待っている。けれども彼はかたくなに押し黙って、なにか考えごとをしている。待ちきれなくなって、助産師は自分のほうから話しかけることに決め、お産のときの決まり文句を口にする。

「でも、神さまのおかげで、この世に人間がまたひとり増えるのですわね！」

「ええ、喜ばしいことです」とキリヤコーフは無表情な顔つきのままに言う。「でも、一面からすると、余計な子どもが生まれれば、余計な金がかかりますからね。子どもは満腹して、服を着て生まれてくるわけではありませんから」

産婦の顔には、うしろめたそうな表情が浮かんだ、まるで彼女が許しもなしに、あるいは単なる気まぐれで子どもを産みでもするようなぐあいだった。キリヤコーフがため息まじりに立ちあがって、重々しく出て行った。

「おたくのご主人ときたら、ほんとに……」と助産師が言う。「気むずかしくて、にこりともなさらないのね」

産婦は、あの人はいつもあんなふうで、と話してきかせる……。正直で、公正で、分別《ふんべつ》があって、合理的な倹約家なのだが、万事があんなふうに偏屈なので、ふつうの人間は息苦しくなってしまう。親戚は愛想をつかすし、女中もひと月とは居つかない、知人もいないだけでなく、家族の者はいつもいつも何をするにもびくびくしている。主人はかくべつ喧嘩《けんか》をするでもなく、声を荒らげるわけでもない、欠点よりは長所のほうがはるかに多いのだが、それでも主人が家をあけると、みんなが元気づいて、ほっとする。どうしてそうなのかは、彼女自身にもわからないが、と話した。

「盥《たらい》なんかはようく洗って、物置へしまっておかなきゃいかんよ」とキリヤコーフがまた寝室へはいって来ながら言う。「こういう細首瓶《ほそくびびん》もしまっとかなきゃね。いつか役に立つんだから」

彼の言うことは、きわめて簡単で、あたりまえのことなのだが、助産師はなぜかどきんとする。そしてこの男を怖《おそ》れるようになって、足音が聞こえるたびに、ぎくりとした。夜《よ》が明けて帰り支度をしながら、ふと見ると、キリヤコーフの小さな息子の、青白い顔をした、坊主頭《ぼうずあたま》の中学生が、食堂で茶を飲んでいるところだった……。そのまえにキリヤコーフが立って、例の淀《よど》みがなく、高低《たかひく》のない声で言っている。

「おまえは物を食べることは一人前にできるのだから、働くこともできなくちゃならない。ほら、いまひと口呑みこんだだろ、だがきっと、そのひと口にも金がかかってることや、働かなくちゃ金は稼げないということは、考えなかっただろうが。物を食べるにも、ようく考えるんだぞ……」

助産師は少年の物わかりの悪そうな顔つきを眺めているうちに、空気までもが重苦しく感じられ、もう少ししたら、四方の壁さえこの変人の威圧するような存在に堪えきれずに崩れ落ちて来るのではないかという気がして来た。恐怖のあまり我を忘れて、もはやこの男に激しい憎悪《ぞうお》をおぼえ、マーリヤ・ペトローヴナは自分の包みをかかえて、そそくさと引きあげた。

途中で三ルーブル受けとるのを忘れてきたことに気づいたが、しばらく佇《たたず》んで考えたあげく、あきらめたように片手を振って、先を急いだ。

（『破片』一八八六年十月二十五日号）

# 人間　いくぶんかの哲学

ひょろりと背の高い、黒髪の、若いがもうかなり人生を楽しんで来た男が、黒のフロックコートを着て、雪のように真白なネクタイを締め、戸口に立って、憂鬱《ゆううつ》でなくはない眼つきをしながら、まばゆいばかりの明りのなかに人びとがペアを組んでワルツを踊っているホールを眺めていた。

「人間というものは重苦しくて退屈なものだ！」と彼は考えた。「人間——これは情熱の奴隷《どれい》であるばかりではない、自分の親しい人間の奴隷でもある。そうだ、奴隷だ！　おれはこの気ばらしをしている色とりどりの群衆の奴隷だ、人びとはおれに見向きもしないことでおれに報いている。群衆の意志、群衆の愚劣な気まぐれが、大蛇に魅入られた兎《うさぎ》のようにおれに両の手枷《てかせ》足枷をはめている。働くことをおれは恐れない、人の役に立つことは喜びでもある、だが人に取り入ることはうんざりだ！　それに、そもそも、なんのためにおれはこんなところにいるのか。なんの役に立とうとしているのか。おれをぶちのめす、この花束やらシャンパンやら、貴婦人やら彼女たちのアイスクリームやらのある永遠の空騒ぎ……、どうにも耐えられない!!　いや、おまえ、人間の運命がたまらん！　ああ、もしも人間をやめるときが来れば、どんなにおれは幸福だろう！」

もしも若いすてきな美人が彼のそばに近づいて来なかったら、まだどこまでこの若いペシミストが考えつめたか、わたしにはわからない。若い美人の顔は薔薇色《ばらいろ》に輝いて、ゆるぎない決意が息づいていた。彼女はその大理石のような唇《くちびる》を手袋で撫《な》で、メロディのように響く声で言った。

「おまえ、水を一杯おくれ！」

男はうやうやしい顔つきをして、その場を離れて、跳んで行った。

（『破片』一八八六年十二月二十七日号）

# ポーリニカ

午後一時すぎ。あるアーケードの小間物屋《こまものや》「パリ洋品店」では、いちばん忙しい時間だ。店員たちの声の単調な響きが聞こえる。ちょうど、小学校で、先生が生徒全員に何かを声に出して暗誦《あんしょう》させているときのような響きだ。婦人客たちの笑い声、入口をあけたてするガラス戸の音、小僧たちの駆けまわる音なども、この変化の乏しいざわめきを破るものではなかった。

店のまんなかに、洋裁店の女主人マーリヤ・アンドレーエヴナの娘ポーリニカ――小柄で痩《や》せぎすの金髪女が立って、眼で誰かを探している。眉《まゆ》の黒い小僧がそばへ駆け寄って、真顔《まがお》で彼女を見つめながらたずねる。

「なにをお求めでございましょう、お嬢さま」

「わたし、いつも、ニコライ・チモフェーイチにお願いするんだけど」とポーリニカが答える。

　店員のニコライ・チモフェーイチは、すらりとした黒髪の男で、髪をカールさせ、流行の服を着て、大きなネクタイ・ピンをつけていたが、さっそくカウンター上を片づけ、首をのばして、ほほ笑みながらポーリニカを見つめる。

「ペラゲーヤ・セルゲーエヴナ、いらっしゃいませ！」と彼は、気持ちのいい、健康そうなバリトンで叫ぶ。「どうぞ！」

「あ、こんにちは！」とポーリニカは彼のほうへ近寄りながら言う。「やっぱり、あなたのところへ……。あの飾り編み紐《ひも》が欲しいのよ」

「なににお使いになるので」

「ブラジャーの前と背中と、つまり、ひとそろい」

「ただいま」

　ニコライ・チモフェーイチは、ポーリニカの前に飾り編み紐を何種類か並べる。彼女はけだるそうに選んで値切りはじめる。

「ご冗談を。一ルーブルでしたら決してお高くはございませんよ！」と店員はいんぎんにほほ笑みながら、説得しようとする。「これはフランス製の八グレーン物の品でございますからね……。なんでしたら、普通の、目方売りのものもございますが……。それでしたら一メートル六十コペイカで、まるで品が違います！　ご冗談を！」

「それから、飾り紐ボタンのついたビーズの服飾りも欲しいの」とポーリニカは飾り編み紐の上にかがみこんで言うと、なぜかため息をつく。「お店には、この色に合うようなビーズはないかしら」

「ございます」

　ポーリニカはカウンターの上になおもかがみこんで、小声でたずねる。

「どうしてあなたは、ニコライ・チモフェーイチ、木曜日に、あんなに早くお帰りになったの」

「へえ！……。おかしいですね、あなたがお気づきになったとは」と店員は薄笑いを浮かべて言う。「あんなに学生さんに夢中だったくせに……おかしいですね、お気づきになったとはね！」

　ポーリニカはまっ赤になって、黙りこむ。店員は指を神経質にふるわせながら、ボール箱の蓋《ふた》をしめ、かくべつ必要もないのに一つ一つそれを積み重ねる。一分ほどが沈黙のうちにすぎる。

「それからビーズのレースもほしいんですけど」と、ポーリニカがうしろめたそうな眼を店員にあげながら言う。

「どんなのがお入り用でしょう。チュール用のビーズのレースは、黒いのでも、色物《いろもの》でもございますが——最新流行の品が」

「おいくらかしら」

「黒いのは八十コペイカから、色物ですと二ルーブル五十コペイカでございます。お宅へはもう、けっして伺《うかが》いませんからね」とニコライ・チモフェーイチは小声で言い足す。

「どうして」

「どうして、ですって。わかりきった話ですよ。ご自分だってご存じのくせに。いったいどうして、わたしがこの身を苦しめなけりゃならないんです。おかしな話ですね！　あの大学生があなたにちやほやするのを見るのが、楽しいとでも思ってるんですか。わたしは何から何まで見て、わかってるんだ。秋口からあの男はあなたを本気で追いかけまわして、あなたも毎日のように彼と遊びまわってるじゃありませんか。あの男がお宅へお客に来てると、あなたはもう食い入るように見つめてるじゃありませんか、まるで天使かなんぞを見るような眼つきでね。あなたはあの学生に首ったけなんでしょ、彼よりすてきな人間はいないんでしょ。だったら、いいじゃないですか。べつにお話しすることはありませんよ」

ポーリニカは黙ったまま、途方にくれてカウンターを指で撫《な》でている。

「わたしにはすっかりお見とおしなんだ」と店員はつづける。「どういうわけで、お宅へ伺わなけりゃならないんです。わたしにだって自尊心というものがある。荷馬車の五番目の車輪になるなんて誰だって楽しくはありませんからね。で、なにがお入り用なんでございます」

「母にあれこれたくさん買物を言いつかってきたのですけど、忘れちゃったわ。まだ羽飾りも欲しいのよ」

「どういうのにいたしましょう」

「なるべく上等の、流行のが」

「最新流行のは小鳥の羽飾りでございます。色は、もしよろしければ、いま流行《はや》ってるのですと、ヘリオトロープ色かカナーク色で、つまり、黄色がかったボルドー・ワイン色でございます。品かずは豊富に取りそろえてございます。ところで、この問題がどんなことになるのか、わたしにはさっぱりわかりませんよ。あなたがそんなふうに首ったけだと、どんな結末になるんです」

ニコライ・チモフェーイチの顔は、眼のあたりが赤くなる。そして柔らかな毛羽《けば》のある紐を両手で揉《も》みしだきながら、つぶやきつづける。

「あなたは、あの人のところに嫁に行くつもりなんでしょう、そうでしょ。そうなら、そんなことは、そんなつもりは捨てるんですね。学生のあいだは結婚はできないことになってるし、だいいち、あの人がお宅にしげしげ通うのは、すっかり丸くおさめる気だとでも思ってるんですか。とんでもない！　ああいう、大学生なんていう連中は、われわれを人間とは思っちゃいませんよ……。彼らが商店だとかモードの店だとかへ出入りするのは、教養のない人間をからかって、酒でも飲もうとするためですからね。自分の家や、ちゃんとした家庭では、酒を飲むのは恥かしがるくせに、われわれのような庶民の、教養のない者たちのところでは、だれはばかることもいらないし、逆立ちして歩くことだってできるからですよ。そうですとも！　ところで、羽飾りはどういうのがおよろしいですか。もしもあの男があなたにちやほやしたり、愛してるなんぞと言うとすれば、なんのためかはわかりきってますよ……。やがて医者とか弁護士とかになったあかつきには、きっと思いにふけるでしょうよ――『そうそう、おれにもむかし、金髪の娘が一人いたっけな。いまどこにいるかなあ』なんてね。いまだって、きっと、学生仲間うちで、モード店の娘に一人いいのがいるんだなんて吹聴《ふいちょう》しているにちがいないんだ」

ポーリニカは椅子《いす》に腰かけて、物思いに沈んで白いボール箱の山を見つめる。

「いいえ、羽飾りはもういらないわ！」と彼女はため息をつく。「ママに自分でいいのを選んでもらうことにするわ、わたしじゃ間違えそうだもの。それより『外交官』外套《がいとう》の房飾りを四メートルください、一メートル六十コペイカのを。それに、やっぱりその外交官用のだけど、椰子《やし》の木ボタンをいただくわ。なるたけしっかり縫いつけられるように、耳穴のついたのをね……」

ニコライ・チモフェーイチは、房飾りやボタンを包む。彼女はうしろめたそうにその顔を見つめ、もっと話しつづけてくれないかと待っているけはいだが、相手は不機《ふき》嫌《げん》そうに黙りこくって羽飾りを片づけにかかる。

「それから部屋着のボタンも忘れちゃいけないんだわ……」と、彼女はしばらく黙っていたあと、青ざめた唇《くちびる》をハンカチで拭《ふ》きながら言う。

「どういうのにいたしましょう」

「店屋のおかみさんの縫いものだから、なにかこう、うんと変ったのがいいんだけれど……」

「そうですね、店屋のおかみさん用でしたら、なるべく目立つのがよろしゅうございますね。このボタンなぞはどうでしょう。青、赤、流行の金色の組み合わせです。いちばん見栄《みば》えがします、いちばんですね。もうすこし華奢《きやしや》なかたですと、光る縁飾りが一本はいった、くすんだ黒いのをお求めになりますね。ただ、わたしにはわかりませんな、ご自分でおわかりにならないんですか。え、どんなことになるかが……遊びまわったあげくに」

「自分じゃわからないんだわ……」とポーリニカはささやいて、ボタンの上にかがみこむ。「自分じゃわからないのよ、ニコライ・チモフェーイチ、自分がどうなってるんだか」

ニコライ・チモフェーイチのうしろを、頰ひげをはやした押しだしの立派な店員が、彼をカウンターに押しつけるようにして通りぬけ、見るからに繊細優雅な態度で叫ぶ。「どうか、奥さま、こちらの売り場へお越しくださいまし！　ジャージー・ブラウスは三種類ございます、飾りのないのと、スタージェトのと、ビーズ飾りのと！　どれにいたしましょう」

同時に、ポーリニカの横を、ふとった貴婦人が通りすぎて行く。そしてほとんどバスのような、のぶとい低い声で言う。

「ただね、どうか、縫目のないのにしてね、手織りのがいいわ、それに保証つきの品でね」

「品物を見てるようなふりをしてください」とニコライ・チモフェーイチがささやき

ながら、ポーリニカのほうへ身をかがめて、つくり笑いを浮かべる。「おやまあ、あなた、青い顔をして、病人みたい、すっかり顔つきが変って。あの男はいずれあなたを棄《す》てますよ、ペラゲーヤ・セルゲーエヴナ！ たとえあなたと結婚するとしても、愛情からではなくって、ひもじさから、財産めあてですよ。持参金をせしめてしまえば、すぐにあなたのことを恥じるようになるでしょうよ。客やら友だちやらの眼につかないところにあなたを隠《かく》そうとするだろうね、教養がないからってね。そしてきっと、うちのがさつな女が、なんて言うにきまってる。ほんとにあなたは医者や弁護士の社会でちゃんとやって行けますか。ああいう連中にとっては、あなたはモード店の娘で、無学な人間にすぎないんですからね！」

「ニコライ・チモフェーイチ！」と誰かが店の向こう端から叫んだ。「こちらのマドモアゼルが、ピコ飾りつきのリボンが二メートルお入り用だとおっしゃってるんです！ うちにありますか」

ニコライ・チモフェーイチはそのほうをふりむいて、にこやかな笑顔をつくって叫ぶ。

「ございます！ ピコ飾りつきのリボンでしたら、サテン裏のアタマンでも、波目《なみめ》裏《うら》のサテンでも！」

「ついでにね、忘れないうちに、オーリャにコルセットを買ってきてって頼まれたのよ！」とポーリニカが言う。

「おやまあ……涙なんか流して！」とニコライ・チモフェーイチが驚く。「いったいどうしたんです。コルセットのところへ行きましょう。わたしのかげにかくれてください、人に見られますからね」

むりやりにっこりして、ことさらくつろいだ態度をしながら、店員はポーリニカを足早やにコルセット売場へ連れて行き、ピラミッドのように高く積みあげたボール箱で、彼女を人目から隠そうとする……。

「どういうコルセットがよろしゅうございますか」と声高《こわだか》にたずねておいて、すぐに声をひそめる。「眼をお拭きなさい！」

「わたし……わたし、四十八センチのを！　ただね、あの人、二重裏のが欲しいんですって……ほんものの鯨ひげのを……。わたし、お話したいことがあるのよ、ニコライ・チモフェーイチ。今晩いらして！」

「なにを話すことがあるんです。話すことなんかありませんよ」

「あなただけだわ……わたしを愛してくれるのは、そして、あなたのほかに、だれにも相談する人がいないのよ」

「これは葦《あし》でも、骨でもなくて、ほんものの鯨ひげ製でございます……。いったい何を話すことがあるんです。話すことなんかありませんよ……。だって今日もあの人と遊びに行くんでしょう」

「ええ……行きます」

「ほうら、それでいったい何を話すことがあるってんです。話したって何もなりゃしない……。だって好きなんでしょ」

「ええ……」とポーリニカは思いきりわるそうにささやく。その眼から大粒の涙があふれる。

「いったい話をして何になるってんです」とニコライ・チモフェーイチは神経質に肩をすくめ、青くなりながらつぶやく。「話なんかすることはいりませんよ……。涙をお拭きなさい、これっきりです。わたしは……わたしは何も望んじゃいませんよ……」

このとき、ボール箱のピラミッドのほうへ、ひょろりと瘦《や》せた店員がやってきて、自分の客に言う。

「いかがでございましょう、このゴムの靴下どめは、はめても血行をさまたげないいい品だと、医学的にも認められてるのですが」

ニコライ・チモフェーイチは、ポーリニカをかばって、彼女と自分の興奮を隠そうとしながら、顔を笑いでゆがめ、声高に言う。

「レースにもふた通りございまして、お嬢さま！　綿《めん》と絹と！　オリエンタル、ブリティッシュ、ヴァレンシャ、クロシェ、トーション――こちらは綿レースでございまして、ロココ、スタージェト、カムブレ――こちらは絹レースでございます……。涙を拭《ふ》いてください！　人が来ますからどうか！」

だが、あとからあとから涙があふれ出るのを見て、なおも声を張りあげてつづける。

「スパニッシュ、ロココ、スタージェト、カムブレ……。ストッキングなら混紡《こんぼう》、綿、絹と……」


（『ペテルブルグ新聞』一八八七年二月二日号）

# 訳者解題――チェーホフの辛辣《しんらつ》

松下裕

ロシアの作家アントン・パーヴロヴィチ・チェーホフが医師でもあったことは広く知られている。だが、医学の勉強のかたわら文学の事業に取りくんで、医師となったときには早くも前途有望な作家と認められていたことは案外知られていない。医者になるには長い緊張した勉学を要し、医師になってから書きはじめるのが通例だからだ。

チェーホフにそういうことができたのは、モスクワに出てくる以前、故郷のタガンローグの中高等学校時代に、文学修業をひととおり終えていたからだろう。彼は、まともに上演すれば九時間はかかろうという戯曲「父《てて》なし子」をもう書きあげていたし、人生経験も豊富だった。父の雑貨商が破綻《はたん》して一家がモスクワに夜逃げしたあとも、一人故郷に残り、負債を整理するかたわら勉学に励み、大学入学の資格を得、市の奨学金を取って上京している。そのさい、家計を助けるために、同じく大学に入学する友人を下宿人として何人かつれて行ってもいる。兄たちもいたのに、モスクワではすすんで家計を引きうけ、当然なように家長の立場についた。冒頭の「パパ」という短篇などは、ユーモア週刊雑誌に書きはじめて四、五作目の小説だったが、とうてい二十歳の青年の書いたものとは思えない。「学問のある人たちを説得するには金に物を言わせるよりもむしろ、気持ちよく応対し、真綿で首を締めるようにするほうが効きめがある」と主人公に言わせているが、世故《せこ》に長《た》けた人間だったことがわかる。

チェーホフは一八六〇年生まれで、一八七九年、十九歳のときにモスクワ大学医学部に入学し、「大学一年のときにはもう週刊雑誌や新聞に書きはじめ、この文学の仕事は、八〇年代初めには不断の職業的性格を帯びていた」と短い「自伝」に書いている。

モスクワ芸術座の創立者で演出家のネミローヴィチ＝ダンチェンコの回想録によると、初期のチェーホフについてこういうふうに記している。

「数えきれないほどの短篇小説を書いている。ごく短い、しばしば掌篇《しょうへん》小説といってもいいくらいのもので、主としてユーモア雑誌に発表され、ほとんどが『A《アー》・チェホンテー』と署名してある。いったいどれくらい書いただろう。ずっとたって、版権を出版社に一括して売りわたし、作品集のために自選しているときにたずねると、『約千篇』という答えだった」（『過去から』）

いまのアカデミー版三十巻本全集には、「チェホンテー時代」の八年間の作品が五百二十篇ほど集められている。このうち二百篇ちかくが医学部時代の五年間の仕事だったが、気まぐれな読者の好みに左右される週刊雑誌の要求で書きなおさせられたり没にされたりしたものが、このほかどれほどあったことだろう。「新聞雑誌のために来る日も来る日も書いた」（「自伝」）というのも誇張ではないだろう。チェーホフはもっぱら金銭のために書いた。金銭は場合によっては芸術を堕落させるが、それよりもまず金銭によって芸術家とその受け手、編集者や読者との緊張関係を強《し》いられる。編集者は作者の弱点を的確に突く習熟者、職業人である。大学在学中のチェーホフは卒業したときには一流の書き手に育っていた。彼ほどの才能の持ち主で非常な努力家が、自分でさえ気づかぬうちに一流の文学者になっていたのは理由のあることだ。そして、身長百八十二センチもあった偉丈夫のチェーホフが病いを得て、一九〇四年に四十四歳という人生の盛りで亡《な》くなったのは当然だとも言えよう。彼には生涯、体と頭を休めることがなかった。

このころのチェーホフの作品で日本語になっていないものはまだいくつかあるが、ここにおさめた本邦初訳十四篇は、初期のチェーホフに特徴的な、ほんの見本にすぎない。そのほかの五十一篇は、わたしの『チェーホフ全集』全十二巻（ちくま文庫）

にもはいっていない短篇を新しく訳したものである。

　初めて訳された十四篇のうちのやや長い最初の三篇は、ドキュメントふうの社会戯評――ロシア語でいう「フェリエトン」で、残りは小話ふうの、諷刺《ふうし》のあらわな「アネクドート」の類《たぐい》だ。

「ヴァライエティ・ショールーム」、「猟犬の狼猟《おおかみりよう》訓練場で」、「春を迎える」の三篇のフェリエトンは、故郷のタガンローグからモスクワに出て来て二年たったころ、二十二歳のときに書かれている。ドストエフスキーもやはり若い時分、一八四七年、二十六歳のときに「ペテルブルグの漫歩者」の視点から「ペテルブルグ年代記」というフェリエトンを書いて、首都の下層民の生活を描くきっかけをつかんだ。彼はその前年に「貧しい人びと」を書いてベリンスキーの絶讃《ぜつさん》を浴びて華々しい出発をしていたが、その後文学的にも政治的にも混迷に落ち入っていた。そこを抜け出ようと文学上の模索をしていたのだ。「ペテルブルグ年代記」の気分は陰鬱《いんうつ》だった。むろん彼の気質もそのことに影響したことだろう。その点、チェーホフの性格は明るく、いっそう堅実でもあった。モスクワに出て来て、家計を引きうけるようになり、医者になるという確かな見込みもついていた。子どもたちが大きくなってからの教育には手の出せなかった父親のパーヴェルが、チェーホフが医学部を卒業して「医師アントン・チェーホフ」と署名してきた息子の手紙に、どんなに感動して涙したか（一八八四年四月十七日づけ父の手紙）。彼自身、「自足して生活しています、なにしろポケットに医師免状があるのを感じているので」（一八八四年六月二十四日）と言っている。そういう状態になるまで、彼は医学と文学の二つの道で、どれほど困難だろうと懸命に励み、しゃにむに努力しさえすればよかったのである。ドストエフスキーとは違ってチェーホフの気持ちは落ちついていた、ということができる。

こういう状態でチェーホフもドストエフスキー同様、「モスクワの漫歩者」として大都会のすみずみまで歩《ほ》をのばし、モスクワの市民生活を描きはじめた。だがドストエフスキーの主人公の気分にくらべて、チェーホフのそれのなんという快活さだろう。描かれたモスクワ生活は活力にみち、なんと猥雑喧騒《わいざつけんそう》なことだろう。「ヴァライエティ・ショールーム」という名のレヴュー場、ダンスホール、射的場《しゃてきば》、ローラースケート場、レストランなどを兼ねた一大歓楽境、そして淫売窟《いんばいくつ》。あらゆる階層の人びとと人種のるつぼ。

「ヴァライエティ・ショールーム」では、おとなしい眼つきの娘が紳士に、「夕食をご馳走《ちそう》してちょうだいな！」とせがんでいる。「食べたいわあ！　一人前でいいのよ……」。男は「しつこいな」と渋りながらも折れて、「だれかいないか！」とどなる。

給仕人を呼びつける紳士のこの言葉を、わたしは仕方なく、仮に「だれかいないか」と訳したが、原文は「チェラヴェーク！」だ。「人間」という言葉で、農奴制時代に地主が農奴や下僕をこう呼んだのだ。一八六一年の農奴解放令から二十年もたっていながら、給仕人を呼ぶのに「人間！」などと相変らず呼びつづけている。ここに紹介した作品群の最後のほうに「人間」というのがあるが、若い貴族の娘が、給仕の青年に、「おまえ、水を一杯おくれ！」と言うところがある。この「おまえ」というのも原文では「人間」という言葉になっている。「男はうやうやしい顔つきをして、その場を離れて、跳んで行った」とその場面は結ばれている。このひどいひどい、侮蔑《ぶべつ》的な呼びかたと、一般概念としての「人間」とのくいちがいをテーマにして作者は話をつくっている。これらの作品には、自分自身農奴の子だったチェーホフの怒りと抗議がこめられている。この巻に収めた「農奴あがり」の原題は、直訳すると、「退役奴《ど》隷《れい》」となる。チェーホフはロシアの「農奴」を明確に「奴隷」として認識していたのだと思われる。

こういうモスクワ生活を生き生きと描いた作品が、どうしてこれまで日本語になっていなかったのか。たんにチェーホフ全集の規模の小ささによるのか、それとも訳者が見落しただけなのかはわからない。けれども、もう一つの、「アネクドート」のさまざまに変型した第二のグループの作品類は、あきらかに、物語性の欠如した副次的な作品として省かれてきたのだろうと思われる。だが、これらの作品にこそ、社会にたいする文学者チェーホフの直接的な批判がはっきりと出ている。

小話の具体的な形は、パロディ、スケッチ、ナンセンス文、ヴォードヴィル、ユーモア的箴言《しんげん》、定義集、童話……とさまざまだ。けれどもこれらは、作者の百科事典的知識、分析と総合の才、観察と思索の結果、機智《きち》と空想のひろがりなどがあって初めて生まれたもので、笑いとユーモア、皮肉と告発、するどい理知とゆたかな感性とが、チェーホフ文学の露頭のように浮かび出ている。時事的なテーマで理解されにくくなったものもないではないが、人間性を巧みに突いて成功したものは時代を超えて人を楽しませる力を持っている。

チェーホフが医師という職業人だったことは初めに書いた。そして人間の職業として最も徹底した唯物論者《ゆいぶつろんしゃ》は医師だとつねづねわたしは思っている。チェーホフは短篇小説「アルビオンの娘」をこう書きはじめている。

「地主のグリャーボフの家に、ゴムのタイヤ、ふとった御者、ビロードの座席の、すばらしい幌馬車《ほろばしゃ》が乗りつけた」。また、別の作品、「ロシアの石炭」の初めのところにも、「相手は若くて痩《や》せこけたドイツ人で、高慢そうな学者ふうの顔つき、自尊心、糊《のり》のきいたカラーで全身成り立っていた」という文章がある。

一見これほど乱暴な文章もないと思われるかもしれない。人と物とが完全に並列して書かれ滑稽《こっけい》感をかもし出している。だが、以前の翻訳文では、たとえば「アルビオンの娘」では、「地主のグリャーボフの屋敷に、太った御者の坐《すわ》った、ゴムのタイヤとびろうどの座席のついた美しい幌馬車が乗りつけた」と整理して訳してあった。わたしの訳文は全くの直訳である。訳者は作者の意図に忠実でなければならないとわたしは思っている。

「簡約人体解剖学」には、「頭部は誰もが持っているが、それは必ずしも必要なものではない。一部の人の意見によれば、考えるためのものだが、他の人の意見では、帽子をかぶるためにある」。人体を物として見る見方が、おかしみを生みだす源となっているだろう。そこからさらに、人体がどういうふうに社会で機能するかが考察される。――「額《ひたい》。その機能――物乞《ものご》いするときには床《ゆか》に打ちつけ、それが充《みた》されないときには壁に打ちつける」、「後頭部。滞納金のたまった場合の百姓たちだけに必要なもの」、「足。造物主が白樺《しらかば》の鞭《むち》のために考案した臀《でん》部《ぶ》から生《は》えている」などの表現がそこから生まれる。それらは、社会批評としていかにも辛辣なものだ。

チェーホフは社会的、政治的に直接的な反逆の叫びをあげない。酷薄な現実や考えをずばり描写するだけで効果をあげている。

チェーホフはユーモア週刊雑誌の寄稿で生活するようになってから、印刷されて一行何コペイカのひどく安い稿料に堪え、注文を逃がさぬように、人びとに読まれることだけを心がけて書きつづけた。そして、「簡潔に短く書くこと、笑いによって読者を引きつけること、機智を働かせて話を展開すること」の三カ条を堅く守った。とりわけ簡潔に書くことは、笑いの効果を最大限にあげる芸術的表現のためにも不可欠だった。そうしてそれは、生涯にわたっての彼の文章規範でありつづけた。チェーホフは「駆けだし作家の心得」という文章にも「簡潔に書く」ことの大切さを説いている。この文章におけるチェーホフは例によって笑いにまぎらして書いているが、態度は厳格で、「小説作法」における荷風と変わらぬことを語っている。この文章は『目ざまし時計』一八八五年第十二号にのった二十五歳のときの作品だが、同誌の編集部はチェーホフ没後の同誌二十周年記念号に、文学に志す者の重要な心得として再掲している。

映画作家の伊丹万作《いたみまんさく》は「一咳一語《いちがいいちご》」という文章のなかで、こういうことを書いている。

「平民『ソンナコトハ発表シナクテモ皆知ッテイマスヨ』

役人『知ッテイルカラ発表スルンジャ。知ランヨウナコトヲ発表シヤセン』」

こういう短い、隙《すき》のないやり取りだけが諷刺に叶《かな》っている。間延《まの》びした文章は、とりわけ笑いとは無縁なことをチェーホフはよく知っていたのである。

初期のチェーホフ作品の性格は、ひとことで言えば、柳田国男の言う「嗚滸《おこ》の文学」だろう。柳田は、この種の文学はわが国にもあって、『今昔物語集』巻二十八の話などがその好例だとして、その話術は「世を楽しくする技芸であった」（「嗚滸の文学」）というふうに言っている。彼は、現代文学の風潮を、「書くかと思えば身辺雑事小説、何一つの物新しい実験もせぬ癖に、筆を自身の見聞の世界に限って、誇張を畏《おそ》るること虎狼《ころう》の如《ごと》く、有りのままならば乃《すなわ》ち文学だと思って居る」（「ウソと子供」）と嘆いている。

チェーホフは生涯を帝政ロシアの苛酷《かこく》な検閲制度のもとですごしたが、いたずらに悲鳴もあげず、とりわけ初期の「チェホンテー時代」には厳しいジャーナリズムの規制のもとで粘りづよくこの種の作品を世に送りつづけた。柳田も言うとおり、こういう笑いの文学は、「常識の力に畏伏《いふく》し、時としては俗に媚《こ》びる」「堕落の危険」を持っている。チェーホフはそれにめげることなく、辛《つら》い現実を笑いに包んで人間本来の姿を追求しつづけ、現代になお生きる文学者となっている。

人生態度の最もはっきりと現れる金銭観でチェーホフは、自分の腕によって、文筆の力だけで金を稼ぐことを実行した。人生に金は必要なものだが、金によって人生が左右されるのは愚かなことだ、と考えていた。彼は金銭によって文学の目的を曲げず、その文学に堕落を許さなかった。

わが国では古くからチェーホフ文学を「小説早わかり」として学ぶ者も少なくなかったが、彼ほどの辛辣な文学を生みだした作家は、ついに生れなかったような気がする。

伊丹万作をもう一度引けば（伊丹を二度も引くのは、映画作家としての実作者の面からも、ユーモラスで辛辣なエッセイや批評の文筆家としての面からも、わが国でチェーホフに最もよく似た資質の芸術家のひとりとしてわたしは彼を重んじているからだ）、彼は「喜劇の種」という文章で、「それはどこにでもころがっている」、ただそれは対象のなかに独立して存在するのではなくて、自分の眼のなかにあるべきものだ、というふうに言っている。つまり、自分のことを棚に上げていえば、われわれでもチェーホフに学んで彼のような眼力を養いさえすればわが国でもチェーホフのような文学を生み出すことができる、ということになるのではないだろうか。

（二〇〇六年三月十八日）

# 解説

## ——初々しい喜劇的世界

蜂飼耳

一八七九年、一九歳でモスクワ大学医学部に入学したアントン・パーヴロヴィチ・チェーホフは、医学の勉強のかたわら、次から次へと短篇を書いて発表することをはじめる。アントーシャ・チェホンテーその他の名で、七年ほどのあいだに書いた作品は四〇〇をこえる。書きたいという気もちのほかにも、事情があった。南ロシアの港町タガンローグの雑貨商に、三男として生まれたチェーホフだったが、家は破産。そのため、すでに一家を養う立場になっていたのだ。金銭を得るために、来る日も来る日も書きつづけた。それらはユーモア雑誌や新聞に掲載された。

転機とされるのは、一八八六年の春。チェーホフは、ある日、老作家グリゴローヴィチから激励と戒めの手紙を受け取る。短いユーモア小説を次々に発表しつづける創作態度は、せっかくの文才を浪費するものだというその忠告は、二十代半ばを過ぎたチェーホフの心に響く。それから、変わっていく。腰を据えて「曠野《こうや》」「ともしび」などを書き、チェホンテーから作家チェーホフへと成熟していく。

代表作として挙げられることの多い「かもめ」「可愛い女」「犬を連れた奥さん」「三人姉妹」などが書かれるのは、もっと先のことだ。ひとりの作家の作品を読むときには、どうしても、まずは代表作や傑作とされるものに目がいく。それより前に手掛けられた作品は、代表作よりは軽く扱われがちになる。本書に収められた短篇は、まさにそういう例だ。はじめて訳されたものが、現在の時点でいくつもあるということに驚かされる。どんな小さな作品のなかにも、チェーホフがいる。出会うたびに、どきりとする。

若書きとされたり、代表作に達するレベルではないとみなされる作品は、どんな作家にもある。だが、いうまでもなく、読者の側からすればそうした接し方がすべてではない。小さな作品や若書きのなかに、その作家の初々《ういうい》しいすがたを見つけて味わい歓《よろこ》ぶことも、確かに、たいせつな読書のかたちのひとつなのだ。この本は、チェーホフの初期作品の世界を目の前にたっぷりとひろげてくれるだけでなく、読書というものに備わるそんな一面についても、気づかせてくれる。

収録されている六十五篇の作風は多岐にわたる。風刺的なもの、叙情的なもの、小説というより格言に近い世界、ハッピーエンドもあれば、ほろ苦い結末もある。無駄のない、ときにはなさすぎるともいえる展開、そこから生まれる勢いや、テンポのよさ。次から次へと書いては発表したという創作の現場の速度が、そのまま作品に反映されていると見ることもできる。

若く、多忙なチェーホフの存在が一文ごとに染《し》みこんでいる。笑いを引き起こすには、だれた文章や展開は禁物だ。無論、そのことも初期作品の勢いと関係している。グリゴローヴィチからの手紙による転機以降の世界とは、さまざまな意味でちがう。とはいえ、折れない棒のように貫かれている点もある。それは、人間や社会や生活に対する観察のこまやかさや、理解しようとしながら見つめる視線だ。チェーホフの特徴と美点は、ごく初期の段階から、その世界に根を張りめぐらしていたのだ。

ソ連時代の作家、イリヤ・エレンブルグは、『チェーホフ　作品を読みなおして』(篠原茂訳、一九六〇、紀伊國屋書店)のなかで、次のようにいう。「チェーホフは何千本もの糸で自分の時代に結ばれた。彼は幻想を抱くのがきらいだったが、空想しながらでさえ生れた土地に生き残った。しかし彼は同時代人を描き出しながら、彼らの中に潜んでいる、私たちにも理解できるものを明らかにしてくれた」。時代は移る。社会の慣習も風俗も、とどまることなく移り変わる。これまでもそうだったし、この先もそうだろう。だれでも、自分の時間を生きることで手いっぱい。いつのまにかこの世に参加していて、いつしか消えていく。このあまりにも当たり前な時の流れに、チェーホフは言葉の杭《くい》を打ちこむ。だが、あからさまに思想の言葉を語ることはない。そういう方法を、チェーホフは避けた。代わりに、ありのままの生活、ありのままの人のすがたを映そうとした。本書のなかの多くの作品もまた、観察とその再構成によるドラマを形成している。

ごく短い作品でありながら、その背景を包みこむ空気に、思いがけない奥行きを感じさせるものがある。俳優になりそこねて、役者に科白《せりふ》をつける係として劇場に勤めつづける老人を描く「男爵《だんしゃく》」。禿頭《はげ》に毛皮帽子をのせ、古びたフロックコートをはおるこの男は、上演中でも構わず役者を罵倒《ばとう》したり、説教をはじめたりする。それだけ演劇への思い入れが強いこの老人の描き方には、滑稽味《こっけいみ》もあれば哀愁もある。そのバランス、配分が絶妙だ。もちろん、そのあたりの感覚について、発表当時に現地の読者がどのように感じたかは、わからない。演劇や劇場に対して人々がもっていた感覚も、ちがうだろう。想像してみるほかない。それでも、いまの日本で、日本語を通して読んでなおはっきりと伝わってくる心がある。ちょっとおかしい、困った人、でもなんだか気の毒。この作品世界で、男爵というあだ名で呼ばれる主人公と出会えば、そんな気もちが湧《わ》いてくる。

　妻についての不安を描く「策を弄《ろう》する人」。男は、友人に打ち明ける。「君も知ってのとおり、僕は若い美人を嫁にとったさ……。ところが、だれもがあれに色眼を使う、いや、ひょっとすると、あれを見るつもりはないのかも知れんが、僕にはついそう思えるんだよ……。目の見えない鶏には、つまり、なんでも麦粒に見えるってわけだ。なにもかもが心配の種なんだ……」。夫は、対策を練る。妻に近寄る男たちに、そのたびに別の女を紹介するのだ。笑いを誘うが、表面的に流れる笑いではない。人間の心理に対する深い観察に根ざすものであり、したがって笑いの根も深い。

　だれも祝いに訪れない誕生日を嘆く年とった公爵令嬢とその老僕を描く「年に一度」。若いころは、いろいろな訪問者がこの日を祝ってくれた。ところが、いまとなっては「だあれも来てくれない！　だあれも！」老僕マールクは思いあまって、公爵令嬢の甥《おい》のもとへ足を運び、説得する。「じゃあ、百ルーブルはあるかな」と、甥。金銭と引き換えの訪問。もちろん、公爵令嬢は、そこまでは知らない。機嫌よく応対する。マールクの苦労を知るのは読者のみだ。

　現代性の強さをとくに感じた作品のひとつは「変人」だ。助産師マーリヤのもとへ紳士がやって来る。やりとりをするうちに、マーリヤは思う。「男ぶりもいいし、見かけもきちんとしているのに、なんて変った人なのかしら」と。産婦であるその妻がいる家へ、呼ばれて行く。男は、ちょっとしたことでも注意する。「盥《たらい》なんかはよく洗って、物置へしまっておかなきゃいかんよ」「こういう細首瓶もしまっとかなきゃね。いつか役に立つんだから」などと。

この男は、おかしなことを口にするわけではない。むしろ、正直で合理的で倹約家なのだ。それなのに、周囲にいる人々は愛想をつかしたり、びくびくしたりすることになる。「彼の言うことは、きわめて簡単で、あたりまえのことなのだが、助産師はなぜかどきんとする。そしてこの男を怖《おそ》れるようになって、足音が聞こえるたびに、ぎくりとした」。マーリヤは憎悪《ぞうお》を抱いてその家を後にする。この作品については、説明しても面白くない。というより、説明しようとしてもはずれていく部分があって、そこにこそ作品の核心が沈んでいる。一文ずつ追って読むうちにふくらんでいく、言葉にしがたい不気味な空気。一見、とくにおかしくはなさそうな人物なのに、周囲は違和感をもっていて、しかもその理由をはっきりと表わすことができない。表わそうとすると、ぼんやりと拡散してよくわからなくなるからだ。作品のモチーフの角度が、現代の日本にもまっすぐにとどく作品といっていい。

先にふれたイリヤ・エレンブルグの本に、次のような箇所がある。「アントン・パーヴロヴィチは自分を抑え、その短篇の中には人間的苦悩の多くの描写があり、そのユーモアは騒々しいものでなく、そのオプチミズムは盲目的なものでなく、生活への愛を他人に伝えたりなどはしなかった――つまり誓いやお説教をせず、彼は生活を愛したのだ」。さまざまな階層や職業の人々、老若男女《ろうにゃくなんにょ》を描き、日常的なエピソードや生活のなかのドラマを描いて、けれども、それは教訓を引き出すためではなかった。ほら、こんなふうですよ、と大勢の前にひろげてみせる。ただそれだけのために、人間のようすを言葉にした。そこになにを見るのか、なにを見つけるのかは、読者にゆだねられている。だから、現代にも通じる魅力があるのだ。

　チェーホフを読んでいると、ぞっとするときがある。時代は変わり、社会も慣習も変化するのに、じつは、人の心の水面下はそれほど変わらないのかもしれない。そう思って、ぞっとする。うれしくもあるけれど、同時に、見てはならないものをのぞき見た感じが湧き起こるのだ。愛したり、憎んだり、裏切ったり、騙《だま》されたりする。歓びも苦悩も、その細部はちがっても、本質は変わらないのかもしれない。チェーホフの方法は、時代も国境も越えるものだったのだ。チェーホフを敬愛するエレンブルグはこう表わす。「比較的初期に、彼は生活を熱烈に愛し、それを観察し、その中に入って行ったというだけで、何千もの心に合う鍵《かぎ》を発見することができたのである」。

何千もの心に合う鍵とは、なんと的確な言葉だろう。
チェーホフが作家チェーホフとして成熟していく手前の、熱意と勢いをみなぎらせた初期の世界が、この本につまっている。人間の生態に対するつぶさな観察から、極上のユーモアが雫《しずく》となってぽたりと垂れる。心に落ちて、ぱっとはじける。その瞬間、しまった、やられた、と思う。気づいたときにはもう心を摑《つか》まれている。

（平成二〇年五月、詩人）

この作品は『チェーホフ・ユモレスカ』として平成十八年七月新潮社より刊行された。単行本に収録されていた「新刊案内」は、作者執筆時のロシアの社会情勢に不案内な現代人には分かりにくい面があるので、より分かりやすくユーモラスな「アメリカ的」「一般常識」に差し代えた。

ドストエフスキー
木村浩訳
白痴（上・下）

白痴と呼ばれる純真なムイシュキン公爵を襲う悲しい破局……作者の〝無条件に美しい人間〟を創造しようとした意図が結実した傑作。

ドストエフスキー
木村浩訳
貧しき人びと

世間から侮蔑の目で見られている小心で善良な小役人マカール・ジェーヴシキンと薄幸の乙女ワーレンカの不幸な恋を描いた処女作。

ドストエフスキー
千種堅訳
永遠の夫

妻は次々と愛人を替えていくのに、その妻にしがみついているしか能のない〝永遠の夫〟トルソーツキイの深層心理を鮮やかに照射する。

ドストエフスキー
原卓也訳
賭博者

賭博の魔力にとりつかれ身を滅ぼしていく青年を通して、ロシア人に特有の病的性格を浮彫りにする。著者の体験にもとづく異色作品。

ドストエフスキー
江川卓訳
地下室の手記

極端な自意識過剰から地下に閉じこもった男の独白を通して、理性による社会改造を否定し、人間の非合理的な本性を主張する異色作。

ドストエフスキー
原卓也訳
カラマーゾフの兄弟（上・中・下）

カラマーゾフの三人兄弟を中心に、十九世紀のロシア社会に生きる人間の愛憎うずまく地獄絵を描き、人間と神の問題を追究した大作。

トルストイ
木村　浩訳

アンナ・カレーニナ（上・中・下）

文豪トルストイが全力を注いで完成させた不朽の名作。美貌のアンナが真実の愛を求めるがゆえに破局への道をたどる壮大なロマン。

トルストイ
原　卓也訳

クロイツェル・ソナタ
悪　魔

性的欲望こそ人間生活のさまざまな悪や不幸の源であるとして、性に関する極めてストイックな考えと絶対的な純潔の理想を示す2編。

トルストイ
原久一郎訳

光あるうち光の中を歩め

古代キリスト教世界に生きるパンフィリウスと俗世間にどっぷり漬った豪商ユリウス。二人の人物に著者晩年の思想を吐露した名作。

トルストイ
工藤精一郎訳

戦争と平和（一〜四）

ナポレオンのロシア侵攻を歴史背景に、十九世紀初頭の貴族社会と民衆のありさまを生き生きと写して世界文学の最高峰をなす名作。

トルストイ
原　卓也訳

人生論

人間はいかに生きるべきか？　人間を導く真理とは？　トルストイの永遠の問いをみごとに結実させた、人生についての内面的考察。

トルストイ
木村　浩訳

復　活（上・下）

青年貴族ネフリュードフと薄幸の少女カチューシャの数奇な運命の中に人間精神の復活を描き出し、当時の社会を痛烈に批判した大作。

カポーティ
龍口直太郎訳

ティファニーで朝食を

〝旅行中〟と記された名刺を持ち、野鳥のように自由を求めて飛翔する美女ホリーをファンタジックに描く夢と愛の物語、他3編収録。

カポーティ
河野一郎訳

遠い声 遠い部屋

傷つきやすい豊かな感受性をもった少年が、自我を見い出すまでの精神的成長の途上でたどる、さまざまな心の葛藤を描いた処女長編。

カポーティ
大澤 薫訳

草の竪琴

幼な児のような老嬢ドリーの家出をめぐる、ファンタスティックでユーモラスな事件の渦中で成長してゆく少年コリンの内面を描く。

カポーティ
川本三郎訳

夜の樹

旅行中に不気味な夫婦と出会った女子大生。人間の孤独や不安を鮮かに捉えた表題作など、お洒落で哀しいショート・ストーリー9編。

カポーティ
佐々田雅子訳

冷血

カンザスの片田舎で起きた一家四人惨殺事件。事件発生から犯人の処刑までを綿密に再現した衝撃のノンフィクション・ノヴェル！

カポーティ
川本三郎訳

叶えられた祈り

ハイソサエティの退廃的な生活にあこがれるニヒルな青年。セレブたちが激怒し、自ら最高傑作と称しながらも未完に終わった遺作。

中村能三訳

**サキ短編集**

ユーモアとウィットの味がする糖衣の内に不気味なブラックユーモアをたたえるサキの独創的な作品群。「開いた窓」など代表作21編。

大久保康雄訳

**スタインベック短編集**

自然との接触を見うしなった現代にあって、人間と自然とが端的に結びついた著者の世界は、その単純さゆえいっそう神秘的である。

古沢安二郎訳

**マーク・トウェイン短編集**

小さな港町に手のつけられない腕白小僧として育ち、その後の全生涯を冒険の連続のうちに送ったマーク・トウェインの傑作7編収録。

龍口直太郎訳

**フォークナー短編集**

アメリカ南部の退廃した生活や暴力的犯罪の現実を、斬新な独特の手法で捉えたノーベル賞受賞作家フォークナーの代表作を収める。

フィツジェラルド
野崎　孝訳

**フィツジェラルド短編集**

絢爛たる'20年代、ニューヨークに一世を風靡し、時代と共に凋落していった著者。「金持の御曹子」「バビロン再訪」等、傑作6編。

安藤一郎訳

**マンスフィールド短編集**

園遊会の準備に心浮き立つ少女ローラが、あるきっかけから人生への疑念に捕えられていく「園遊会」など、哀愁に満ちた珠玉短編集。

# 新潮文庫最新刊

吉本隆明著
## 日本近代文学の名作
名作はなぜ不朽なのか？　近代文学の名篇24作から「名作」の要件を抽出し、その独自の価値を鮮やかに提示する吉本文学論の精髄！

阿刀田高著
## 短編小説より愛をこめて
短編のスペシャリストで、「心中してもいい」とまで言う著者による、愛のこもったエッセイ集。巻末に〈私の愛した短編小説20〉収録。

岩合光昭著
## ネコさまとぼく
世界の動物写真家も、ネコさまには勝てない。初めてカメラを持ったころから、自分流を作り上げるまで。岩合ネコ写真 Best of Best

半藤末利子著
## 夏目家の福猫
〝狂気の時〟の恐ろしさと、おおらかな素顔。母から聞いた漱石の家庭の姿と、孫としての日常をユーモアたっぷりに描くエッセイ。

安保徹著
## 病気は自分で治す
―免疫学101の処方箋―
病気の本質を見極め、自分の「生き方」から見直していく――安易に医者や薬に頼らずに自己治癒できる方法を専門家がやさしく解説。

大橋希著
## セックスレスキュー
人妻たちを悩ませるセックスレス。「性の奉仕隊」が提供する無償の性交渉はその解決策となりうるのか？　衝撃のルポルタージュ。

Author : A. П. Чехов

# チェーホフ・ユモレスカ

## ―傑作短編集Ⅰ―

新潮文庫　チ‐1‐4

*Published 2008 in Japan*
*by Shinchosha Company*

平成二十年七月一日発行

訳者　松《まつ》下《した》裕《ゆたか》

発行者　佐藤隆信

発行所　株式会社新潮社

郵便番号　一六二―八七一一
東京都新宿区矢来町七一
電話　編集部(〇三)三二六六―五四四〇
　　　読者係(〇三)三二六六―五一一一
http://www.shinchosha.co.jp

価格はカバーに表示してあります。

乱丁・落丁本は、ご面倒ですが小社読者係宛ご送付ください。送料小社負担にてお取替えいたします。

印刷・錦明印刷株式会社　製本・錦明印刷株式会社



ISBN978-4-10-206506-8 C0197